COLLECTION SÉRIE NOIRE
créée par Marcel Duhamel

Nouveautés du mois

2123 — LA CASE DE L'ONCLE ATOME
(STUART M. KAMINSKY)
Un orchestre de jazz avec Einstein à la batterie.

2124 — LES BILLETS NICKELÉS
(A. D. G.)
ou monnaie de dingues.

2125 — PRENEZ GARDE AUX PETITES FILLES
(MICHAEL ALLEGRETTO)
... et méfiez-vous des vidéo-cassettes.

2126 — COUPS DE POMPES
(J. A. JANCE)
avec des talons aiguilles, par-dessus le marché.

J. A. JANCE

Coups de pompes

TRADUIT DE L'AMÉRICAIN
PAR JEAN-MICHEL ALAMAGNY

nrf

GALLIMARD

Titre original :

TAKING THE FIFTH

Pour D. A. L.

Si « Le monde entier n'est qu'un vaste théâtre » alors c'est Dieu qui tire les ficelles.

(Shakespeare,
As you like it)

PROLOGUE

Vous dormez tout nu ?

J'ôtai ma cravate, mon veston et l'étui d'épaule de mon arme, déposant le tout au fur et à mesure sur une chaise. Je me débarrassai de mes chaussures, me déshabillai puis me dirigeai avec délectation vers mon lit. Les chiffres digitaux rouges de mon radio-réveil indiquaient 3 h 45 au moment où je me glissais sous les couvertures. Le matelas était légèrement incliné à côté de moi.

— Ah, vous vous décidez quand même à venir vous coucher ? susurra une voix.

Si je devais jamais avoir une crise cardiaque, je l'aurais eue à ce moment-là.

CHAPITRE PREMIER

Le véhicule d'assistance était arrêté près de la voie ferrée, gyrophare rouge en action. Mais pour le gars qui gisait à terre, sur le ventre, la tête dans le mâchefer et la poussière du bord des rails, il était bien trop tard : il n'aurait plus jamais besoin des services d'un médecin.

Ou plutôt si : de ceux d'un médecin légiste et d'un spécialiste de la Criminelle.

C'est là que moi, J. P. Beaumont, Inspecteur à la Brigade criminelle de Seattle, j'entrai en scène. J'étais venu avec mon second, l'Inspecteur Allen (dit le gros Al) Lindstrom. Alors que nous avions effectué nos heures normales de service jusqu'à minuit, nous avions été rappelés lorsque le corps avait été découvert. A présent sur place, nous attendions l'arrivée du docteur Howard Baker, médecin légiste du Comté.

Ce n'était pas un homme du matin, le toubib. Or, il était vraiment très tôt — cinq heures moins dix — en ce lendemain du jour le plus long de l'année. La température estivale était agréablement fraîche, et bien que l'horizon fût masqué à notre vue par le Viaduc d'Alaska, juste au-dessus de nous, les premières lueurs de l'aube commençaient à déchirer les ténèbres environnantes. L'odeur de la mer, chargée d'effluves de créosote, emplissait mes narines.

Nous attendîmes donc, rassemblés en un petit groupe silencieux, jusqu'à ce que la voiture du docteur Baker, traversant le parking à fond de train, vînt piler à moins de cinquante centimètres de l'endroit où nous nous trouvions. Personne ne daigna s'écarter pour le laisser passer.

— Je suis en retard, je sais, grommela-t-il en extirpant sa plus que large carcasse hors de la voiture, puis il se dirigea vers le corps. Alors, qu'est-ce qui nous arrive, ici ?

— Bof, je parierais pour un pochard, répondit le gros Al. Un sac à vin qui venait du côté du marché, là-haut, et qui a été pris en écharpe par un train de marchandises.

Al faisait référence au marché de Pike Place situé sur un escarpement qui s'élevait juste derrière nous et nous dominait d'une bonne centaine de marches raides.

Ce marché, le jour, est un pôle d'attraction touristique bien connu de Seattle. La nuit, il conserve par endroits une atmosphère assez huppée, mais, dans les parties sombres de son pourtour inférieur, il s'y installe un quotidien de film d'horreur dès que le soleil se couche. Presque tous les soirs, par exemple, le parking bordé de ronces, en contrebas du marché lui-même, devient un no man's land sauvage, théâtre de violences, viols et agressions trop bien connu des services de la police de Seattle.

Le docteur Baker, dont l'hirsute tignasse blanche se hérissait d'un côté en mèches rebelles, considéra quelques instants Al d'un regard sombre.

— Nous allons voir ça, grogna-t-il.

Il s'éloigna en maugréant, entraînant dans son sillage une suite d'assistants parmi lesquels, tout intimidée, une jeune photographe de la police.

Une voiture de patrouille s'arrêta à proximité. Deux policiers en uniforme en descendirent et vinrent nous rejoindre.

— Vous avez pu trouver l'auteur du coup de fil ? demandai-je.

Tous deux en chœur secouèrent la tête.

— Pas encore, répondit l'un d'entre eux. On a appelé police-secours vers trois heures et quart depuis une cabine proche de l'embarcadère du ferry. A ma connaissance, c'est le seul téléphone public qu'on puisse trouver dans les environs à cette heure de la nuit. C'était une femme, mais elle n'a pas laissé son nom.

— Comme de bien entendu, fis-je.

Je tournai les yeux en direction du docteur Baker et de ses assistants. Ils formaient un petit groupe compact autour du cadavre qui gisait à quelques centimètres des rails. Non loin de là, s'ouvrait l'entrée béante du tunnel ferroviaire de Burlington Nord, qui traverse de part en part un éperon rocheux avant de s'enfoncer au niveau de l'Avenue de l'Alaska et de Virginia, sous le centre de Seattle jusqu'à la gare de King Street, à un bon kilomètre de là.

Un grondement sourd annonça l'approche d'un train, avant même qu'il n'actionnât son avertisseur ou qu'il fût possible d'entrevoir son gros phare frontal au fond du tunnel. Le toubib et sa cohorte battirent précipitamment en retraite.

Le lourd convoi de marchandises émergea des ténèbres du tunnel comme un dragon sortant lentement des entrailles de l'enfer, entouré d'un nuage nauséabond de vapeurs de fuel. Bien après que le fourgon de queue eut disparu à nos yeux, de denses volutes de fumée nous entouraient encore en un brouillard épais et âcre.

Quand il commença à se dissiper, le docteur revint s'affairer près du corps. La jeune photographe, qui pouvait avoir entre vingt-cinq et trente ans, sembla vouloir rester en retrait mais Baker, d'un geste impérieux de la main, lui enjoignit de s'avancer.

Al Lindstrom la gratifia d'un sourire amusé.

— Sûr qu'elle est canon, commenta-t-il, mais je parie que c'est la première fois qu'elle prend des photos d'un vrai cadavre. Je crois savoir qu'elle sort d'Evergreen avec un diplôme de journalisme.

Evergreen College est, à Olympia, une école tout aussi libérale que les matières qu'on y enseigne.

— Un diplôme de journalisme, grognai-je. Mais qu'est-ce qu'elle fabrique donc chez nous ?

Je fais partie des gens qui éprouvent une méfiance viscérale à l'égard de tous ceux qui touchent, de près ou de loin, aux activités journalistiques. Même et surtout s'il s'agit de jolies femmes.

— Les emplois doivent se faire sacrément rares dans ce panier de crabes du journalisme, ajoutai-je.

La jeune femme en question s'était accroupie à côté du corps, et son pantalon tendu moulait une harmonieuse chute de reins. Ce détail n'échappa à personne, sauf peut-être au docteur Baker. Comme elle essayait de suivre les ordres que le médecin légiste lui lançait quant aux angles de prises de vue, elle se trouva déséquilibrée de côté et dut s'aider des mains pour se redresser dans la poussière et les débris du bord de la voie.

Je n'aurais guère aimé être à sa place. Passait encore de collaborer avec le docteur Baker : il condescendait à accorder aux inspecteurs un semblant de respect. Mais travailler pour lui, surtout comme lampiste, ce devait être proprement infernal.

Baker se releva enfin et revint vers nous. Notre petit groupe se composait à présent de Al Lindstrom, des deux policiers en uniforme, de deux spécialistes du laboratoire de la Brigade criminelle de l'Etat de Washington, du Sergent Lowell James, responsable des équipes de nuit à la Criminelle de Seattle, et de moi-même.

— Alors, docteur Baker, demanda le Sergent James. (James était un Noir courtois qu'un sens aigu du protocole et de la minutie dans le travail avaient poussé régulièrement et à juste titre sur le devant de la scène, au service, tandis que ses homologues, moins capables, en étaient restés à jacasser sur les problèmes de discrimination raciale et de quotas d'immigration.) Auriez-vous déjà quelque chose pour nous ?

Baker eut un haussement d'épaules.

— Les policiers ont trouvé un portefeuille, probablement le sien, par terre à côté du corps. Pas d'argent, mais on me dit qu'il contient un chèque de salaire non encaissé. L'homme porte une perle au lobe de l'oreille droite.

— Il ne s'agirait pas d'un vol, alors, intervint Al.

— Non, fit Baker. On a déniché son permis de conduire, pour une fois. La photo a l'air de correspondre, encore qu'il soit difficile d'être catégorique, tellement il a le visage esquinté. Le nom inscrit sur le permis correspond à celui du chèque : Richard Dathan Morris, 1120 Bellevue Avenue Est.

Je sortis mon calepin pour noter le nom et l'adresse.

— C'est vous qui vous occupez de cette affaire, Beau ? demanda Baker.

— Ça m'en a tout l'air. Al et moi, on a été rappelés au boulot après la fin de notre service normal à minuit.

— Parfait, dit le médecin légiste avec un signe de tête approbateur. Le chèque de paiement de salaire a été émis par un établissement du nom de Westcoast Starlight Productions. Nous avons aussi trouvé une carte syndicale de l'AIETS Section 15.

— Doucement, attendez un peu. Répétez le nom de ce syndicat ?

— L'AIETS : l'Alliance Internationale des Employés de Théâtre et de Scène.

— Et l'autre nom ?

— Les Westcoast Starlight Productions.

— C'est quoi, ce truc ?

— Pas la moindre idée, répondit Baker. L'inspecteur de police, c'est vous.

— Bon, quoi d'autre ?

— Une pochette d'allumettes de l'Auberge Edgewater.

Elle se trouvait sous le corps, mais je ne peux pas encore dire si elle appartenait à la victime ou si le corps est tombé dessus par hasard.

— A quoi serait due la mort ? s'enquit Al.

— Aucun signe, du moins apparent, d'alcool ou de drogue. Il porte des blessures par perforation.

— Un couteau ? demandai-je.

Baker fronça les sourcils et secoua la tête.

— Sûrement pas. Mais je n'arrive pas à déterminer le truc qui a pu provoquer ça. Je n'ai jamais rien vu de pareil.

— Vous pensez que c'est ce qui l'a tué ?

— Les perforations ? J'en doute. Aucune de ces blessures ne paraît à ce point sérieuse.

— On attend l'autopsie, alors ? conclut Al.

Baker lui décocha un sourire acerbe et condescendant.

— Voilà une bonne parole, lança-t-il.

— Et quand pensez-vous la pratiquer ? hasarda le Sergent James.

— Aussi tôt que possible. Dès qu'on l'aura transporté au Service, en fait, car il est trop tard pour rentrer dormir maintenant. Comme ça, on finira peut-être assez tôt pour que je puisse décrocher en début d'après-midi.

La photographe avait terminé sa série de clichés et s'était rapprochée du groupe, attendant patiemment la fin de la conversation.

Je dois avouer m'être laissé aller à des pensées quelque peu lascives lorsque je la vis de près. C'était une fille menue, frêle d'aspect, mais avec toutes les rondeurs qu'il fallait où il fallait, comme le révélait son pantalon en velours côtelé marron fortement cintré autour de sa taille délicate. A première vue, un bon coup de vent aurait pu l'emporter. Ses grands yeux gris au regard intense lui donnaient des airs d'enfant abandonné. Une mignonne petite tache due à la poussière du ballast lui maculait la joue, et une mèche ondoyante s'était dégagée du nœud très b.c.b.g. qui était censé lui maintenir les cheveux sur la nuque.

— Ça y est, j'ai fini, annonça-t-elle.

Le docteur Baker pivota dans sa direction.

— Pas trop tôt, grogna-t-il, comme s'il lui imputait tout le retard accumulé, ce qui éveilla en moi un sentiment de compassion. Bon, chargeons le macchabée et emmenons-le, poursuivit-il en appelant ses techniciens qui attendaient, inutile de perdre davantage de temps.

Il se dirigea vers le corps, mais s'arrêta et se retourna.

— C'est vous deux qui avertirez la famille ? nous demanda-t-il, à Al et à moi.

— On s'en occupe.

Quand Baker fut parti, le groupe se sépara : les enquêteurs de la Criminelle commencèrent à effectuer les relevés d'usage, les agents de patrouille retournèrent à leur voiture. Je me retrouvai bientôt seul à côté de la photographe qui s'affairait à ranger son matériel de photo dans son sac à bandoulière.

Elle semblait jeune et vulnérable. Mû par une vague de paternalisme maladroit, je me sentis obligé de passer un baume sur les manières brusques du médecin légiste.

— Je suis sûr que le docteur Baker n'est pas aussi méchant qu'il en a l'air, murmurai-je pour tenter de lui offrir un minimum de réconfort.

Refermant la fermeture à glissière de son sac d'un geste sec, elle leva les yeux vers moi, toujours avec sa tache noire sur le visage, un petit sourire amusé aux lèvres.

— Ne vous tracassez pas pour moi, inspecteur Beaumont, le docteur Baker ne me fait pas peur, je suis vaccinée.

Elle pivota sur ses talons et s'en alla, me laissant tout décontenancé : comment avait-elle pu connaître mon nom alors que j'ignorais le sien ? J'avais bonne mine, avec mon coup de vent et mes premières impressions.

Je rejoignis le Sergent James et Al qui concurrençaient

les enquêteurs sur leur terrain. Ils examinaient avec soin la zone d'où le corps avait été retiré. Le soleil était bien levé, à présent, et il apparaissait évident que tous les détritus qui parsemaient le ballast avaient été déposés au gré des caprices de la forte brise matinale venant de Puget Sound.

On trouvait là tout un ensemble d'emballages vides de pizza, de gobelets en carton encore coiffés de leur couvercle plastifié avec une paille enfoncée dedans, des serviettes en papier ainsi que l'assortiment habituel de boîtes de bière et de bouteilles de vin, brisées ou entières.

Tous ceux qui ont jamais participé à une enquête vous le diront : les fouilles sur le terrain n'ont rien d'une activité transcendante. C'est un travail pénible, lent, un travail sale et malodorant.

Il exige d'être tenace, adroit, méticuleux, et d'avoir un tant soit peu de chance. Il faut du discernement, aussi. C'est le discernement qui permet de déterminer si les tessons ébréchés d'une simple bouteille de vin brisée doivent être ramassés ou négligés, si un quelconque débris se trouve dans son environnement habituel ou s'il semble au contraire avoir été déplacé, ou même s'il faut lui accorder de l'importance.

C'est encore par discernement que les enquêteurs délimiteront le champ des investigations et la surface du terrain à ratisser.

Nous nous apprêtions Al et moi, à partir afin d'aller jeter un coup d'œil du côté du 1120 Bellevue Avenue lorsque l'un des enquêteurs de la Criminelle de l'Etat de Washington émit un petit sifflement intéressé. Il se trouvait quelques dizaines de mètres plus loin, debout à côté de l'un des ronciers qui recouvraient presque entièrement notre côté de l'escarpement rocheux. Il nous fit signe de nous approcher.

— Qu'est-ce que vous pensez de ça ? fit-il en montrant un objet à terre.

Je regardai dans la direction indiquée. Partiellement

cachée dans le feuillage apparaissait une chaussure en cuir bleu cobalt, avec un talon aiguille d'une dizaine de centimètres.

— Vous trouvez pas que ça ressemble à du sang? demanda-t-il.

Des taches sombres maculaient le talon et remontaient jusque sur les côtés de la chaussure.

Son collègue s'approcha à son tour et se mit à quatre pattes pour examiner l'objet de plus près. Il se releva sans y toucher.

— On a gagné le gros lot, dit-il calmement. Pour moi, pas de doute : c'est bien du sang. Et je crois aussi qu'il y a des cheveux humains, là où l'embout caoutchouté devrait se trouver.

Al Lindstrom me regarda en hochant la tête.

— Il a dû la mettre dans une vache de rogne, la gonzesse, commenta-t-il pensivement.

— Et elle devait avoir une vache de force, ajoutai-je.

CHAPITRE 2

L'Avenue Bellevue Est longe le flanc ouest de la colline du Capitole de Seattle. Elle est principalement bordée d'immeubles d'habitation de quatre ou cinq étages de haut, donc de petite ou moyenne dimension, immeubles coquets et bien entretenus pour la plupart. Je fus donc surpris, lorsque nous nous arrêtâmes en face du 1120, de découvrir un pavillon individuel.

En fait, ce n'était rien de plus qu'une petite maison de campagne en bois dont l'aspect extérieur laissait quelque peu à désirer. Nulle trace de détérioration volontaire, mais les bardeaux extérieurs se fendillaient ou se soulevaient, le gazon s'était transformé en mauvaise herbe, la haie basse qui entourait le jardin avait un urgent besoin d'être taillée et le chiendent envahissait ce qui avait dû être jadis une belle roseraie.

A la voir ainsi languir dans l'attente d'un riche acquéreur, elle me donnait l'impression d'appartenir à quelqu'un qui la conservait précieusement non pas pour l'habiter, mais dans l'espoir qu'un promoteur, de préférence plein aux as, viendrait faire une offre d'achat en alignant les zéros sur son chèque. Il existe de nos jours des tas d'endroits de ce genre autour des villes, des secteurs entiers où les constructions existantes tombent en décrépitude parce que leurs propriétaires, trop gourmands, attendent de toucher le paquet en phantasmant sur un promoteur à la signature rapide.

Malgré son état de délabrement, la terrasse à demi-affaissée restait ensoleillée et accueillante en cette matinée exceptionnellement estivale de juin. Un chat siamois aux yeux bleus, bien nourri, trônait juste en face de la porte. Il nous ignora complètement, absorbé qu'il était par la toilette d'une de ses pattes arrière voluptueusement étirée. Ce n'est que lorsque je passai derrière lui pour frapper à la porte qu'il condescendit, après un mouvement de tête dédaigneux, à se remettre sur pattes, à faire le gros dos et à quitter la terrasse d'un air digne. En droit félin, nous n'étions que des intrus qui avaient envahi son coin de soleil.

La porte était de style ancien, avec ses panneaux de bois horizontaux sur la partie inférieure surmontée d'une vitre ornée d'une scène sylvestre en dépoli. Nous attendîmes quelques longues minutes, mais il n'y eut pas de réponse. Je frappai de nouveau, plus fort cette fois, toujours sans succès. Faisant entorse aux principes que ma mère avait mis tant de temps à m'inculquer, je pressai mon visage contre la vitre de la porte pour regarder à l'intérieur.

La vue en était presque totalement masquée par des rideaux, sauf en bas, sous le dessin en dépoli, où ils étaient légèrement entrebâillés. Par cette étroite ouverture, je pus distinguer la grande confusion qui régnait à l'intérieur : des vêtements étaient éparpillés partout, des détritus jonchaient le sol à côté d'une poubelle renversée. Un fauteuil en rotin gisait sur le flanc près de la porte.

— Une mise à sac ? demanda Al quand, m'étant reculé, je lui eus expliqué ce que j'avais vu.

— Sais pas. Peut-être bien, ou alors Richard Dathan Morris était un porc de premier ordre.

Nous n'avions ni mandat de perquisition ni raison valable de court-circuiter les procédures normales pour en obtenir un. De plus, fouiller dans cette maison serait prématuré tant que nous n'aurions pas au moins vérifié l'identification préliminaire du mort effectuée par le docteur Baker. Nous décidâmes alors de faire du porte à porte et d'interroger le voisinage dans l'espoir de glaner quelques renseignements utiles sur Richard Dathan Morris.

Nous nous rendîmes successivement dans toute une série d'immeubles aux alentours, y compris bien sûr ceux qui jouxtaient la maison de Morris et celui qui était sur le trottoir d'en face. Sans résultat. Personne ne savait — ou ne voulait dire — quoi que ce soit. Nous ne parvînmes pas à établir le moindre rapprochement entre les habitants des environs et leur défunt voisin de la petite maison abandonnée.

Travailler pedibus, cela prend du temps. Se rendre d'un endroit à l'autre pour aller à la chasse aux renseignements n'est pas une procédure des plus rapides. Environ une heure et demie plus tard, nous émergeâmes de la pénombre du hall d'entrée du dernier immeuble pour nous retrouver, clignant des yeux, dans la lumière éblouissante du soleil du matin. Plissant les paupières pour nous accoutumer, nous marchions côte à côte en direction de la voiture, lorsque nous eûmes tout juste le temps d'éviter un fourgon sanitaire qui arrivait à toute allure. Il frôla de très près les rotules de Al en s'arrêtant juste en face de notre propre véhicule dans un crissement de pneus.

— Hé, mollo, fit Al au conducteur qui sortit d'un bond, se précipita à l'arrière du fourgon et ouvrit le hayon de chargement.

— Désolé, répondit celui-ci.

Nous montâmes dans notre voiture. Al prit le volant, mit le contact et jeta un coup d'œil dans le rétroviseur avant de démarrer. Pendant ce temps, j'observais le conducteur et son compagnon qui sortaient un brancard du fourgon et se dirigeaient d'un pas décidé vers la petite maison.

— Regarde donc ça, Al.

Ils déposèrent le brancard sur la terrasse, frappèrent et attendirent. Quelques instants plus tard, la porte d'entrée s'ouvrit et le chat sortit nonchalamment : quelqu'un était donc venu pendant notre absence et l'avait laissé entrer. Un jeune homme, vêtu d'une sorte d'uniforme blanc apparut et, après une brève conversation, fit signe aux deux autres de venir avec leur civière.

— On ferait mieux d'aller jeter un coup d'œil, dis-je.

Al approuva de la tête et coupa le contact. Nous descendîmes rapidement de voiture et arrivâmes sur la terrasse juste après que la porte se fut refermée derrière les brancardiers. Lorsque je frappai à mon tour, le jeune homme à l'uniforme blanc revint ouvrir.

Il devait approcher le mètre quatre-vingts, les cheveux courts, bien dégagés ; sa coiffure rappelait les coupes à la brosse des années cinquante. Son visage étroit, aux traits harmonieux, paraissait décharné. De larges cernes sous ses yeux trahissaient le manque de nourriture ou de sommeil, ou peut-être les deux. Un badge fixé sur son uniforme blanc indiquait : Tom Riley, Infirmier diplômé.

— Inspecteur J. P. Beaumont, de la police de Seattle, annonçai-je en tendant ma plaque.

— Personne n'a appelé les flics, répondit sèchement Riley.

Il se retourna et claqua la porte derrière lui.

— Pas très copain avec la police, on dirait, grommela Al.

— Tu as remarqué ? demandai-je.

— Quoi donc ?

— Le désordre à l'intérieur : quelqu'un a tout rangé.

— On ferait mieux d'essayer encore, dit-il.

Ce fut lui qui frappa, cette fois. Lorsque la porte se rouvrit, je me positionnai de façon à pouvoir regarder dans la pièce par-dessus l'épaule de l'infirmier Riley. Je pus apercevoir, derrière lui, le conducteur et son aide occupés à s'habiller comme s'ils se préparaient à entrer en salle d'opération. Tous deux, déjà munis de masques chirurgicaux et de bottines stériles, étaient en train d'enfiler des gants de caoutchouc.

— Je suis l'inspecteur Al Lindstrom, de la Brigade Criminelle de Seattle, et... commença Al.

— Je vous répète qu'on n'a pas besoin des flics, interrompit l'infirmier.

— Nous enquêtons sur un meurtre...

— Mais il ne s'agit pas d'un meurtre, sacré bon dieu, fit Riley avec rudesse. C'est pourtant clair, non ?

Il essaya encore de refermer la porte, mais j'eus le réflexe de la bloquer du pied : j'avais payé mes années d'université en vendant des balais-brosses au porte à porte, alors merci les balais : la technique acquise me servait encore.

— Excusez-moi, fit le conducteur en s'éclaircissant la voix, mais nous sommes un peu pressés par le temps. Si vous vouliez juste nous indiquer où se trouve le défunt, nous pourrions commencer.

Je crus un instant que je perdais l'esprit : quel défunt ? Quel corps ? Je voyais encore celui de Richard Dathan Morris emmené chez le médecin légiste pour y subir une autopsie. Alors comment aurait-il pu se trouver en deux endroits à la fois ?

Comme s'il nous avait complètement oubliés, Riley tourna les talons et rentra sans refermer la porte. Il hocha lentement la tête, faisant visiblement effort pour se contrôler.

— Très bien, articula-t-il. Par ici.

Il traversa la pièce et disparut dans un couloir sombre, suivi par les deux hommes portant le brancard. Durant quelques instants, Al et moi restâmes sur la terrasse à nous interroger du regard : nous n'avions pas vraiment été invités à entrer, mais pas véritablement refoulés non plus.

— Pourquoi pas ? proposa Al avec un haussement d'épaules.

Nous nous précipitâmes à l'intérieur, à la suite des brancardiers. Tout au bout du couloir, la porte d'une chambre était ouverte.

C'est là, dans cette pièce plongée dans la pénombre, que tout le monde se retrouva. Il y faisait incroyablement chaud et étouffant. Les fenêtres étaient closes, les lourds rideaux tirés, l'air épais chargé d'odeurs de médicament comme après une longue maladie. Riley se dirigea vers la fenêtre qu'il ouvrit après avoir écarté les rideaux, laissant entrer un peu d'air frais dans la pièce.

— La lumière du soleil lui faisait mal aux yeux, expliqua-t-il et il avait toujours si froid.

Un lit d'hôpital se trouvait au milieu de la pièce, qu'il occupait presque entièrement. Dessus, reposait le corps d'un homme sous une couverture. Il gisait sur le flanc, dos tourné vers nous. Vu de la porte, il semblait dormir. Ce ne fut qu'en m'approchant de la tête du lit que je pus voir sur son visage le masque figé à la pâleur blême, aux yeux grands ouverts, à la mâchoire affaissée qui est la marque indélébile de la mort.

Une certitude, en tout cas : il ne s'agissait pas de notre mort à nous. Richard Dathan Morris était toujours bien à sa place entre les mains du médecin légiste. Ce qui me rassura, dans un sens : je ne perdais pas les pédales.

Le conducteur considéra Riley.

— Si vous voulez retourner dans l'autre pièce et patienter... proposa-t-il.

— Non, inutile, répondit l'infirmier. Allez-y.

Riley concentra son regard sur le corps. Son visage refléta plusieurs expressions différentes, un mélange de chagrin, de répulsion et d'un petit quelque chose d'autre que je ne sus véritablement identifier.

Le conducteur se tourna de mon côté et s'apprêta à nous demander, à Al et à moi, si nous désirions partir ou rester. Sans mot dire, je secouai la tête ; nous ne bougions pas, mais je ne tenais pas non plus à attirer sur nous l'attention de Riley qui n'avait probablement même pas réalisé que nous nous trouvions aussi dans la chambre.

Doucement, avec beaucoup de précautions, les deux hommes placèrent le brancard à côté du lit. Ils s'approchèrent du corps avec circonspection comme de petits enfants ayant peur du croquemitaine. On eût dit qu'ils redoutaient de voir le mort se réveiller d'un coup, se redresser et les attraper.

Des employés des pompes funèbres, j'en ai vu plus que ma part, dans ma vie. D'habitude, ils entrent et ressortent comme des courants d'air : clac, boum, paf, au revoir madame et merci. Plus ça va vite, mieux ça vaut. Mais ces deux-là, par contre, prenaient tout leur temps, veillant à exécuter leurs mouvements avec soin, lenteur et minutie. Il y avait vraiment quelque chose qui ne collait pas, mais je ne savais pas quoi.

— Peut-on l'envelopper dans ces draps ? fit le conducteur à l'adresse de Riley.

— Bien sûr, répondit l'infirmier. Allez-y.

Le conducteur se baissa, dégagea doucement un oreiller de dessous la tête du mort et le repoussa vers l'autre bord du lit : il y resta un instant en équilibre puis tomba par terre.

Ma grande expérience des oreillers me dit qu'ils chutent généralement sans faire de bruit. Pas celui-là : il eut un impact sonore sur le bois du plancher.

Je me tenais au pied du lit. Je fis un pas de côté pour voir l'oreiller au sol. Une sorte d'emballage en plastique avait à moitié glissé en dehors de la taie, juste à côté du pied de Riley.

Je m'avançai instinctivement vers le paquet. C'est un réflexe de policier : dès que quelque chose cloche, il faut aller voir de plus près, poser des questions, obtenir des réponses. Je fus prompt, mais Tom Riley le fut plus encore.

Furieux, il me repoussa brutalement.

— Qu'est-ce que vous foutez ici ? hurla-t-il de rage. Je vous avais dit de ficher le camp !

Il devait juste venir de s'apercevoir de notre présence. Je le vis bien se ruer sur moi, mais il était trop tard pour pouvoir l'éviter. Nous nous heurtâmes de plein fouet avec une telle force que nous en eûmes tous deux le souffle coupé et roulâmes pêle-mêle à terre. Riley essaya vainement de me saisir le cou : sa main n'attrapa que du vide car au même instant, Al le souleva littéralement de terre.

Il le plaqua contre un mur et l'y maintint en l'air, les pieds pendant à plusieurs centimètres au-dessus du plancher. Ce n'est pas pour rien qu'on le surnomme « Al le mastard » : il a des bras de bûcheron et une force herculéenne. Il avait été manifestement un sacré lutteur dans sa jeunesse, et même maintenant, il n'est pas manchot.

Dès que je fus assuré que Riley était définitivement hors service, je me penchai pour soulever la taie et examiner le paquet. Il avait les dimensions d'une brique ordinaire et était enveloppé dans du plastique transparent soigneusement scellé par une bande adhésive.

Je n'ai jamais travaillé dans les stupéfiants, mais j'ai suffisamment vu de came pour distinguer les drogues au premier coup d'œil. Or cela ressemblait fort à de la cocaïne, avec son aspect mortel, compact, pulvérulent. A du sucre en poudre aussi, mais il est rare que les gens cachent ce genre d'article dans leurs oreillers. Et encore plus qu'ils meurent dessus.

Riley retrouva sa voix, écumant par-dessus le bras constricteur de Al.

— Ne touchez pas à ça, espèce de salaud ! Vous n'avez pas le droit d'être ici. Foutez le camp, sacré bon dieu ! Dehors !

J'examinai le paquet sans prêter attention aux éclats de Riley.

— Ça m'a tout l'air d'être de la cocaïne, fis-je à l'intention de Al.

Les types des pompes funèbres restaient à nous contempler d'un air ahuri comme si nous étions en train de donner un spectacle de guignol pour eux tout seuls.

— Hé, Roger, implora l'un à l'intention de l'autre, on l'emmène ce mort, oui ou non ?

— Non, ordonnai-je sur un ton sans réplique. Vous ne toucherez à rien ni à personne dans cette pièce avant que j'aie pu contacter le service du médecin légiste.

A ces mots, Riley recommença à se débattre, lançant des ruades pour tenter de se dégager du bras de Al.

— Faites votre travail, cria-t-il au conducteur, le médecin légiste est déjà au courant.

Je m'approchai de l'endroit où Al le tenait d'un seul bras, sans effort, littéralement cloué au mur.

— Le docteur Baker ? demandai-je. Et comment serait-il au courant ?

— Je l'ai appelé dès que j'ai découvert le corps, il y a près d'une heure.

— Pourquoi n'est-il pas ici, alors ?

Il était en effet difficile de croire que les services du médecin légiste soient à ce point en retard : ils auraient certainement pu dépêcher quelqu'un en moins d'une heure.

— Parce que ce n'était pas la peine qu'il vienne, répondit Riley sur un ton plus calme, à présent, presque raisonnable.

— Depuis quand le docteur Baker ne daignerait-il plus se déplacer pour une mort par overdose ?

Riley me dévisagea d'un air incrédule.

— Vous croyez donc que c'est de ça qu'il s'agit ? D'une overdose ?

Je répondis à cette question par une autre.

— Pas vous ? Quand on trouve un mort avec une demi-livre de cocaïne dans sa taie d'oreiller, on peut en général en tirer des conclusions assez logiques, non ?

Quelque chose d'étrange se produisit sur le visage de Riley, une déformation soudaine des traits. Je crus d'abord qu'il allait éclater en sanglots.

J'avais tort : il se mit au contraire à rire, d'un rire étranglé, d'un rire à s'étouffer, à se faire éclater la cage thoracique, d'un rire inextinguible.

Dans cette chambre à l'air suffocant, confiné, avec un homme mort sur le lit qui se trouvait derrière moi, l'hilarité démente, démoniaque de Tom Riley me fit froid dans le dos.

Il se calma enfin peu à peu et recouvra suffisamment ses esprits pour pouvoir parler.

— Mais Jon n'est pas mort d'une overdose, affirma-t-il.

— Non ? Et de quoi alors ?

— Du sida.

Ce mot claqua dans le silence de la pièce comme un éclair de chaleur dans une réserve d'amadou. La prise de Al Lindstrom se relâcha et Tom Riley, pantin mou et désarticulé, s'affaissa silencieusement sur le sol.

— Du sida ! Nom de dieu ! murmura Al, le visage décomposé.

Tom Riley leva les yeux sur lui et se remit à rire.

Al Lindstrom ne trouva rien de désopilant à cela.

Ni moi non plus, d'ailleurs.

CHAPITRE 3

L'humeur du docteur Baker ne s'était pas améliorée le moins du monde lorsque je l'eus au téléphone. Malgré les énergiques protestations de sa secrétaire, j'avais insisté pour qu'on l'interrompît dans l'autopsie qu'il avait en cours.

— Beaumont, vous êtes un emmerdeur. Enfin, quel nom dites-vous ?

— Thomas. Jonathan Thomas.

— Oui, effectivement. Son infirmier a appelé ce matin. Le médecin traitant m'avait d'ailleurs préalablement avisé. Mes services ont donné le feu vert à Riley pour qu'il fasse enlever le corps.

— Directement, comme ça ? Sans même prendre la précaution d'envoyer quelqu'un pour vérifier ?

— Vous tombez des nues, ou quoi, Beaumont ? Jonathan Thomas est mort du sida. Le SIDA, vous savez ce que c'est ? Son docteur a prévenu mon bureau il y a environ une semaine de l'imminence de la mort.

— Quel rapport avec le fait de dépêcher ou non quelqu'un sur place ?

— Ecoutez, quand un médecin traitant nous dit que son patient est en train de mourir du sida, nous le croyons sur parole. A partir du moment où il nous fait une déclaration écrite attestant qu'il est prêt à délivrer le permis d'inhumer, ça ne nous concerne plus.

— Mais nous avons trouvé de la drogue cachée dans son lit. Il pourrait donc aussi bien avoir succombé à une overdose ou avoir été assassiné.

— Il était mourant, de toute façon.

— Docteur, une autopsie s'impose.

— Non, c'est vous qui voulez l'imposer, nuance. Et qui donc va la pratiquer, d'après vous ? Mes gars s'y refusent, ça je le sais, et je ne peux vraiment pas les en blâmer.

— Mais, docteur...

— Il n'y a pas de « Mais, docteur » qui tienne. Il existe dans mes services une procédure écrite pour des cas de ce genre et nous la suivons à la lettre. Si vous voulez une autopsie, adressez-vous au médecin traitant. Et maintenant, ne vous en déplaise, je retourne à celle que je pratiquais avant d'être si cavalièrement interrompu.

Il me raccrocha au nez. Je me retournai vers les gens qui, dans le living de Jonathan Thomas, attendaient de connaître la réponse du docteur Baker.

Riley, debout, les bras croisés sur la poitrine, me dévisageait d'un air furibond.

— Alors ? fit-il.

J'adressai un signe de tête d'acquiescement au conducteur du fourgon sanitaire.

— Allez-y, emmenez-le, dis-je. Mais pas d'embaumement, aucune autre préparation avant que j'aie pu contacter son médecin, bien compris ?

— Alors là, vous pouvez être tranquille, assura-t-il.

Je lui tendis ma carte.

— Je suis l'inspecteur Beaumont. Où emmenez-vous le corps ?

Le conducteur jeta un coup d'œil sur la carte et l'empocha.

— Aux établissements funéraires Ramsay et Fils, rue East Pin.

Sur ce, son partenaire et lui disparurent dans le couloir. Al Lindstrom, Tom Riley et moi attendîmes dans le salon, sans mot dire, le retour des deux hommes qui portaient précautionneusement entre eux le brancard chargé du mort.

Riley se dirigea vers la porte et la leur tint ouverte tandis qu'ils manœuvraient délicatement la civière pour franchir le seuil et descendre le perron. Riley ne rentra dans la maison que lorsque le corps eut été chargé dans le fourgon et que le véhicule eut tourné le coin de la rue.

Il nous jeta, à Al et à moi, un regard chargé d'un dégoût non dissimulé.

— Qu'est-ce que vous attendez ?

— Nous voulons vous parler de Richard Morris, dis-je.

— Ce petit connard ? Qu'est-ce que vous lui voulez ? Il devrait rentrer d'une minute à l'autre, alors vous n'avez qu'à vous adresser à lui.

— Vous n'êtes pas tellement amis, si je comprends bien ?

Les lèvres minces de Riley esquissèrent un rictus de mépris.

— Pas tellement, non. Jon aurait dû virer cet enfoiré depuis des mois.

— Pourquoi ?

Je ne lui révélai point que Richard Morris ne rentrerait plus jamais à la maison, car telle n'était pas ma méthode. La règle d'or pour un inspecteur de la Criminelle, c'est de poser des questions. De les poser d'abord, de parler ensuite. De prendre d'abord, de donner ensuite. Toutes les femmes, ou plutôt les ex-femmes d'inspecteur vous le diront.

La liste de doléances que Tom Riley nous dressa contre Richard Dathan Morris ressemblait fort aux récriminations qu'aurait pu exprimer une ex-épouse en furie.

— Pourquoi ? Parce que Rick est encore en train de courir les rues, et d'une. Parce qu'il ne s'occupe que de lui et qu'il se fout des autres, et de deux. Et aussi parce qu'il n'était pas là hier soir quand Jon avait besoin de lui.

— Est-ce que vous l'avez vu à un moment quelconque de la nuit dernière ? intervint Al.

— Il était là quand je suis sorti, à onze heures. Il a dit qu'il ne bougerait pas de la nuit, ce sale petit menteur. J'arrive pas à croire qu'il ait pu filer et laisser Jon tout seul. Aussi quand je le retrouverai…

Riley n'acheva pas sa menace. Il me jeta soudain un regard pénétrant comme s'il avait enfin saisi le sens convergent de nos questions. Car après tout, ce n'était pas au sujet de Jonathan Thomas que nous étions venus.

— Rick a fait une bêtise ? demanda-t-il subitement.

Son brusque changement d'attitude ne m'échappa pas. Il avait été désobligeant et grossier envers moi, allant même jusqu'à la violence physique lorsque j'avais voulu m'opposer à l'enlèvement du corps de Jonathan Thomas. Mais maintenant qu'il réalisait que mes questions étaient orientées en direction de Richard Morris, maintenant que je laissais planer l'éventualité de démêlés de ce dernier avec la police, il devenait tout à fait coopératif.

En vertu de quoi je changeai moi aussi mon approche, lui parlant avec beaucoup plus d'égards et de considération que je ne l'avais fait auparavant. Ce genre de respect est un outil fort utile : lorsqu'on l'utilise à bon escient, il délie les langues en même temps qu'il caresse dans le sens du poil.

— Nous ne savons pas, monsieur Riley. C'est d'ailleurs pour essayer d'y voir plus clair que nous sommes venus ici en premier lieu. Si vous pouviez simplement nous dire tout ce qui vous revient à l'esprit sur la nuit dernière, vous nous aideriez beaucoup.

Tom Riley se dirigea vers le canapé et s'assit, se frottant les yeux d'un air las.

— Bon, hier il a travaillé.

— Où ça ?

— Au Cinquième Avenue, de huit heures du matin jusqu'à dix heures du soir. C'est ce qu'il a affirmé en tout cas.

— Au Cinquième Avenue : le théâtre ?

— Exactement. Il faisait un montage.

— Un montage ?

Je ne voyais pas ce qu'il voulait dire.

— Oui, tous les préparatifs pour un spectacle routier : il est aide-machiniste au théâtre.

— Pour un quoi ?

Je me demandais s'il ne parlait pas une langue étrangère.

— Mais vous savez bien, un de ces spectacles itinérants, une tournée.

— Le nom du spectacle ?

— Pas la moindre idée. Un chanteur quelconque, sans doute. Je n'ai pas fait attention, Rick est tellement vantard que je n'écoute pas la moitié de ce qu'il raconte.

— A quelle heure est-il rentré à la maison ?

— Vers dix heures. Je venais de finir de m'occuper de Jon : lui faire prendre ses médicaments, ce genre de trucs.

Avec tout ce va-et-vient à la porte, le chat avait décidé de se réfugier à la maison. Il jugea le moment adéquat pour se glisser sur les genoux de Tom Riley et s'y lova confortablement. Pendant quelques longs instants, Riley resta à le caresser d'un air absent, comme si la présence silencieuse de l'animal lui apportait quelque réconfort.

L'homme que je voyais assis avec son chat sur les genoux était bien différent de celui qui m'avait si sauvagement agressé dans la chambre quelques minutes auparavant. Au cours de mes années d'expérience, j'ai appris à observer les animaux et leurs réactions en face des gens. Ils semblent posséder un instinct phénoménal pour distinguer les bons des méchants, pour s'attacher à ceux d'où émanent gentillesse et affection, et éviter les malfaisants ou les violents. Ce gros matou bien soigné était en train de donner à Tom Riley un sacré certificat de bonne moralité.

— Puis-je vous poser une question d'ordre professionnel, monsieur Riley ?

Il eut un bref sursaut, comme celui de quelqu'un qui s'endort à l'église ou dont l'esprit vagabonde au cours d'une conversation.

— Euh, pardon ?

— Je voudrais vous poser une question d'ordre professionnel.

— Je vous en prie.

— Est-ce que l'état de Jonathan Thomas, hier soir, pouvait vous laisser présager qu'il décéderait avant le matin ?

— Pas vraiment, répondit-il avec un mouvement de la tête. Il n'avait cessé de s'affaiblir, c'est vrai. Mais si une issue fatale était prévisible, je ne pensais pas qu'elle était si proche. Je m'en suis voulu toute la journée, d'ailleurs : j'aurais dû faire davantage attention et comprendre que c'était la fin.

— Avez-vous remarqué un changement dans sa respiration ?

— Non.

— Si vous aviez réalisé l'imminence de sa mort, seriez-vous parti ou au contraire resté toute la nuit ?

Ma question le piqua au vif. Il soutint mon regard, mais ses lèvres tremblaient.

— Je serais resté, murmura-t-il.

— Depuis quand êtes-vous l'infirmier de Jonathan ?

— Cinq mois.

— C'est long, cinq mois, commentai-je avec douceur, et cela montre combien vous vous préoccupiez de votre patient. Mais alors pourquoi êtes-vous tellement opposé à une autopsie ?

— Il n'en voulait pas et avait laissé des instructions bien

précises à ce sujet. Et puis il avait assez subi d'outrages comme ça, il me semble.

— Et si c'était un assassinat ?

— Pourquoi assassinerait-on un mourant qui n'a plus qu'une semaine ou deux à vivre ? Parce que c'est tout ce qu'il lui restait, au maximum.

— Pour abréger ses souffrances, par exemple ?

— Quoi, vous pensez à l'euthanasie ?

— Ça s'est déjà vu, vous savez. Rick Morris aurait-il été capable de quelque chose de ce genre ?

— Vous plaisantez ! C'est le type le plus égoïste que j'aie jamais vu.

— Et les parents de Jonathan ?

Riley secoua la tête.

— Je ne les ai jamais rencontrés. Jon m'a dit qu'ils l'avaient renié il y a environ un an.

— Et vous ?

Cette dernière question, posée à brûle-pourpoint, visait à prendre Tom Riley par son point faible, à le bouleverser suffisamment pour qu'il avoue, si possible, ou du moins ait une réaction nous montrant qu'il cachait quelque chose. Mais cela ne marcha pas.

— Moi, je ne l'aurais pas laissé mourir sans être avec lui, répliqua-t-il calmement.

C'était une réponse plutôt ambiguë. Les gens innocents braillent comme des déments lorsqu'on les accuse d'une chose qu'ils n'ont pas commise. Ceux qui sont coupables se réfugient dans des faux-fuyants. J'avais attendu des dénégations véhémentes après cette quasi-accusation. Au lieu de cela, il avait simplement détourné ma question.

J'étais silencieusement en train de méditer sur la façon dont il avait biaisé lorsque Al intervint dans la conversation.

— Vous dites que vous ne connaissez pas ses parents et qu'ils l'ont renié. Savez-vous où ils sont, comment ils s'appellent ?

Il se leva et quitta la pièce pour revenir avec un dossier toilé. Il l'ouvrit, feuilleta quelques pages et en sortit une.

— Ils s'appellent Dorothy et William B. Thomas, lut-il. Ils habitent du côté de Bellevue.

Il tendit le papier à Al qui le parcourut et prit quelques notes sur son calepin.

— Jon gardait ce dossier près de son lit, expliqua Riley. Il avait laissé ses instructions pour l'enterrement : quelle entreprise de pompes funèbres, quel genre de service, qui prévenir, entre autres choses. Et pas d'autopsie, précisa-t-il avec un regard entendu à mon intention.

Al avait achevé de prendre ses notes. Il lui rendit précautionneusement la feuille comme s'il s'agissait d'une grenade dégoupillée et ne put s'empêcher d'essuyer inconsciemment sa main sur son pantalon : l'idée du sida lui flanquait de toute évidence une sacrée trouille, au gros Al.

— Est-il resté lucide jusqu'à la fin ? demandai-je.

— Par intermittence.

— Les gars des stups vont bientôt débarquer ici pour prendre le paquet. Est-il possible que Jonathan ait dirigé un réseau de drogue depuis sa chambre pendant sa maladie ?

— Jon ? Vous voulez rire ! Il n'aurait jamais fait un truc pareil. Jamais, je le connaissais bien.

— Et Rick ?

— Lui, c'est une autre paire de manches, commenta-t-il en haussant les épaules.

— D'après vous, il aurait pu être revendeur ?

— Je n'ai aucune confiance en ce type-là. Il pourrait être mêlé à n'importe quoi.

— Y compris au trafic de drogue ?

Riley répondit par un signe de tête affirmatif.

— A quelle heure êtes-vous rentré ce matin ?

— Vers les sept heures et demie.

— Dans quel état avez-vous trouvé la maison, à votre arrivée ?

— Sens dessus dessous. Une vraie porcherie.

Je jetai un regard circulaire sur le salon. Bien que d'apparence plutôt miteuse, il était loin du désordre dans lequel je l'avais initialement entraperçu par l'entrebâillement des rideaux.

— Qui a tout rangé ? demandai-je.

— C'est moi, répondit-il. Jon souhaitait parfois que je roule le lit jusqu'ici : il s'ennuyait dans la chambre. Et je ne voulais pas qu'il trouve la pièce dans une telle pagaille, ça l'aurait contrarié. Alors comme j'ai cru qu'il dormait quand je suis allé le voir, j'ai fait le ménage en attendant qu'il se réveille.

— Il n'y avait pas de désordre quand vous êtes reparti hier soir ?

— Non. J'ai pensé que Rick avait invité du monde pendant la nuit. Il n'a jamais su ranger derrière lui.

— Il ne saura jamais, ajoutai-je doucement.

Riley fronça les sourcils et leva sur moi un regard interrogateur.

— Comment ça, il ne saura jamais ?

— Richard Dathan Morris a été victime de ce que nous croyons être un meurtre, la nuit dernière, près du marché de Pike Place.

Je l'observais attentivement pour voir comment l'infirmier diplômé Tom Riley accuserait le coup. Question vivacité de réaction, ce fut plutôt décevant.

— Bon débarras, articula-t-il calmement.

Et ce fut tout.

CHAPITRE 4

Deux inspecteurs de la Brigade des Stupéfiants arrivèrent quelques instants plus tard et prirent possession du paquet que nous avions découvert dans la chambre de Jonathan Thomas. Tom Riley étant devenu beaucoup plus coopératif, il nous laissa inspecter la maison de fond en comble. Nous nous attendions tous plus ou moins à découvrir sur place un attirail de toxicomane, mais il n'en fut rien. Nous ne trouvâmes d'autres accessoires et médicaments que ceux enfermés dans l'armoire à pharmacie de la chambre du malade, armoire dont l'infirmier affirma détenir la seule et unique clé.

Quand nous eûmes terminé notre fouille, nous conduisîmes Tom Riley au service du médecin légiste. Il reconnut Richard Dathan Morris au cours d'une procédure d'identification tout à fait routinière. Cela fait, nous revînmes à la maison de Bellevue où il nous communiqua le nom et l'adresse de la mère de Morris, Mme Veuve Grace Simms Morris, domiciliée à Bellingham, bourgade située à près de cent cinquante kilomètres au nord de Seattle.

Riley quitta la maison en même temps que nous, prenant avec lui le chat nouvellement orphelin. Nous lui assurâmes qu'après nous être entretenus avec le médecin traitant de Jonathan Thomas, nous préviendrions la famille du défunt. Il parut reconnaissant d'être soulagé de cette pénible démarche.

Le docteur Baker était en conférence lorsque nous étions passés pour la procédure d'identification, mais il avait laissé un message disant qu'il désirait nous voir d'urgence, Al et moi. Nous reprîmes donc le chemin du service du médecin légiste, au sous-sol de l'hôpital de Harborview, à First Hill.

— Il est mort d'une chute, commença Baker en nous dévisageant d'un regard impénétrable tandis que nous nous asseyions dans son bureau.

— Une chute ? Quelle chute ? demandai-je.

Baker poussa le dossier de Richard Dathan Morris dans ma direction. Puis il fouilla dans son bureau et en retira des trombones qu'il commença à lancer en direction du vase bleu ébréché qui était toujours sur le rebord de sa fenêtre. Bien qu'expédiés d'une main nonchalante tandis qu'il parlait, les trombones atteignaient le col du vase avec une précision presque parfaite.

— Enfin, ce n'est pas la chute elle-même qui l'a tué, mais l'impact sur le sol, rigola-t-il, amusé par son propre humour noir.

— La mort n'a donc pas été causée par les petits trous observés sur la tête et sur la poitrine ?

— Absolument pas. Ce ne sont que des blessures superficielles qui n'ont rien de fatal.

— Avez-vous déterminé ce qui les avait provoquées ?

— Mon petit doigt me dit que les enquêteurs ont découvert une chaussure à talon aiguille maculée de sang, par là-bas. Cela correspondrait tout à fait au genre de lésions relevées. D'ailleurs dans l'une d'entre elles, nous avons trouvé un petit morceau de caoutchouc qui pourrait bien être l'embout du talon. Nous avons prélevé d'autres indices, des fragments de corps étrangers, dans ces plaies. Nous aurons à déterminer si l'un d'entre eux correspond avec ce que le labo trouvera sur la chaussure. (Il s'arrêta quelques instants et hocha la tête d'un air surpris.) Ça doit être un sacré morceau, cette gonzesse.

— Que voulez-vous dire ?

— Les blessures n'étaient pas mortelles, d'accord. Mais il faut quand même être rudement costaud pour parvenir à faire pénétrer le bout d'un talon dans le corps de quelqu'un, surtout si ce quelqu'un se défend.

— Il s'est défendu ? demandai-je.

— Je pense que oui.

— Il porte des traces de griffures, de morsures ?

Le médecin légiste secoua la tête, faisant ondoyer sa chevelure blanche.

— Aucune trace de morsure, mais de multiples égratignures dont la plupart semblent provenir d'une chute dans un roncier où la victime aurait roulé. Mais aucune qui puisse être réellement imputée à des ongles humains.

— De la drogue ? demanda Al.

Baker, ayant épuisé son stock de trombones, s'interrompit et fouilla dans son bureau pour reprendre des munitions.

— Les premiers résultats sont négatifs. Nous procédons quand même à quelques analyses supplémentaires, mais celles-là prennent du temps. Voilà, c'est tout ce que nous avons pour l'instant.

Baker montra quelque impatience tandis que je finissais de parcourir rapidement le contenu du dossier. Lorsque je relevai les yeux, il avait déjà la main tendue pour que je le lui rende. Le message était clair : désolé que vous me quittiez si vite, voici votre chapeau.

Al et moi saisîmes l'allusion et nous nous levâmes pour partir.

— Au fait, ajoutai-je incidemment en m'arrêtant, la main sur la poignée de la porte, j'ai toujours besoin du nom et du numéro de téléphone du médecin traitant de Jonathan Thomas.

— Encore cette histoire ? Mais qu'est-ce donc qui vous

chiffonne, Beau, pour vous intéresser à ce point à ce type ? Vous trouverez le numéro chez ma secrétaire, en sortant.

— Avez-vous trouvé des anticorps du sida chez Richard Dathan Morris ? demandai-je avec un faux air innocent.

Le visage de Baker s'assombrit.

— On n'a pas cherché, pourquoi ?

— Vous devriez peut-être le faire : c'était le compagnon de Jonathan Thomas.

Sur ce, je refermai la porte du bureau du docteur Baker. Nous entendîmes derrière nous un trombone rebondir sur le col du vase et ricocher contre la vitre, le tout ponctué par un juron sonore.

— Tu as perturbé sa concentration, ironisa Al avec un sourire torve.

Nous fîmes escale au bureau de la secrétaire pour prendre le nom du médecin personnel de Jonathan Thomas, un certain Dr Wendell Johnson, appartenant au Cabinet Médical de Capitol Hill, sur Broadway.

Retrouvant, au-dehors, la lumière du soleil toujours aussi éclatante, le gros Al leva les yeux en direction de l'azur du ciel, puis s'étira en bâillant. Je reçus le message cinq sur cinq : il était temps, grand temps de rentrer à la maison.

— Peut-être qu'elle l'a tué en état de légitime défense, suggéra-t-il d'une voix lasse tandis que nous retournions à la voiture : il l'a attaquée, elle a retiré sa godasse et elle lui a filé une dérouillée. Qu'est-ce que t'en dis ?

— Ça ne tient pas la route, constestai-je. Si Morris était homosexuel, pourquoi aurait-il attaqué une femme ?

— Là, ça me dépasse, admit-il avec un haussement d'épaules.

Al Lindstrom est connu au service pour son esprit ultra-conservateur, américan moyen, popote et boy-scout. Je ne pus résister au plaisir de l'asticoter, rien que pour voir sa réaction.

— Imagine que Morris ait marché à voile et à vapeur.

La femme et lui auraient pu frayer avec le même bonhomme, dans ce cas ?

— Ça me donne envie de gerber rien que d'y penser, fit-il avec une grimace de dégoût. Bon, à chaque jour suffit sa peine : on reprendra cette merde plus tard et on s'occupera d'avertir la famille dès qu'on reprendra le service cet après-midi.

Il se remit à marcher. Je me retournai et levai les yeux sur la silhouette massive de l'hôpital de Harborview qui se dressait derrière nous. Mon partenaire habituel, l'inspecteur Ron Peters, s'y trouvait alité depuis plus de deux mois à la suite d'un accident. Il était au quatrième étage, au service dit de rééducation où docteurs et infirmières essayaient de recoller les morceaux brisés de ses cervicales et de son existence.

Ce n'était pas l'heure des visites, mais au fil des semaines, j'avais suffisamment lié connaissance avec le personnel médical pour aller et venir plus ou moins à ma guise.

— Je vais m'arrêter voir Peters, dis-je à Al. Tu pourrais ramener la voiture au Service, et moi je redescendrai la colline à pinces quand j'aurai fini.

— D'ac. Donne le bonjour au vieux Ron pour moi, hein ?

Je fis signe que oui de la tête, mais je doutai que le bonjour du gros Al soit de matière à alléger la chape de dépression qui s'était abattue sur Ron Peters.

Après l'accident, le diagnostic avait classé Ron parmi les tétraplégiques incomplets C 6, ce qui signifiait, entre autres choses, qu'en dépit de la fracture du cou, la moelle épinière n'avait pas été endommagée de façon irréversible. On pouvait donc espérer le voir un jour retrouver une partie ou la totalité de sa motricité.

Mais pour préserver ce mince espoir, il lui avait fallu rester près de deux mois immobilisé en position de traction permanente, des vis en métal fixées sur les os du crâne lui imposant un poids de trente kilos. Avec une telle blessure au cou, il pouvait se coucher d'un côté ou de l'autre, mais jamais sur le ventre ou sur le dos. Il commençait tout juste à retrouver un peu de mobilité des bras et ne pouvait rien espérer de plus pour l'instant.

Pendant le premier mois d'hôpital, on l'avait tellement bourré de calmants qu'il ne pouvait sûrement pas réaliser ce qui se passait autour de lui. Mais à présent, au fil des semaines de ce carcan physique et d'une absolue dépendance des autres même pour ses plus élémentaires besoins, Peters était tombé dans le gouffre béant du désespoir.

Les infirmières me dirent que cela n'avait rien d'inhabituel pour quelqu'un dans son état, et qu'il fallait lui apporter des raisons de s'accrocher à la vie. Je lui rendais donc visite régulièrement, mais il s'exprimait rarement par autre chose que des grognements monosyllabiques.

Un jour, pour essayer de lui redonner le moral, je vins avec ses filles, Heather et Tracie, âgées respectivement de six et sept ans. J'imaginais que la vue de ses enfants pourrait lui donner la motivation nécessaire pour se battre et progresser vers la guérison. Ce fut un échec : quelques minutes après leur arrivée, il leur fit allumer la télévision et les ignora complètement au profit des infos du soir. J'avais dû ramener les deux fillettes effondrées dans mon appartement, en ville, où je les hébergeais provisoirement.

Maxine Edwards, leur baby-sitter habituelle, les avait réconfortées comme elle avait pu, essayant de les consoler et de sécher leurs larmes. Les visites suivantes n'ayant guère plus de succès, je pris le taureau par les cornes et les expédiai toutes les trois en Californie du Sud pour quinze jours de vacances.

C'est dans des moments de ce genre qu'on apprécie d'avoir de l'argent. J'appelai Kelly, ma fille qui est à l'université et qui habite Cucamonga avec sa mère et son beau-père. Elle accepta volontiers de servir de guide touristique et de chauffeur pendant la durée de leur séjour, la note de frais restant bien sûr à ma charge.

Elles m'avaient appelé plusieurs fois au téléphone pour me faire part de leur enthousiasme. Elles s'amusaient tellement que Disneyland, les Studios de l'Universal et la Ferme des Confitures Knott n'auraient plus jamais la même saveur. Peters, par contre, n'avait pas du tout apprécié l'idée de ce voyage. Il s'était même carrément mis en rogne et nous avions échangé des propos très vifs à ce sujet. Pour lui, elles n'auraient jamais dû partir puisqu'il ne pouvait payer personnellement. Je lui rappelai qu'il m'avait confié les filles pour le temps qu'il faudrait et que je prenais bien volontiers à ma charge les frais que cela entraînait.

Les filles avaient envoyé à la maison pour leur père toute une collection de cartes postales aux couleurs criardes, chacune accompagnée de quelques souhaits de prompt rétablissement maladroitement rédigés. En fait, depuis plusieurs jours, j'avais entassé le paquet de cartes dans la poche de mon veston et je repoussais ce moment de la visite qui tournerait sans doute à l'aigre avec Ron. Je n'osais imaginer sa réaction à la vue des cartes.

Il fallait y aller pourtant. Quoique redoutant de me trouver en face de lui, je ne pouvais en toute bonne conscience temporiser plus longtemps.

Je pris donc l'ascenseur jusqu'au quatrième étage. Le compagnon de chambre de Peters, accidenté lors d'un plongeon, entamait progressivement sa période de transition entre le lit et le fauteuil roulant. Il était sorti de la chambre lorsque j'arrivai. Peters était allongé sur le flanc, un journal maladroitement ouvert sur le lit à côté de lui.

— Comment ça va ? lui demandai-je avec le plus de désinvolture et d'entrain possible.

— Bof, jeta-t-il sans lever les yeux.

— Sais-tu quand on te retirera cet engin diabolique ? fis-je en tapotant le cadre de traction au-dessus de sa tête.

— Quand ils voudront, répondit-il sur un ton morose.

Comme d'habitude, Peters n'était pas d'humeur particulièrement causante. Je fis effort pour poursuivre mon monologue.

— Le gros Al et moi, on a eu une nouvelle affaire aujourd'hui, commençai-je en espérant faire jaillir en lui une étincelle d'intérêt. Une espèce de pédé s'est fait trouer la couenne à coups de talon aiguille, après quoi on l'a balancé à côté de la voie ferrée. Tu vois l'entrée du tunnel de Burlington Nord, derrière le marché de Pike Place ?

Je m'arrêtai un instant, espérant une réponse de Peters. Rien ne venant, je repartis pour un tour.

— On a fini par savoir que ce personnage était une sorte d'aide-machiniste qui avait travaillé hier au Théâtre de la Cinquième Avenue. Bref, on est allés chez lui pour découvrir que son copain était décédé à la maison, la nuit dernière lui aussi. Pour le docteur Baker, il s'agit d'une coïncidence puisque le copain est mort du sida. Et comme cette issue n'était pas accidentelle mais prévisible, le service du médecin légiste refuse de pratiquer une autopsie.

— Pourquoi en veux-tu une ?

La question de Peters me surprit. Depuis des semaines, je m'étais fait à l'idée de conversations totalement à sens unique. Et voici que, brusquement, il manifestait un soupçon d'intérêt pour quelque chose, signe qu'il émergeait de l'isolement dans lequel il se confinait. Je fus tellement abasourdi que j'en oubliai presque de répondre à sa question.

— Oh, est-ce que je t'ai parlé de la drogue ?

— Non.

— Quand nous sommes arrivés dans la maison, l'infirmier avait appelé les pompes funèbres pour enlever le corps. En bougeant son oreiller, ils ont fait tomber par terre une demi-livre de ce qui semble être de la coke solide. L'infirmier a piqué une colère et a voulu me flanquer une raclée. Il y serait parvenu si Al ne l'en avait empêché.

— Et tu crois que le petit copain a été assassiné lui aussi ?

— Absolument. Je me fous de ce que dit le docteur Baker. Je ne crois pas aux coïncidences, moi. D'une manière ou d'une autre, il y a eu meurtre, j'en mettrais ma main au feu.

— Des trafiquants de drogue ?

— Non, répondis-je. J'en ai parlé aux inspecteurs des Stups : pour autant qu'ils sachent, Morris n'était pas un trafiquant.

— Les Stups ne connaissent pas absolument tous ceux du coin, grogna-t-il.

Si les deux services, la Criminelle et les Stupéfiants, travaillent bien pour la même boutique, la police de Seattle, ils ne sont pas toujours dans les meilleurs termes.

En tout cas, il était bon de pouvoir de nouveau susciter des idées dans le cerveau fort compétent de Peters. Je m'en sentis instantanément enthousiasmé. Peut-être arriverait-on, d'une manière ou d'une autre, à le ramener à la vie.

— Tu dis que ces deux types étaient des homos ? demanda-t-il. (J'acquiesçai.) Et l'infirmier ?

— Riley ? Eh bien ?

— Il l'est aussi ?

Pendant un long moment je pensai à l'infirmier Tom Riley. La question ne m'était jamais venue à l'esprit jusqu'à ce que Peters ne l'aborde.

— Je ne sais pas, finis-je par dire.

— Je commence à en connaître un rayon sur les infirmiers, rappela Peters avec une pointe de son ancien sens de l'humour. A ta place, je jetterais un coup d'œil de son côté. Peut-être n'est-ce ni plus ni moins qu'une bonne vieille histoire de ménage à trois.

— Bon sang, Peters, je crois que tu as soulevé un bon lièvre. Alors je fonce.

Je bondis de mon siège et sortis si rapidement de la chambre que je faillis percuter une jeune et jolie kinésithérapeute qui entrait pour s'occuper de Ron. Je l'avais déjà vue plusieurs fois auparavant. Elle était prompte à sourire ou à rire.

— Vous m'avez l'air un peu trop pressé, remarqua-t-elle avec une mimique faussement courroucée, les mains sur les hanches, après qu'elle eut recouvré son équilibre.

— S'il vous plaît, mademoiselle, remettez-moi ce gars-là sur pied et faites-le vite sortir d'ici, dis-je en pointant le doigt en direction de Peters, j'ai besoin de lui. La police de Seattle ne peut se passer des services d'un homme qui arrive à résoudre des énigmes cloué sur un lit d'hôpital.

Le rire de la jeune femme résonnait encore derrière moi dans la chambre alors que je me précipitais dans le couloir. Dans mon excitation, j'oubliai ma fatigue et ma faim. J'oubliai aussi que je n'avais pas ma voiture.

Je sortis à fond de train de l'hôpital en direction du parking, fouillai dans mes poches pour prendre mes clés. Elles étaient bien là, d'accord, jouxtant toute une collection de cartes postales.

Mais ma Porsche, malheureusement, était restée bien tranquillement garée dans son box à la maison. Il y a des jours comme ça.

Des jours où il faut accepter le moins bon comme le meilleur.

CHAPITRE 5

Trop pressé pour partir à pied ou à la chasse aux bus, je pris un taxi qui me conduisit en dix minutes à Belltown Terrace, l'immeuble de mon nouvel appartement situé au coin de la Deuxième et de Broad. Pas besoin de monter chez moi : je pris l'ascenseur pour descendre directement au parking des résidents. Je fis avaler à ma Porsche l'interminable spirale conduisant du P 4 à la sortie du garage.

Tom Riley avait donné une adresse à Seattle Ouest. J'empruntai le viaduc de l'Alaska en direction du sud et franchis le pont de Spokane Street. J'ai toujours pensé que ce nouveau pont aurait dû porter le nom du pilote de ce vieux navire norvégien qui brisa le précédent et fut par la suite assassiné. Sa veuve finit par être reconnue coupable ; mais moi, je me demande s'il ne s'agirait pas plutôt de la vengeance de quelque banlieusard qui aurait été pris dans les gigantesques embouteillages qui, pendant des années, ont résulté de l'accident.

Seattle est un port en eau profonde, et il y a donc peu d'endroits, aux abords de la ville, qui aient des plages aisément accessibles. Alki, à Seattle Ouest, est l'un de ces sites. Il ressemble bien davantage à une station balnéaire de Californie qu'à une bourgade des environs de Seattle. Avec, pour compléter le tableau, des adolescents qui déambulent, des problèmes de circulation et d'incessantes querelles entre les autochtones et les gens de passage au sujet du surplus d'ordures et des difficultés de stationnement.

Le trajet me donna le temps de la réflexion. D'après Tom Riley, Richard Dathan Morris aurait été un personnage bourré de défauts. Quant à Jonathan Thomas, il était de toute façon condamné à brève échéance. Alors pourquoi s'évertuer à chercher le meurtrier d'un individu aussi odieux que Morris ? Et pourquoi essayer d'établir si Thomas avait été assassiné ou si sa mort correspondait simplement à l'issue inévitable de sa maladie ?

Pourquoi ? Parce que c'est mon métier. Parce que, même mourante, la victime d'un meurtre reste la victime d'un meurtre. C'est tout bonnement une question de principe. Si on laisse les gens, aussi bien intentionnés soient-ils, tuer à volonté, éliminer ceux qu'ils jugent indésirables ou décider arbitrairement du moment où il faut mettre fin aux souffrances d'autrui, les fondements mêmes de notre civilisation commencent à se fissurer.

J'ai consacré la plus grande partie de ma vie d'adulte à une profession ayant pour règle d'or qu'ôter la vie constitue un meurtre et que ceux qui le commettent doivent en rendre compte devant la justice. Y compris celui ou celle qui avait tué Richard Dathan Morris et aussi, le cas échéant, Jonathan Thomas.

Tout en conduisant, je me maudissais de n'avoir pas été plus perspicace. Peters n'était même pas allé chez Thomas, et pourtant, en quelques mots, il m'avait énoncé une évidence. Elémentaire, mon cher Beaumont, aurait dit Sherlock Holmes à l'énoncé de sa brillante déduction sur l'orientation sexuelle de Tom Riley. Alors, qu'est-ce qui m'arrivait donc ?

Comment avais-je pu passer à ce point à côté ? Serait-ce par manque d'indices matériels ? Ou simplement parce que je n'avais pas voulu voir ? Etait-ce un exemple de cécité sélective ou une fuite devant la réalité ?

En tant qu'hétérosexuel et heureux de l'être, je me sens mal à l'aise devant les homos, j'ai un préjugé contre eux. On m'a fait une ou deux fois des propositions quand j'étais jeune, et ces expériences ont laissé gravée en moi une impression désagréable dont je ne commence à me débarrasser que maintenant.

Pendant des années, ma façon d'appréhender ce préjugé avait été d'avoir le moins possible affaire avec les homos. Michael Browder, le décorateur qui venait m'aider à agencer et à meubler mon nouvel appartement, était le premier homosexuel avec lequel j'avais travaillé pendant une longue période de temps. Il n'étalait pas son homosexualité par les habituels accoutrements ou le maniérisme prétendument typique auxquels j'aurais pu m'attendre. Bref, Browder était un type sympa qui m'avait ouvert les yeux sur certains des sentiments d'intolérance profondément ancrés en moi.

Et maintenant, cette série de rencontres avec Richard Morris, Jonathan Thomas et Tom Riley était de la même veine : il s'agissait de gens ordinaires, bons ou mauvais, comme tout le monde.

Tom Riley, si Peters et moi ne faisions pas erreur, était un homosexuel sans le parler grotesque et les sourires minaudiers des stéréotypes. Mais homosexuel tout de même, j'en étais à présent convaincu. Restait donc à essayer de déterminer l'incidence de ses mœurs sur cette affaire.

Y avait-il eu ménage à trois ? Cela aurait pu expliquer certaines des réactions déconcertantes de l'infirmier. Peut-être son aversion prononcée pour Richard Dathan Morris révélait-elle une bonne vieille jalousie, ainsi que Peters l'avait suggéré. Encore que j'eusse bien du mal à associer le terme de « jalousie » à des relations exclusivement masculines.

J'étais tellement perdu dans mes réflexions que je dépassai l'adresse laissée par Riley. Je fis demi-tour et revins me garer en face de la maison.

Elle était située sur l'avenue Alki même, suffisamment éloignée du phare vers l'est pour être en dehors du quartier aux loyers élevés. Son appartement se trouvait dans le sous-sol d'une maison en bois. Il s'agissait, en fait, d'un ancien garage à deux places transformé en habitation. Derrière la baie vitrée coulissante, une minuscule terrasse en planches ne laissait guère qu'à un seul et unique transat la place de trôner dans un splendide isolement. Sortir contempler la pointe nord de la ville de Seattle, de l'autre côté de la baie d'Elliott était ici un plaisir solitaire.

En m'approchant de la porte, j'entendis le son d'un piano à l'intérieur. C'était une vieille ritournelle, mais exécutée d'une façon trop classique pour que je puisse l'identifier. Lorsque je frappai, le piano s'arrêta net et Tom Riley vint ouvrir la porte, tenant dans ses bras son chat aux yeux bleus, nouvellement adopté.

— Qu'est-ce que vous voulez ? demanda-t-il.

Le ton de sa voix, ses gestes, son attitude, tout me montrait bien qu'il n'était pas enchanté de me voir. Mais j'ai l'habitude : les inspecteurs de la Criminelle n'ont jamais crevé le plafond des sondages de popularité.

— J'ai besoin de vous parler, monsieur Riley. Puis-je ?

— N'avons-nous pas déjà suffisamment parlé ?

— Non.

Il s'écarta à contrecœur pour me laisser le passage. Une fois entrés et la porte refermée, il posa délicatement le chat à terre. L'animal vint immédiatement se frotter à ses chaussures.

— Il ne s'est pas encore accoutumé ici, expliqua Riley en le regardant faire. J'ai peur qu'il sorte et qu'il s'échappe.

Un regard circulaire me donna l'impression d'une pièce à la fois petite et encombrée, un peu comme si le mobilier de toute une maison avait été sommairement entassé dans une ou deux pièces. Les chaises, les tables, les rayons à livres avaient été fourrés là, pêle-mêle, sans le moindre ordonnancement.

— Vous pardonnerez le désordre, s'excusa-t-il. J'avais pensé me débarrasser de mon surplus après avoir emménagé ici, mais le temps m'a manqué.

Le piano, un beau petit instrument finement travaillé, se tenait tout près de la porte. Une bouteille de Jack Daniel's était posée dessus, ainsi qu'un verre de whisky avec du Seven-up. Tom Riley semblait écluser dur, côté alcool. Surtout le matin, puisque midi était encore loin.

— Je vous sers à boire ? proposa-t-il.

— Non merci. Il est trop tôt pour moi.

Il saisit la bouteille et se versa un whisky bien tassé. Il m'indiqua un canapé au milieu du capharnaüm de la pièce, s'installa dans un rocking-chair pivotant et posa la bouteille à demi-vide entre nous deux, sur une petite table à dessus de verre.

— Eh bien, parlez, dit-il en buvant cul sec.

— Vous noyez votre chagrin ? demandai-je doucement.

Il leva son verre à hauteur des yeux et regarda pensivement à travers en direction de la baie vitrée. Celle-ci encadrait une vue classique sur l'étendue calme et d'un bleu éclatant de la baie d'Elliott, avec en arrière-plan la partie supérieure de Seattle qui miroitait au loin. L'Aiguille de l'Espace, gratte-ciel de bureaux surmonté d'une plate-forme et d'une flèche, semblait planer dans l'air comme une soucoupe volante, sa tour centrale étant presque invisible dans la lumière éblouissante du soleil.

— Peut-être, répondit-il enfin.

— Vous voulez qu'on en parle ?

— Pas particulièrement.

— Monsieur Riley, j'ai l'impression qu'il y avait entre Jonathan Thomas et vous beaucoup plus qu'un simple rapport d'infirmier à malade.

Il leva la tête et me dévisagea d'un regard intense, un sourcil légèrement arqué.

— Vraiment ?

Il ne me facilitait pas les choses. En essayant de déterminer ce qui s'était passé entre eux trois, je me sentais déjà en porte à faux. Je devais reprendre un meilleur contrôle de la situation et placer le débat sur un terrain plus solide.

Sans autre explication, je sortis de ma poche le petit étui de cuir qui contenait à la fois ma plaque de policier et ma carte d'identité. Il renfermait également l'habituelle carte plastifiée pour la lecture des droits.

Je me raclai la gorge et commençai à lire.

— Vous avez le droit de garder le silence...

Au lieu de sembler s'émouvoir, Riley se servit simplement un autre verre tandis qu'il m'écoutait. Tout en me regardant attentivement, il se réinstalla dans son fauteuil comme si les mots que j'étais en train d'articuler ne le concernaient en rien. Son attitude était d'une totale indifférence.

— Ainsi, vous me prenez pour le meurtrier ? demanda-t-il lorsque j'eus terminé.

L'alcool donnait à sa voix une certaine morgue, une touche d'arrogance qui ne s'étaient pas manifestées lors de nos précédentes rencontres.

— L'idée m'en a traversé l'esprit, répliquai-je sur un ton neutre. Où êtes-vous allé la nuit dernière après le travail ?

— Je suis rentré chez moi.

— Quelqu'un vous a-t-il vu ?

— Je vis seul.

— Et votre propriétaire ?

— Mon propriétaire est en fait une veuve qui est complètement bourrée chaque soir à partir de six heures.

— D'après ce que vous m'avez déclaré précédemment vous aviez une bien piètre opinion de Richard Morris ?

— C'est vraiment le moins qu'on puisse dire.

— Pourquoi cette aversion ?

— Parce que c'était un parasite, un menteur, un type moche.

— Depuis quand Jonathan et lui ont-ils... euh...

Je m'interrompis, mal à l'aise, ne trouvant pas le mot adéquat.

— Depuis quand ils ont été amants ? compléta Riley. (J'acquiesçai de la tête.) Je ne sais pas, depuis longtemps, j'imagine. Pour moi, Rick Morris a vu là un moyen de se faire entretenir et il a vécu à ses crochets.

— Jonathan Thomas avait de l'argent ?

— Ses parents sont pleins aux as.

— Mais je croyais qu'ils l'avaient renié ?

— La grand-mère de Jon lui a laissé de l'argent à part, un fonds de dépôt et la maison.

— Ainsi, la maison lui appartenait ?

— En toute propriété, affirma-t-il en se servant un autre verre. Vous êtes sûr que vous ne voulez rien ?

— Certain.

Il ne but pas d'un trait, cette fois. Au contraire, il prit une petite gorgée et reposa le verre sur le guéridon à côté de la bouteille. Je dus reconnaître que, homo ou pas, il tenait rudement bien l'alcool.

— Et les parents de Jonathan ne sont jamais passés pendant que vous travailliez chez lui ?

— Jamais, non. D'après ce qu'il m'a dit, ce n'était pas surprenant. Son père est un de ces bigots qui raisonnent à coups de bible et qui pensent que l'homosexualité est un aller direct et sans retour vers l'enfer et la damnation. Quant à sa mère, tout ce que dit papa est bel et bon.

— Et la mère de Richard Morris ?

Riley eut un haussement d'épaules.

— Elle est venue deux fois à Seattle. Je l'ai rencontrée : c'est sans doute une brave dame. Un peu excentrique par moments, mais qui ne le serait pas avec un fils comme ça ?

— Parlez-moi de lui, demandai-je doucement.

— La folie des grandeurs. Quand je l'ai rencontré pour la première fois, il voulait absolument être flic dans la police secrète. Quelques semaines plus tard, il en avait complètement abandonné l'idée. Il valait mieux d'ailleurs.

— Pourquoi ça ?

— Parce qu'il fricotait avec un mauvais milieu.

— La drogue ?

De la tête, il fit signe que oui.

— Il travaillait un peu comme aide-machiniste, mais il passait le plus clair de son temps à faire la foire : il ramenait à la maison toutes sortes de personnages indésirables à n'importe quelle heure du jour ou de la nuit.

— Même après que Jonathan soit tombé malade ?

— Il ne s'est pas gêné, fit Riley d'un air sinistre.

— Ils buvaient, se droguaient ?

— Les deux. En y réfléchissant, je ne l'ai jamais véritablement vu toucher à la drogue, mais il y en avait en circulation autour de lui.

— Et il avait de l'argent ?

— Toujours.

— A-t-il amené quelqu'un à la maison la nuit dernière ?

— Il n'y avait personne d'autre quand je suis parti.

— Et vous êtes sorti à onze heures ?

— C'est ça.

— Y avait-il des femmes dans ses relations ?

— Quelques-unes.

— En connaissiez-vous qui portaient des habits fantaisie ? demandai-je en pensant à la chaussure bleue à haut talon maculée de sang.

— Pas que je me souvienne.

— Et la nuit dernière, avez-vous remarqué quelque chose de spécial dans le comportement de Morris ?

— Rien d'extraordinaire, non, sauf peut-être...

— Sauf quoi ?

— Il avait l'air heureux.

— Heureux ?

— Disons plutôt satisfait de lui-même. Comme s'il avait joué un bon tour à quelqu'un.

— Mais vous ne savez pas de quoi il s'agit ?

— Non.

— A quelle heure êtes-vous retourné là-bas ce matin ?

— A sept heures et demie.

— Ça fait une sacrée journée, jusqu'à onze heures du soir, observai-je. Etiez-vous le seul infirmier de Jonathan Thomas ?

— Oui.

— Chaque jour depuis cinq mois ?

Tom Riley prit son verre et le vida.

— Chaque jour, répéta-t-il. Semaine après semaine, mois après mois.

— Avec toujours autant d'heures ?

— Pas toujours, non. J'assurais régulièrement les huit heures et les cinq jours par semaine que je devais. Le reste était pris sur mon temps à moi.

— Bénévolement ?

Il eut un sourire sardonique.

— Je n'avais rien d'autre à faire. Et ça m'évitait de traîner dans les rues.

Un moment de silence s'installa entre nous.

— Bon, dit-il enfin. N'allez-vous pas me demander pourquoi je l'ai fait ? Pourquoi j'ai travaillé toutes ces heures sans être payé ?

— Si, effectivement. Pourquoi ?

Il se servit encore un verre.

— Parce que je l'ai aussi, répondit-il calmement.

Il me fallut quelques instants pour comprendre. Je reçus enfin le message.

— Vous voulez dire que vous avez aussi le sida ?

— Pas la maladie. Du moins pas encore. Je ne suis pour l'instant que séropositif, mais j'imagine qu'à terme, la sentence de mort est la même. Je le sais depuis longtemps, depuis des années. J'ai découvert la vérité au cours de cette période initiale de panique des années 82 et 83, où docteurs et infirmiers avaient peur de s'occuper des malades du sida, dans les hôpitaux. Vous vous souvenez ?

Ça n'est pas si lointain, pensai-je en me remémorant la réaction du docteur Baker dans son cabinet de médecin légiste, le matin même.

— Oui, je me rappelle, dis-je.

— Les choses se sont améliorées, depuis. Les gens ont appris qu'en prenant les précautions adéquates, la maladie n'est pas du tout contagieuse. Mais elle a quand même changé ma vie, vous savez : impossible de continuer à fréquenter des gens dans les bars, impossible de me comporter comme si je me foutais de ce que je pouvais faire aux autres. Alors j'ai emménagé ici et je me suis réfugié dans le travail. J'ai demandé à m'occuper de malades du sida. Exclusivement. J'ai travaillé avec six d'entre eux jusqu'à présent (Il s'arrêta un moment pour lever sur moi un regard ferme par-dessus le bord de son verre.) Ils sont tous morts, ajouta-t-il doucement, tous sans exception.

De nouveau, le silence emplit la pièce. Le chat sortit nonchalamment de la chambre et sauta, sans y avoir été invité, sur les genoux de Tom Riley. Il tourna une ou deux fois sur lui-même avant de s'installer, confortablement roulé en boule, et de se mettre à ronronner si fort que je pouvais l'entendre de l'endroit où je me trouvais.

Le regard de Riley revint sur moi.

— D'autres questions ?

— Non, fis-je en me levant. Je trouverai la sortie tout seul.

Ce que je fis. Je me hâtai de retourner à ma voiture.

Tandis que je me faufilais à toute allure dans la folle circulation estivale de Alki Avenue, je pensai longtemps et intensément à lui.

Du fin fond de ma mémoire me revinrent les mots que

miss Arnold nous ressassait lors de classes de littérature anglaise à l'école Ballard, des mots du poème immortel de Rudyard Kipling, des mots qui semblaient écrits pour Thomas Riley.

Tu es un homme meilleur que moi, Gunga Din.

CHAPITRE 6

C'était l'été où certains de nos édiles les mieux inspirés avaient décidé de reconstruire Seattle de bas en haut. On bâtissait partout, des tours dans le centre ville, des tunnels de dégagement souterrains sous la Troisième Avenue.

Les perturbations qui s'ensuivirent n'allaient pas sans entraîner quelques désagréments. Primo, elles détournaient une masse de clients virtuels du cœur commercial de la ville ; laissée pour compte également toute une faune de parasites voyait diminuer le nombre de pigeons potentiels. Secundo, elles réduisaient considérablement les possibilités de stationnement.

Je devais passer au bureau suffisamment longtemps pour rédiger mon rapport, mais le seul parking des environs à ne pas être sursaturé se trouvait cinq pâtés de maisons plus loin. Je dus parcourir tout ce chemin parmi des paumés chapardeurs, répugnants et antipathiques. Seulement, je ne suis pas bonne poire, et je restai inflexible. L'un d'entre eux me souhaita bonne journée quand même.

Ce fut bon de revoir les gars du service de jour, ceux avec lesquels Peters et moi avions travaillé pendant des années. Ron à l'hôpital, j'avais temporairement pris un service de nuit. Comme d'habitude, le Sergent Watkins, le Capitaine Powell et bien d'autres s'enquirent des progrès de Peters. Ce dernier avait fait savoir qu'il ne désirait pas de visites, et les collègues s'étaient en grande majorité conformés à ce désir. Quant à la progression de l'état de santé de Peters, je constituais la principale source d'information du service.

Je m'enfermai dans le box qui était mon minuscule bureau et expédiai l'inévitable rapport. La faim et le sommeil commençaient à se faire sentir. Vu mon emploi du temps habituel, onze heures du matin faisait bien tard pour me coucher.

Sur le chemin du retour à la maison, je m'arrêtai au Doghouse. Ce restaurant ouvert vingt-quatre heures sur vingt-quatre est, avec son aspect vieillot et ses tapis rapiécés, un endroit sans prétention qui constitue l'un de mes repaires favoris en ville. Wanda, ma serveuse attitrée, me vit dès que j'entrai. Je lui passai ma commande par signes et elle se rendit tout de suite à la cuisine pour me faire préparer deux œufs sur le plat. Elle revint à ma table avec une tasse de café.

— Vous arrivez bien tard pour le petit déjeuner, observa-t-elle. Vous avez fait des heures supplémentaires ?

— Un peu, oui ! répondis-je, mais, comparées à celles de Tom Riley, c'était vraiment peu de chose.

Wanda disparut et me rapporta les mots croisés du journal. Je n'achète jamais les journaux, j'en fais un point d'honneur. Or, depuis mon déménagement du Royal Crest, je n'avais plus de voisin de palier qui me garde les mots croisés. Wanda avait pris le relais et elle m'en apportait régulièrement deux à chaque fois que je venais.

Je m'attaquai à la grille tout en mangeant. Je me congratulai moralement lorsque j'eus trouvé le mot de douze lettres qui signifie « menaçant », c'était « comminatoire ». Les vrais mordus de mots croisés sont des puits de connaissances inutiles.

Lorsque j'eus terminé, je bus ma dernière tasse de café

tout en pensant à Richard Dathan Morris. La remarque de l'infirmier selon laquelle il voulait travailler dans la police secrète ne collait absolument pas avec le personnage. Et puis il y avait ce détail au sujet des réunions nocturnes : d'après Riley, il y circulait de la drogue, mais il ne se souvenait pas d'avoir jamais vu Morris en prendre. Incapable de démêler cet écheveau, j'abandonnai et rentrai chez moi.

J'avais emménagé dans mes nouveaux pénates depuis un peu moins d'un mois, et je ne m'étais toujours pas accoutumé à vivre à Belltown Terrace. Prévu au départ pour être une prestigieuse copropriété du centre ville, cet immeuble était, après une quasi banqueroute, devenu un très luxueux complexe d'appartements de location. Seule une lecture attentive des documents légaux aurait montré à mes voisins que J. P. Beaumont était l'un de leurs propriétaires : je restais très discret au sujet de mon appartenance au groupement immobilier qui possédait l'immeuble entier, car je me faisais déjà suffisamment remarquer en tant que propriétaire du penthouse, vaste appartement donnant sur la terrasse du toit.

Dans l'ascenseur qui me montait au vingt-quatrième étage — depuis le quatrième niveau de parking souterrain, cela prend un certain temps — je ne pus m'empêcher de me demander si j'étais vraiment chez moi dans cet endroit. D'ailleurs, en tournant la clé dans la serrure, j'éprouvais toujours une pointe de regret que Anne Corley ne soit jamais là pour partager l'appartement avec moi. C'est elle qui l'avait payé, après tout.

Tout y était encore absolument neuf. Cela sentait la peinture fraîche, la moquette neuve, le mobilier neuf. J'avais casé Mme Edwards et les filles dans un trois pièces libre quelques étages au-dessous. Lorsqu'elles étaient à la maison, les gamines adoraient galoper dans l'escalier de service et venir me rendre visite. Elles laissaient toujours derrière elles un joyeux désordre d'affaires de gosse qui estompait quelque peu mon impression de vivre dans une photographie de *House and Garden.*

Heather et Tracie absentes, l'endroit était trop propre, trop net, trop vide pour que je puisse m'y sentir chez moi. Pour réagir contre la déprime du réfugié, je me dirigeai tout droit vers mon vieux fauteuil de relaxation que Michael Browder avait, bien à contrecœur, recapitonné avec un beau cuir souple. Il trônait en solitaire dans un petit cabinet qui était vite devenu ma pièce favorite dans cette vastitude.

Je m'installai et pris une profonde inspiration. Lorsque je suis assis là, j'ai toujours la tentation de faire des signes aux gens qui, à n'en pas douter, braquent depuis l'Aiguille de l'Espace les télescopes payants de la table d'orientation sur les vastes vitres qui composent la face nord de mon appartement.

Me carrant avec délices dans les formes accueillantes du vieux fauteuil, je fermai les yeux et m'endormis. Je fus tiré du sommeil par la sonnerie criarde du téléphone. En me penchant pour décrocher, je remarquai que mon répondeur clignotait énergiquement.

— Allô ? articulai-je.

— Allô, répondit une voix féminine, inspecteur Beaumont ?

— Oui.

— C'est encore Amy, Amy Fitzgerald. Avez-vous reçu mon message ?

Je considérai la lumière clignotante avec un sentiment de culpabilité. Déjà lorsque mon avocat, Ralph Ames, me l'avait offert, je n'avais guère aimé utiliser cet instrument. A présent encore, des mois plus tard, je négligeais toujours autant de vérifier les appels dès que j'arrivais à la maison.

— Non, dus-je reconnaître, je viens de rentrer et je n'ai pas encore relevé les messages.

L'appareil indiquait qu'il y en avait trois. Non seulement je n'avais pas écouté celui d'Amy Fitzgerald, mais encore j'ignorais qui était cette personne. Le nom me disait bien quelque chose, mais je ne pouvais l'associer à un visage.

— C'est de la part de Ron Peters, ajouta-t-elle.

Cela produisit un déclic dans mon esprit : Amy Fitzgerald était quelqu'un que j'avais rencontré à l'hôpital.

— Qu'y a-t-il donc ? Rien de grave, j'espère ?

— Non, mais il insiste pour vous voir immédiatement.

— Savez-vous à quel sujet ?

— Il a juste mentionné une sorte de nom de fleur ou de parfum : Jasmine.

— Il veut me parler d'une fleur ou d'un parfum ? m'étonnai-je, incrédule.

— Je ne sais pas, inspecteur Beaumont. Il ne m'a rien dit d'autre que de vous appeler immédiatement. Alors si vous pouviez venir tout de suite...

— D'accord, répondis-je. Je dois d'abord me doucher, mais je pourrais être là-bas dans une demi-heure.

— Merci beaucoup, inspecteur. Je le préviens que vous arrivez.

Je raccrochai et appuyai sur la touche de lecture de mon répondeur. L'un des messages venait de l'infirmière en chef de Peters, un autre d'un stagiaire de l'hôpital et le troisième était celui d'Amy Fitzgerald. Tous trois avaient appelé pour la même raison : Ron voulait me voir d'urgence.

Enfonçant la touche de remise à zéro de l'appareil, je me hissai péniblement hors du fauteuil. J'avais envie de dormir, une envie irrépressible de dormir. Ça lui était facile, à Peters, de me faire venir là-bas au pas de charge. Il pouvait dormir tout son saoul, lui.

Cette pensée ne m'avait pas plus tôt effleuré l'esprit que je me maudissais de l'avoir eue. Il pouvait dormir, ça oui, seulement il ne pouvait rien faire d'autre. Il ne pouvait pas suffisamment bouger les bras pour tenir un téléphone ou pour se nourrir. Il était totalement invalide, entièrement dépendant des autres pour chacun de ses besoins vitaux. Alors la moindre des choses, c'était d'aller à l'hôpital quand il m'appelait.

Et surtout de ne pas me plaindre.

Je me douchai donc, m'habillai et ramenai ma carcasse éreintée dans l'ascenseur. En sortant mes clés, je m'aperçus que j'avais omis de remettre les cartes de Heather et Tracie dans ma poche. Tant pis, ce serait pour une autre fois.

Il était deux heures sonnantes lorsque je parvins au parking le plus proche de l'hôpital. Cinq minutes plus tard, j'entrais dans la chambre de Peters, au quatrième étage.

— Tu y a mis le temps, ronchonna-t-il dès qu'il me vit.

La kinésithérapeute se tenait adossée au mur, à côté du lit, une main nonchalamment enfoncée dans la poche de son ample veste blanche ; ses cheveux châtains mi-longs encadraient librement un visage aux traits fins. C'était elle, Amy Fitzgerald.

— Allons, Ron, je vous ai dit qu'il devait se doucher. Et il a mis moins de temps que prévu pour arriver ici. (Elle s'approcha de moi, souriante, et me serra chaleureusement la main). Ne faites pas attention à lui, il est un peu grognon en ce moment. On est habitués, ici.

Elle se retourna vers Peters et lui adressa un petit salut.

— Je reviendrai plus tard, dit-elle en quittant la chambre.

Ron avait l'air peiné.

— J'ai l'impression d'être un sacré emmerdeur, fit-il.

— T'en fais pas, dis-je, on a tous des moments comme ça. Qu'est-ce que tu me veux ?

— Ils sont en ville pour deux nuits seulement. Alors j'ai pensé que tu aimerais suivre ça de plus près sans tarder.

— Qui, « ils » ? Et suivre quoi de plus près ? demandai-je, complètement perdu.

— Jasmine, répondit-il.

— Qu'est-ce que c'est que ça ?

— Tu n'as donc jamais entendu parler d'elle ?

— Jamais.

— Tu es vraiment désespérant, Beau, soupira-t-il. Jasmine Day, la chanteuse.

— Ah, et alors ?

Je ne savais toujours pas de qui il s'agissait, mais je me gardai bien de l'avouer à Peters.

— Elle passe au Théâtre de la Cinquième Avenue ce soir et demain soir. C'est le spectacle sur lequel ta victime devait être en train de travailler avant de mourir. Prends le journal, veux-tu, là-bas sur la table roulante.

J'obtempérai et me saisis du quotidien qui était resté ouvert à la page des spectacles. La première chose qui attira mon attention fut une annonce s'étalant sur un quart de page : « Jasmine Day : Coup de Foudre sur la Cinquième Avenue ». L'annonce se poursuivait en indiquant qu'il restait quelques billets disponibles pour ses deux « concerts de rentrée » à Seattle. La photo montrait une femme au visage encadré par une cascade de cheveux blonds. Elle avait un look à la Dolly Parton, sauf dans certaines parties du corps où elle était moins abondamment pourvue que Dolly.

— Qui est-ce ? demandai-je.

— Une chanteuse pop. Elle a fait une grande carrière dans le rock avant de se faire arrêter pour une histoire de drogue. On l'a envoyée en cure de désintoxication chez Betty Ford, à Rancho Mirage.

— C'est pour ça qu'ils parlent de « concerts de rentrée » ?

— Oui. Mais peut-être que la cure n'a pas suffi : autant que je me souvienne, Jasmine Day y allait drôlement fort, question coke.

A ces mots, je vis soudain le rapport avec Jasmine. Je compris pourquoi Peters avait si énergiquement insisté pour me joindre.

— Et ils ne sont en ville que pour ce soir et demain soir ?

— Exactement. C'est pourquoi j'ai pensé que quelqu'un devrait vite aller fureter là-bas.

— Puisque tu le dis, j'y fonce.

J'appuyais impatiemment sur le bouton de l'ascenseur lorsque Amy Fitzgerald me rejoignit dans le couloir.

— Vous n'êtes pas fâché contre lui, au moins ? s'enquit-elle.

— Bien sûr que non.

— Ah bon, fit-elle avec un soupir de soulagement, parce que j'avais peur. C'est parfois difficile pour les autres de rester compréhensif quand des gens dans l'état de Ron Peters sont si... euh... autoritaires.

— Non, ne vous inquiétez pas : je ne me suis vraiment pas dérangé pour rien.

Elle m'adressa alors un large sourire chaleureux. L'ascenseur arriva à ce moment, les portes s'ouvrirent.

— Allons, tant mieux. J'étais bien contente, voyez-vous : c'est la première fois qu'il s'intéresse à quelqu'un d'autre que lui-même.

La porte se referma avant que je puisse lui dire combien j'approuvais.

CHAPITRE 7

Le Théâtre de la Cinquième Avenue est situé dans l'artère dont il porte le nom, juste en face de la base incurvée de la tour de la Banque Rainier. Le bureau de location était ouvert et, lorsque j'arrivai juste après deux heures, les affaires semblaient marcher allégrement.

Je pris place dans la file d'attente et observai en patientant les affiches grandeur nature de Jasmine Day qui étaient placardées autour du guichet. D'immenses clichés en noir et blanc représentaient une femme à la silhouette élancée, d'âge indéterminé, vêtue d'une robe moulante et chantant dans un microphone baladeur. La façon dont ses lèvres sensuelles semblaient cajoler le micro était d'une totale provocation.

— Puis-je vous être utile, monsieur ?

L'impatience qui transparaissait dans la voix de la guichetière me tira brutalement de ma rêverie et montra qu'elle avait dû répéter sa question.

— Oui, je désire voir quelqu'un du spectacle.

— Il nous reste encore des billets pour ce soir.

— Non. Ce que je veux, c'est rencontrer un des responsables.

— Si c'est pour quelqu'un d'important, allez au service administratif, dit-elle sur un ton glacial. Suivant, s'il vous plaît.

La femme qui était derrière moi me poussa de l'épaule pour s'approcher du guichet.

— Mais où est-ce ? demandai-je.

Je vis la guichetière hésiter à me donner la marche à suivre complète. Mais elle se borna à répondre simplement à ma question.

— Vous ressortez vers l'entrée de l'immeuble. Il y a une plaque « Skinner Building ». Montez au second.

Je la laissai vendre ses tickets en paix et me rendis au bureau de l'entrée. Il était loin d'être aussi luxueux que le théâtre lui-même : vieillot, fonctionnel et plein de gens dont la préoccupation majeure ne semblait guère être de s'occuper de moi. Si je n'étais pas là pour acheter un billet, je n'existais pas.

On me conduisit enfin à un petit box où un non moins petit, mais bien plus jeune, employé des relations publiques était assis à un bureau. Il se leva pour me serrer la main et se présenta : Dan Osgood. Le fait que ma carte professionnelle mentionnât la Criminelle parut le rendre quelque peu mal à l'aise. Pendant tout notre entretien, il ne cessa de tripoter le bristol, le faisant tenir alternativement sur une extrémité, puis sur l'autre.

— En fait, nous ne sommes que des propriétaires immobiliers, inspecteur. La Westcoast a loué les locaux, comme vous le savez, a engagé son propre personnel et amené ses propres musiciens. Ce sont bien sûr nos employés qui procèdent à la vente des billets et assurent les concessions, mais la société de production s'occupe de tout le reste.

— Il s'agit bien de la Westcoast Starlight Productions ?

— Oui, acquiesça-t-il, de Los Angeles.

— Nous avons découvert ce matin l'un des aide-machinistes près du tunnel de Burlington Nord, annonçai-je sur un ton neutre.

— Mort ? demanda Dan Osgood, soudain plus pâle.

— Oui.

— Vous ne pensez pas que cela ait un rapport avec le théâtre, j'espère ?

— C'est ce que nous essayons d'établir. Ce gars appartenait à la branche locale d'un syndicat professionnel, ici à Seattle. Nous avons trouvé sa carte d'adhérent. Il avait dans sa poche un chèque de salaire émis par la Westcoast Starlight Productions. Quelqu'un de chez lui nous a affirmé qu'il devait normalement être de service ici la nuit précédant le meurtre : dans ce cas, avec qui aurait-il travaillé ?

— Pour le montage ? Probablement avec le chef machiniste.

— C'est quelqu'un de par ici ?

— Non, il travaille avec l'équipe itinérante. (Osgood fouilla dans une pile de papiers sur son bureau, en extirpa un formulaire administratif jauni et lut en suivant avec son doigt.) Il s'appelle Alan Dale.

— Savez-vous où je pourrai le trouver ?

Dan Osgood consulta une pendule murale.

— Sans doute dans l'arrière-scène, en ce moment. L'équipe technique a rencontré quelques problèmes.

— Pourriez-vous me conduire à lui ?

Osgood se leva à demi, puis se rassit, posant sur moi un regard circonspect.

— Est-ce que cette affaire va passer dans les journaux ou aux actualités ? s'enquit-il.

— Pas avant que nous n'ayons avisé officiellement la famille de la victime, répondis-je. Ce qui sera sans doute fait dans l'après-midi.

— Ainsi, on va parler du meurtre dans les actualités. Je comprends ça, mais êtes-vous obligés de mentionner le théâtre… nommément, j'entends.

— Je suis policier, lui rappelai-je, pas rédacteur en chef. Je n'ai donc aucun contrôle sur le travail des reporters.

Osgood secoua la tête d'un air désabusé.

— Ils vont piquer un sacré coup de sang, vous savez, gémit-il. Ça va nous retomber tous dessus, cette merde.

— Qui va piquer un coup de sang ?

— Le conseil d'administration. C'est une bande de réacs, vous savez. Ils ont horreur de tout ce qui sort de leurs normes, de tout ce qui n'est pas carré. Ils hésitaient à prendre ce spectacle, au début, c'est moi qui ai fini par les convaincre.

— Pourquoi hésitaient-ils ?

— A cause de Jasmine, de sa... vous savez...

Il s'interrompit et me regarda comme s'il attendait que je lise le fond de sa pensée.

— De sa quoi ? insistai-je.

— Eh bien de sa réputation, compléta-t-il.

— Quelle réputation ?

— Il y a quelques années, elle a été une star du rock, vous savez.

Dan Osgood utilisait ses « vous savez » comme d'autres disent « ah » ou « euh ». Je ne savais rien du tout, en fait, mais j'acquiesçai malgré tout de la tête.

— Il y a environ un an, poursuivit-il, elle s'est liée avec un des derniers grands groupes. Avec le temps, elle a progressivement évolué vers la musique populaire, en reprenant et adaptant un tas de vieilles chansons des années trente, quarante et cinquante, en jouant la carte nostalgie de l'après-guerre.

— Et ça marche bien ?

Osgood eut un haussement d'épaules évasif, restant sur une prudente réserve qui cadrait mal avec ses fonctions dans les relations publiques. Je reformulai ma question.

— Comment marche la location ?

— Bof, répondit-il d'un air maussade.

— Pas terrible, donc ?

— Je leur avais dit qu'ils feraient mieux de programmer un seul spectacle le vendredi soir, mais jamais personne ne m'écoute : pour eux, c'était deux soirées ou rien du tout.

(Son regard s'éclaira soudain.) Je pourrais vous donner deux billets de faveur, proposa-t-il, deux des meilleures places : des fauteuils au centre du premier rang.

Osgood sortit deux billets du tiroir supérieur de son bureau et les poussa vers moi. Je les regardai sans les prendre.

— Il ne faut évidemment pas considérer cela comme une tentative de corruption, n'est-ce pas, monsieur Osgood ?

Son visage se décomposa.

— Bien sûr que non, inspecteur ! Mais je m'occupe des relations publiques. Or vous allez devoir vous rendre au concert, n'est-ce pas, parler à des gens ?

— Sans doute.

— Eh bien, j'ai pensé vous faciliter la tâche en vous donnant des billets. De cette façon, vous pourriez évoluer à votre guise.

— Donc, sans avoir à montrer ma plaque de police, c'est bien ça ?

— Euh, oui, admit-il. Ça créerait moins de remue-ménage.

Je pouvais comprendre ses préoccupations : voir des policiers de la Criminelle se balader dans le public, cela jette un froid parmi des gens qui étaient venus s'amuser, quelle que soit la manifestation. Je pris donc les billets et les fourrai dans la poche de mon veston.

— Très bien, dis-je.

— Mais vous resterez discret pendant le spectacle, n'est-ce pas ? insista Osgood. Parce que nous en avons un autre demain, alors s'il y a des problèmes ce soir...

Je levai la main pour l'interrompre.

— Faites-moi confiance, le rassurai-je, il n'y en aura aucun. Maintenant, pourriez-vous me conduire à ce chef machiniste, euh... quel est son nom, déjà ?

— Alan Dale.

Osgood me guida à travers un dédale d'escaliers et de

couloirs qui nous ramena au théâtre sans avoir à quitter le bâtiment et en nous évitant de repasser devant la mégère du guichet. Par une dernière porte, nous pénétrâmes dans les coulisses, côté cour.

Le Cinquième Avenue était à l'origine l'un de ces immenses vieux cinémas qui fleurissaient à l'époque où les studios de production possédaient leurs propres salles. Il s'était délabré au fil des années, et allait être démoli lorsqu'un certain nombre de gens à la fibre civique et artistique s'étaient rassemblés dans le but de le sauver et de le retaper. L'intérieur était d'un style chinois criard, avec d'immenses dragons dorés, des lustres en cristal tout aussi monumentaux, des tapis et des fauteuils en peluche rouge. Si j'avais pris toute cette peine pour faire réaliser une décoration aussi rétro et nostalgique, je n'aurais certes pas, moi non plus, engagé un spectacle qui ressemblât tant soit peu à un concert de rock.

Le théâtre tout entier était plongé dans les ténèbres, à l'exception de la scène. A mi-hauteur pendait une pièce de tarlatane presque transparente sur laquelle était peint un paysage urbain. Un homme se tenait en dessous. Se protégeant les yeux de la lumière violente des projecteurs du plafond avec sa main placée en visière, il scrutait la cavité qui s'ouvrait au-dessus et en retrait de l'épais rideau rouge. Sur le devant de la scène, plusieurs personnes recouvraient avec des feuilles dorées ce qui semblait être un plateau monté en surplomb.

— Tu y arrives ? demanda l'homme du milieu de la scène à quelqu'un que nous ne pouvions voir au-dessus.

— Oui, presque. Laisse-moi souffler un moment.

Tandis que nous montions sur la scène, j'essayai à mon tour de combattre la lumière des projecteurs pour voir d'où venait la voix : c'était un homme qui, se tenant d'une main à l'armature métallique sur laquelle il était juché à six ou sept mètres du sol, essayait de l'autre de démêler un écheveau complexe de cordages.

— C'est Ray Holman, le machino de levage, m'explique Osgood.

Cette expression de « machino de levage » n'évoquait rien en moi. Osgood dut le remarquer.

— C'est lui qui fait monter et descendre les parties mobiles du décor, expliqua-t-il avant de se tourner vers l'homme qui était sur la scène. Alan, voici l'inspecteur Beaumont, de la police de Seattle. Il voudrait te parler.

— On ne fait pas toujours comme on veut, répliqua Alan Dale sans quitter de l'œil l'homme sur son perchoir.

Osgood jeta un regard nerveux sur ma carte qu'il tenait toujours à la main.

— Il est de la Criminelle. Il n'en a que pour quelques instants.

Cette fois, Alan Dale se tourna vers lui. Le chef machiniste de Jasmine Day n'était pas de stature imposante, mais il ne semblait pas commode. Sur cette scène vide et nue, il était dans son élément. C'était son territoire.

— J'en ai rien à foutre, d'où il est et de ce qu'il veut. Moi, j'ai un lever de rideau dans un peu plus de cinq heures. Alors je ne parlerais même pas au Pape jusqu'à ce que cette putain de tarlatane monte et descende comme un mouvement d'horlogerie. Et puis il faut qu'on ressoude le rail du plateau tournant. (Son regard se dirigea de nouveau vers l'homme toujours juché sur sa poutrelle.) Alors, ça vient ?

— Tout de suite, répondit Ray, j'y suis presque.

Intimidé, la queue basse, Osgood commença à s'éclipser en douce ; mais moi, je restai imperturbablement sur place. Lorsque Alan Dale rabaissa les yeux sur la scène, j'étais toujours là.

— Ecoutez, dis-je, vous avez un boulot à faire et moi aussi. L'un des aide-machinistes qui travaillaient ici hier a été assassiné la nuit dernière. J'ai donc une ou deux questions à vous poser à son sujet, c'est tout.

— Assassiné ? répéta Alan Dale qui ne parut que modérément intéressé. Lequel ?

— Il s'appelait Morris.

— Rick Morris, ce petit connard ?

— Celui-là même, acquiesçai-je.

— Il avait déjà travaillé pour nous auparavant, expliqua Dale. Je lui aurais volontiers arrangé le portrait, moi aussi : j'ai pincé cette petite ordure en train de fouiller dans une des malles, au lieu de la décharger. Je l'ai viré aussi sec. Je lui ai refilé son chèque en lui disant d'aller se faire voir ailleurs.

— Hé, Alan, appela Ray au-dessus de nous, arrête de bavasser et essaie de me tirer la corde : je crois que j'ai fini par l'avoir.

Alan Dale se dirigea à grands pas vers un mur recouvert de tout un attirail de poulies et de cordes. Il en saisit une, apparemment au hasard, donna du mou puis tira d'un coup sec : le tissu transparent s'éleva silencieusement dans l'air pour s'arrêter en douceur juste au-dessous de l'armature métallique du plafond.

— Super ! Maintenant, si on pouvait réparer l'engrenage à vis sans fin de ce satané plateau tournant, ça nous ôterait une belle épine du pied.

Le machino de levage devait être aussi spécialiste en atterrissages : il parvint je ne sais comment à descendre sur la scène beaucoup plus vite que je ne l'aurais cru possible. Mais lorsqu'il passa devant nous, la sueur perlait à son front. Il s'arrêta pour s'éponger d'un revers de sa manche encrassée.

— Celui qui a inventé cette connerie de truc, il devrait être condamné à la monter et à la faire fonctionner tout le restant de ses jours, maugréa-t-il.

Sur ce, Ray se dirigea d'un pas dédaigneux vers l'arrière de la scène où un plateau d'orchestre se dressait dans la pénombre. Lorsqu'il y parvint, il se retourna et appela Alan Dale.

— Alors, tu t'amènes ? Et apporte-moi ce laiton de soudure, là-bas.

— J'arrive.

Le chef machiniste se pencha pour ramasser un fil de soudure qui traînait à ses pieds, mais une voix nasilla dans l'intercom et l'interrompit net dans son geste.

— Alan, tu es là ?

Avec un soupir d'impatience, Dale s'arrêta et se dirigea vers l'appareil qui était installé derrière la rangée de cordes.

— Oui, Ed. Qu'est-ce que tu veux ?

— Je pars voir Jasmine. Elle voudrait savoir si vous avez réparé le plateau tournant. Vous avez reçu les pièces de rechange ?

Alan Dale se tourna vers le plateau d'orchestre.

— Oui, toutes sauf cette vacherie d'embrayage. Le régisseur n'en a plus, il essaie d'en trouver un.

— Tu pourras quand même le faire fonctionner ? Parce qu'il faut éviter que l'incident de Portland se reproduise ici.

— Oui, j'y arriverai. Ce ne sera pas génial, mais ça marchera.

— Parfait, répondit la voix masculine à l'interphone. Je vais lui dire.

D'un air las, Alan Dale se dirigea une fois de plus vers le plateau d'orchestre. Je voulus le suivre, mais il m'arrêta.

— Ecoutez, est-ce que je pourrais vous parler plus tard ? J'ai un boulot monstre. J'aurai davantage de temps pendant le spectacle ou après, puisque nous donnons deux soirées. Mais en ce moment...

Je voyais bien que Alan Dale se trouvait pris par le temps. Moi aussi d'ailleurs : l'heure approchait de reprendre notre service. Le gros Al et moi n'avions pas encore avisé la famille, démarche prioritaire bien trop longtemps différée par nous.

— Entendu, ce sera parfait. Mais une dernière question

avant de vous quitter. Vous avez dit que Morris fouillait dans une malle. Vous rappelez-vous laquelle ?

— Celle des costumes, je crois, mais je ne me souviens plus très bien. Ce n'est pas mon rayon, alors j'en ai référé à Waverly.

— Qui est-ce Waverly ?

— Vous avez dit une dernière question, et c'est la deuxième. Demandez à Osgood, fit-il en montrant l'intercom d'un geste de la tête.

Sur ces belles paroles, Alan Dale me quitta pour aller probablement s'occuper de son plateau d'orchestre tournant.

— Qui est Waverly ? répétai-je lorsque Dan Osgood fut venu avec circonspection me rejoindre sur la scène.

— Ed Waverly ? C'est le directeur des tournées de la Westcoast.

— Et où puis-je le trouver ?

— A l'hôtel, je pense. Il a dit qu'il partait voir Jasmine.

— Quel hôtel ?

— Le Mayflower Park, c'est là qu'ils sont descendus. Pourquoi, vous devez le voir aussi ?

— Plus tard, oui, mais pas juste maintenant : j'ai d'abord deux familles à retrouver pour les aviser de la mort de leur fils.

Une ombre passa sur le visage d'intellectuel de Osgood. J'avais sciemment voulu le choquer, j'ignore pourquoi. Une inspiration du diable, sans doute.

CHAPITRE 8

Je retrouvai Al au bureau et nous nous dirigeâmes vers l'autoroute le plus vite possible afin d'éviter l'heure de pointe de l'après-midi sur le pont de Mercer Island. Le service du docteur Baker s'était fait confirmer l'identité de Jonathan Thomas par son médecin traitant. Tom Riley nous avait donné l'adresse de ses parents, M. et Mme William B. Thomas, qui résidaient au lieu-dit La Cime, à Bellevue.

Nul habitant de la ville de Seattle ne devrait jamais s'aventurer à chercher une adresse sur l'autre rive du lac Washington sans se munir d'un équipement de première nécessité : repas froid, carte et boussole. Non pas qu'il s'agisse de quartiers désertiques : ils sont résidentiels, au contraire. Mais les urbanistes des banlieues, avec leur amour des gentils petits culs-de-sac, devraient tous dessiner des labyrinthes pour les magazines de leurs enfants. Dans le cas présent, nous n'avions qu'une carte. Tandis que Al empruntait le pont de l'autoroute 90, j'essayai de repérer La Cime sur ma carte vieille de quatre ans. Impossible.

L'adresse était : 16318 Chemin de la Cime. Nous prîmes donc la sortie de la 148e Rue et fîmes halte à une station-service pour demander notre route. Le jeune pompiste fut extrêmement aimable.

— Mais bien sûr, dit-il en montrant du doigt le sommet nu d'une colline, chichement parsemé de rares arbres maigrichons et de quelques toitures éparpillées. Voilà, c'est là-haut.

— Et comment y va-t-on ? fis-je.

— Alors là, je ne sais pas. Je vais demander au patron.

Lequel patron, un immigré venant sans doute d'un quelconque recoin du Moyen-Orient et qui parlait à peine anglais, réussit néanmoins à me faire comprendre qu'il ne savait pas où se trouvait La Cime et que d'ailleurs il s'en moquait.

Nous réintégrâmes notre véhicule afin, comme c'était logique, d'essayer de nous y rendre en voiture. Cela ne semblait pas devoir poser de problème, puisque La Cime était clairement visible du point où nous nous trouvions. Mais c'était un des lieux qui est précisément inaccessible de cet endroit. Trois tentatives échouèrent ainsi misérablement, nous envoyant errer dans une série de luxueuses impasses. Nous nous arrêtâmes donc une fois de plus pour demander à une dame qui, en peignoir de bain, promenait ses deux retrievers dorés : elle ne savait pas non plus. C'est là un des mystères de Bellevue : personne ne sait où quoi que ce soit se trouve ni comment y parvenir.

Nous repartîmes à l'assaut par la 150e Rue : cette nouvelle tentative nous conduisit plus près que toutes nos précédentes incursions, mais elle s'acheva par une boucle devant un portail en fer forgé à ouverture électronique. Il était apparent que la route qui continuait au-delà menait au lotissement chic du sommet de la colline. Nous méditions sur la situation lorsqu'une dame, au volant d'une BMW gris métallisé, ouvrit le portail et sortit. Avant que la grille ait eu le temps de se refermer, Al et moi descendîmes de voiture et nous précipitâmes à l'intérieur.

La route conduisit nos pas juste au-dessous de la crête de la colline. Au sommet, une vue éblouissante s'offrit à nous : le Mont Baker au nord, les hauteurs boisées de

Snoqualmie Pass à l'est, les pentes harmonieuses et enneigées du mont Rainier au sud ; à l'ouest s'étendait Seattle, dont les buildings étaient entourées d'une eau chatoyante dominée par les montagnes nues et blanches de la péninsule Olympic.

Al s'arrêta net et effectua un tour complet sur lui-même.

— Ça doit coûter bonbon de s'offrir une vue pareille !

— Sûr, me bornai-je à répondre sans préciser que celle dont je jouissais de mon propre appartement tout en haut du Belltown Terrace ne différait guère de celle-ci.

Il s'avéra que nous étions déjà sur le chemin de la Cime. Il serpentait comme une route de campagne, mais là s'arrêtait la ressemblance : l'endroit débordait d'activité. Des véhicules d'entreprises de construction étaient garés partout autour de maisons parvenues à différents stade de réalisation. Ici une pelleteuse creusait bruyamment des fondations, là des couvreurs clouaient des bardeaux en pin sur une charpente. Nous pûmes chercher tranquillement le 16318 sans être interpellés par quiconque.

Il s'agissait d'une résidence si grande et si luxueuse qu'il aurait été difficile de la manquer. Elle était située sur un terrain qui offrait une vue somptueuse depuis chacune de ses pièces, y compris sans aucun doute, les salles de bains et les toilettes. La véranda de façade était illuminée par toute une série de pots en cuivre rutilants d'où s'échappaient des cascades de plantes aux fleurs éclatantes.

Je pénétrai dans la véranda et sonnai. Quelques instants plus tard, une jeune femme en tenue de bonne vint ouvrir.

— Oui ? demanda-t-elle.

— Nous sommes de la police de Seattle, répondis-je en tendant ma plaque. Nous aimerions parler à M. ou Mme Thomas.

— Mme Thomas vient de sortir, dit la jeune femme en désignant la route.

— M. Thomas, alors ? Est-il ici ?

— Oui, mais il est occupé.

— C'est important. C'est au sujet de son fils.

— Je n'ai pas de fils, tonna une voix derrière la petite bonne qui sursauta. C'est parfait, Sarah, vous pouvez disposer.

Avec un signe de tête soumis, Sarah s'éloigna de la porte, nous laissant devant un hall d'entrée en marbre rose. Une homme fluet et voûté se tenait au pied d'un escalier courbe. Je fus surpris de constater que cette voix tonitruante provenait d'un vieillard à l'apparence aussi frêle. Ce qui me sauta immédiatement aux yeux, par contre, fut la remarquable ressemblance entre le défunt Jonathan et son père, William Thomas. Des mois de maladie dévastatrice avaient vieilli le fils au point que les deux hommes auraient pu passer pour frères.

William Thomas s'avança vers nous d'un pas traînant, s'appuyant pesamment sur une canne noueuse. Il nous dévisagea au travers d'épais sourcils gris broussailleux.

— Qui êtes-vous et que voulez-vous ? demanda-t-il d'une voix impérieuse.

— Nous sommes de la police de Seattle. Vous êtes le père de Jonathan Thomas ?

— J'étais son père, rectifia-t-il amèrement. Plus maintenant.

Il fit mine de vouloir refermer la porte, mais je la bloquai de la pointe du pied et m'avançai dans l'encadrement.

— Nous appartenons à la Brigade Criminelle, monsieur Thomas. Votre fils est mort, nous sommes venus vous en informer.

C'était là une façon brutale de lui apprendre la nouvelle, mais je ne me sentais guère d'humeur à prendre des gants : les parents ne vont généralement pas jusqu'à renier l'existence même de leur enfant le jour où on vient leur annoncer qu'il lui est arrivé malheur.

— Mort ? répéta-t-il d'un air hébété.

Je confirmai d'un signe de tête. William Thomas agrippa

d'une main décharnée le revers de mon veston et me secoua avec une vigueur inattendue.

— S'est-il repenti ? demanda-t-il. A-t-il prié pour la rémission de ses péchés ?

— Je n'en ai pas la moindre idée. Excusez-moi.

— Quel gâchis, marmonna-t-il. Quel infâme, atroce et blasphématoire gâchis !

Nous le suivîmes dans un magnifique salon inondé de soleil. Il s'assit à l'extrémité d'un confortable sofa, s'aidant en cela aussi bien du bras du meuble que de sa canne. Il hochait toujours la tête d'un air abattu.

— C'est le fléau de Dieu, dit-il en prenant une Bible blanche qui était sur une petite table à thé en merisier ciré à côté du sofa. (Il la posa sur ses genoux, la caressa, laissa courir ses doigts sur le relief des lettres dorées.) Car la mort est le salaire du péché, continua-t-il comme si nous n'étions pas dans la pièce.

— Saviez-vous que votre fils était malade ? demandai-je.

Ma question le fit sursauter.

— Malade ? Vous appelez ça être malade ? Ce n'est pas une maladie. C'est une peste qui punit les méchants, ceux qui se sont volontairement détournés des voies du Seigneur.

William Thomas dirigea son regard vers l'immense baie vitrée et contempla le paysage de ville et de montagnes qui s'étendait à nos pieds. Les yeux chassieux du vieil homme étaient rougis, mais restaient taris de larmes de chagrin. Sa main, toujours posée sur la Bible, semblait trembler d'un frémissement intérieur. Le père avait peut-être renié son fils, mais il ne l'abandonnait pas au démon sans combattre.

— Je ne crois pas que Jonathan soit mort du sida, annonçai-je doucement.

William Thomas se tourna lentement vers moi, l'éclair d'une intense expression d'intérêt traversa son visage.

C'était un peu comme si je lui avais lancé une bouée de sauvetage.

— Vous ne croyez pas quoi ?

— L'inspecteur Lindstrom et moi appartenons à la Brigade Criminelle, expliquai-je. Nous enquêtons sur la mort de votre fils car il pourrait s'agir d'un meurtre.

— Vous pensez qu'il a pu être assassiné ? demanda Thomas.

Je hochai la tête affirmativement.

— Il faudrait que vous demandiez une autopsie pour le vérifier, mais...

— Il ne serait pas mort du sida ? répéta-t-il d'un ton incrédule, comme s'il avait besoin de repasser encore et encore dans sa tête ce que j'avais dit au cas où il n'aurait pas bien compris la première fois.

— C'est ce que nous pensons. Mais vu la nature de la maladie de votre fils, le médecin légiste est peu disposé à faire pratiquer une autopsie. Vous-même ou quelqu'un de votre famille devrez en faire la demande expresse.

Délaissée, la Bible tomba à terre lorsque le vieil homme utilisa la crosse de sa canne pour approcher le téléphone.

— Qui dois-je appeler ? demanda-t-il. Je vais le faire tout de suite. Immédiatement.

Je lui donnai le numéro du docteur Wendell Johnson. Sa main tremblait en composant le numéro. Il attendit une réponse, impatient, pianotant des doigts sur la table.

— Je suis le père de Jonathan Thomas, commença-t-il, montrant par là qu'il ne songeait soudain plus à renier son fils. Je voudrais parler au docteur. Très bien, j'attendrai.

Un silence oppressant tomba sur la pièce. J'admirai tout autour de moi le mobilier, coûteux et de fort bon goût : les tables en bois bien cirées, le brocart satiné du sofa et des fauteuils, les élégants objets en cristal disposés ici et là, les plantes aux larges feuilles luisantes.

Je trouvai quand même saugrenu de voir que Jonathan Thomas, exclu de cette maison de son vivant, n'avait pu retrouver sa vraie place auprès des siens qu'après sa mort. C'était un sacré prix à payer. Je me demandai où, dans la Bible, il était écrit que le meurtre était plus acceptable que le sida.

Sans doute ne trouvait-on pas cela dans les Ecritures. Mais dans l'esprit de William B. Thomas, si. Cela devait faire plus viril, moins déshonorant.

— Je suis le père de Jonathan Thomas, répéta-t-il au téléphone. J'ai appris que vous étiez le médecin traitant de mon fils. Oui, oui, je sais. Deux inspecteurs sont avec moi en ce moment. Ils m'ont dit qu'une autopsie serait utile pour l'enquête, mais que je devais vous appeler pour la requérir. (Il y eut encore un silence.) Comment cela, elle n'est pas nécessaire ? Elle l'est si je veux, et je l'exige.

Le docteur Johnson essaya vainement tout ce qui était en son pouvoir pour tenter de dissuader le vieil homme : celui-ci tint bon. A l'écouter parler, il était clair que nous lui offrions une cause de décès autre que celle du sida et qu'il entendait bien la saisir.

Le docteur finit par accepter et Thomas se tourna vers nous d'un air triomphant. Je compris alors pourquoi Jonathan avait préféré terminer ses jours dans une insignifiante petite maison de Bellevue Avenue plutôt que dans cette demeure somptueuse.

Son père était d'un sectarisme forcené.

— Ils vont la pratiquer, annonça-t-il. Demain matin, probablement. Ça n'est pas trop tard ?

— Non, ce sera parfait.

Le gros Al se racla la gorge.

— Quand avez-vous renié votre fils ? demanda-t-il.

William Thomas darda son regard sur lui.

— Pourquoi cette question ?

— Parce que nous essayons de reconstituer tout le contexte de l'affaire.

Cette réponse parut le satisfaire.

— Il y a un an et demi, répondit-il, le soir de Noël. Il a

dit qu'il avait quelque chose à nous avouer par honnêteté pour nous. Cela a presque tué sa mère. Il aurait mieux valu que nous ne sachions pas.

— Connaissez-vous son… (Je m'arrêtai pour changer le terme.)… son compagnon ?

— Richard ? Bien sûr que oui. Ils s'étaient fréquentés — amicalement, nous le pensions — depuis l'université. On n'imaginait pas un seul instant…

— Vous n'aviez pas compris la véritable nature de leur amitié ?

— Grands dieux, non. Pas jusqu'à cette nuit-là.

— Et que s'est-il passé ?

— Je l'ai mis à la porte de la maison. Sur-le-champ.

— De cette maison-ci ?

— Non, une autre à Sahalee. Nous nous en sommes débarrassés, je ne pouvais plus supporter d'y habiter après cela.

— Vous nous avez dit être au courant de sa maladie.

— Oui. C'est pour ça qu'il nous a tout avoué.

— Parce qu'il était mourant ?

La porte d'entrée s'ouvrit et se referma. Quelques instants plus tard, une femme entre deux âges, en sweater vert pomme et en chaussures de jogging Reebock dernier cri, pénétra dans la pièce. Elle revenait du pressing, les bras chargés de vêtements et s'arrêta net quand elle nous vit.

— Je ne savais pas que tu attendais quelqu'un, fit-elle.

— Je n'attendais personne, Dorothy. Viens t'asseoir près de moi.

Il tapota sur le coussin, à côté de lui. Elle s'approcha docilement. Dorothy Thomas était d'une bonne vingtaine d'années plus jeune que son mari. Je lui donnai environ cinquante-cinq ans, à moins qu'elle n'eût reçu les soins d'un bon chirurgien esthétique, auquel cas elle aurait pu être plus âgée.

— Ces messieurs sont policiers, expliqua William Thomas. Ils sont venus nous entretenir de Jonathan.

— De Jonathan ? (Sa main remonta inconsciemment vers sa gorge, faisant étinceler à la lumière du soleil l'énorme solitaire qu'elle portait à l'annulaire.) Il lui est arrivé quelque chose ?

— Il est mort, lui annonça Thomas.

Elle dévisagea son mari, le regard hébété, mais contint son émotion sans rien laisser transparaître de ce qu'elle éprouvait.

— Que Dieu ait pitié de son âme, murmura-t-elle.

J'étais persuadé que Dieu se montrerait bien plus magnanime que les parents de Jonathan Thomas.

Lorsque enfin nous prîmes congé, je me sentis soulagé d'être sorti de cette maison, coquille sans âme, heureux que nous ayons à couvrir une certaine distance à pied pour rejoindre la voiture : cela me permettrait de relâcher un peu la pression.

— Tu pourrais faire ça, toi ? me demanda Al pendant que nous marchions.

— Quoi donc ? Foutre mon gosse dehors alors que je le sais mourant ? (Al fit oui de la tête.) Je ne crois pas. Même s'il était pédé comme un phoque.

CHAPITRE 9

Dès notre retour au bureau, nous appelâmes la police de Bellingham pour demander qu'on envoie des agents prévenir la mère de Richard Dathan Morris. Je remplis ma part de paperasserie et, la tête dans les mains, j'attendis que Al finisse la sienne.

Je fermai les yeux un moment, espérant que la fatigue disparaîtrait comme par enchantement. Ce ne fut pas le cas, et pour une bonne raison : un coup d'œil à la pendule me montra que j'avais déjà fait plus d'un tour de cadran sans dormir.

— Allons chercher du café et de quoi casser la croûte, dis-je à Al, parce que je suis sur le point de m'écrouler.

En redescendant, nous nous arrêtâmes au labo de la Criminelle de l'Etat de Washington pour voir s'il y avait du nouveau. Ma vieille amie, Janice Morraine, s'était vu confier l'examen de la chaussure à haut talon.

— Ma première analyse confirme que le sang et les cheveux trouvés sur la chaussure correspondent bien à ceux de la victime. Nous avons relevé des empreintes, mais aucune avec du sang. Les taches ne sont pourtant pas des éclaboussures, mais des traces de doigts sanguinolents.

— L'assassin portait des gants, alors ? demandai-je.

— Probablement. Il s'agit d'une chaussure de prix. Une

Cole-Haan, pointure 40. Et elle est dans un état lamentable.

— Une Cole quoi ?

— Cole H-a-a-n. Elles sont fabriquées en Italie. J'ai demandé qu'on recherche le numéro du lot.

— Tu penses y arriver ?

Janice eut un haussement d'épaules.

— Je n'en sais pas plus que toi. Mais comme c'est une couleur très inhabituelle, je garde espoir. Mon contact de chez Nordstrom me dit qu'il est possible que ce soit un article fabriqué sur commande.

— Autre chose ?

— Le docteur Baker dit qu'il a découvert quelques indices sur la victime. Des cheveux. Nous aurons ça demain matin. Nous avons également renvoyé des enquêteurs sur le parking qui se trouve au-dessus de l'endroit où le corps a été découvert. Ils ont ramassé du tissu, mais nous ne savons pas encore s'il y a un rapport.

— Vous nous tenez au courant ?

Janice me lança un regard torve.

— Bien sûr que non, voyons : tout ce que nous trouvons, on le marque top secret et on l'enterre dans les archives. Qu'est-ce que tu crois ?

— C'était pour savoir, tout simplement.

Le gros Al et moi descendîmes vers les quais et nous nous frayâmes un chemin parmi la foule des touristes jusqu'au Bar des Coquillages. Nous prîmes tous deux une soupe aux fruits de mer, du café, et nous nous installâmes en terrasse pour manger tranquillement en regardant les allées et venues du ferry.

— Il y a de l'orage qui se prépare, annonça Al en humant l'air.

— Comment le sais-tu ?

— Tu ne le sens pas ?

Je humai à mon tour, emplissant mes narines d'un air salé chargé de créosote qui ne m'apprit rien du tout.

— Attends un peu, tu verras, insista-t-il. Demain matin, il pleut.

Nous rentrâmes au bureau. Il y avait une communication téléphonique de Bellingham pour nous : les agents locaux n'avaient pu trouver Mme Grace Simms Morris. Les voisins, en particulier celui qui s'occupait de sa perruche, leur avaient appris qu'elle avait quitté la ville pour faire un voyage de quelques jours sur la côte de l'Oregon et qu'elle devait rentrer à Belligham dimanche soir au plus tard. Le voisin avait ajouté que Mme Morris s'arrêterait probablement un jour ou deux à Seattle pour rendre visite à son fils.

Ces renseignements ne nous laissèrent guère, à Al et moi, d'autre choix que de retourner à la maison de Bellevue Est. Tout semblait a priori normal : pas de lumières allumées, aucune fenêtre ou porte ouverte, rien qui indiquât que quelqu'un serait venu depuis que Tom Riley était passé ce matin-là récupérer le chat et le bateau abandonné.

— T'aurais pas une idée géniale ? fit Al.

— Laissons un message pour qu'elle nous appelle, suggérai-je.

Le gros sortit une de ses cartes professionnelles, mais je l'arrêtai.

— Pas ça, il ne faut pas mentionner la Criminelle. (Je fouillai dans mon portefeuille et trouvai un bulletin de dépôt bancaire sur lequel figurait mon nom et mon numéro de téléphone personnel.) Prenons plutôt ce papier : si elle appelle et que je ne suis pas là, elle tombera sur mon répondeur, pas sur le Service.

Al acquiesça de la tête. Nous laissâmes un message sur la porte, lui demandant de me contacter. Rien de plus.

Nous redescendions la colline et nous nous dirigions vers le Théâtre de la Cinquième Avenue lorsque le central passa par radio-téléphone un appel urgent pour Al : Molly, sa femme, désirait qu'il l'accompagne à l'hôpital pour

Enfants où leur petit-fils de quatre ans avait été transporté en ambulance pour une appendisectomie à chaud.

Al me laissa à l'entrée du théâtre. On venait d'ouvrir les portes. J'exhibai l'un des billets de faveur que Dan Osgood, l'homme des relations publiques, m'avait donnés et je me retrouvai parmi les premiers dans le hall. Une ouvreuse était occupée à déballer une volumineuse pile de programmes. J'en achetai un, pensant que je pourrais trouver dans cette brochure des renseignements un peu plus complets sur les gens participant au spectacle que dans le feuillet gratuit délivré par le théâtre.

Je dénichai le directeur de la salle et lui dis que je désirais parler à Alan Dale, Ed Waverly ou Dan Osgood. Il nota mon nom, mon numéro de fauteuil et m'assura qu'il transmettrait le message. Il doutait qu'aucun d'entre eux ait le temps de me voir avant le lever du rideau, mais il verrait ce qu'il pourrait faire. Je n'eus donc d'autre ressource que de m'installer dans mon fauteuil au centre du premier rang, de lire mon programme et d'attendre que la salle se remplisse.

Ce programme, réalisé en quadrichromie sur papier glacé, était principalement composé de photos de scène de Jasmine Day en train de chanter et danser devant une série de somptueux décors et arrière-plans. Les photos en couleur faisaient davantage ressortir son dynamisme que celles en noir et blanc affichées à l'extérieur. Si ces dernières m'étaient apparues sexy, sensuelles et aguichantes, celles-ci l'étaient tout autant, avec un zeste d'exubérance et d'enthousiasme en plus.

Je lus attentivement les biographies, en particulier celles des gens dont je reconnaissais les noms. Alan Dale venait de Sarasota, en Floride. Il avait surtout œuvré dans l'art dramatique, à Broadway et ailleurs. Il signait là son cinquième spectacle avec la Westcoast Starlight Productions.

Ed Waverly, le metteur en scène et directeur des

tournées y travaillaient depuis un certain nombre d'années. Il avait d'abord été au New York City Ballet comme danseur-chorégraphe, puis comme metteur en scène, avant de rejoindre la Westcoast.

Je lus la biographie de Jasmine Day avec un intérêt tout particulier. Elle était originaire de Jasper, Texas, une ville située à environ quatre-vingts kilomètres de Beaumont, où mon père était né. Pendant des années, j'avais menacé d'aller au Texas, d'y rechercher la famille paternelle et de lui révéler mon existence, mais je n'avais jamais dépassé le stade de l'étude des cartes. Voilà pourquoi je connaissais Jasper, Texas, et voilà tout ce que j'en savais.

L'article de présentation expliquait que Jasmine avait commencé sa carrière en chantant à l'église et dans la chorale de l'école, puis qu'elle avait continué jusqu'à devenir une star du rock ; qu'à présent, elle s'était éloignée des influences dures de son art et renouait avec le succès mais dans un style à la fois plus mûr et plus agréable à l'oreille. Je feuilletai de nouveau la brochure, examinai les photos de près : agréable à l'oreille, je ne savais. Mais aux yeux, pas le moindre doute.

Le théâtre se remplissait petit à petit, le temps passait et j'étais toujours sans nouvelles du directeur. Je finis par me lever pour aller à sa rencontre, et je rejoignis le hall au moment où les lumières clignotaient pour annoncer l'imminence du lever de rideau. Je le trouvai derrière un comptoir, occupé à distribuer un équipement acoustique à un groupe de vieilles dames à cheveux aux reflets bleutés. Je pris rang derrière elles et attendis impatiemment qu'il en eût terminé.

— Vous ne m'avez pas oublié ? demandai-je lorsque j'atteignis enfin le comptoir.

— Bien sûr que non, monsieur Beaumont. Je suis allé remettre votre message dans les coulisses, mais ils sont débordés de travail en ce moment. Ils ont dit qu'ils essaieraient de vous voir pendant l'entracte, ou après le spectacle, ou alors demain dans la journée.

Ils pouvaient ruser, s'esquiver tant qu'ils voudraient : ils ne se débarrasseraient pas de moi comme ça.

— Bon, je verrai à l'entracte, dis-je.

Il ne m'écoutait déjà plus, occupé qu'il était à disposer le matériel d'écoute sur le comptoir pour la personne suivante.

Je me hâtai de regagner ma place. Je fus surpris de constater que le vaste théâtre était à peine rempli aux deux tiers et le public bien différent de ce à quoi je m'attendais. Le texte de Dan Osgood dans la brochure présentait Jasmine Day comme une star du rock convertie à la musique pop et m'avait laissé imaginer que je côtoierais des punks habillés en noir, aux cheveux hérissés et amoureux de rock. Au lieu de cela, j'étais entouré de dames bien vêtues aux cheveux blancs à reflets lavande, escortées parfois d'un mari traînant là docilement son ennui. Mais aucun blouson de cuir noir en vue.

Le spectacle commençait au moment où je m'asseyais. En lever de rideau se produisit un fantaisiste qui se faisait appeler PeeWee Latham. Il fit de fort honorables imitations de tous les présidents, de Roosevelt à Reagan. Ses sketches étaient suffisamment bons pour déclencher l'hilarité et maintenir en éveil l'intérêt de son public d'âge mûr. Mais lorsqu'il en vint à pasticher les personnalités de Hollywood, je décrochai. La position immobile, le confort mœlleux du fauteuil et mon manque de sommeil eurent raison de ma résistance. Je dodelinai de la tête et glissai dans une douce somnolence.

J'étais trop ensommeillé pour pouvoir me tirer de ma torpeur lorsque les applaudissements accompagnèrent PeeWee à sa sortie de scène. Je restai assoupi, vaguement conscient que l'orchestre que je ne pouvais voir avait attaqué une entraînante ouverture. La musique était un agréable pot-pourri de vieux airs bien connus qui, en me berçant, m'enfoncèrent un peu plus dans mon somme réparateur.

Un retentissant coup de cymbales, à la fin de l'introduction, me fit rouvrir brutalement les paupières.

Le théâtre était plongé dans le noir complet, à l'exception de la lueur verte des signaux de sortie au-dessus des portes. Soudain, le centre de la scène fut illuminé par le faisceau éblouissant d'un projecteur.

Le paysage urbain sur panneau de tarlatane que j'avais vu auparavant habillait la scène au-devant de laquelle, prise dans un cercle de lumière se tenait une femme qui tournait le dos au public.

Elle était vêtue d'une longue robe en satin, le dos presque totalement dénudé, une robe d'un bleu éclatant, vibrant, explosif.

Les vagues de sa longue chevelure blonde cascadaient sur ses épaules nues. Elle avait pris une attitude provocante, déhanchée, son corps ondulant doucement au rythme de la musique. Les bras souples, elle tenait délicatement un micro dans l'une de ses mains.

De longs gants blancs remontaient bien au-dessus de ses coudes. Une jambe élancée et bien galbée ressortait par la haute fente de sa robe en satin, la pointe de son pied battait la mesure sur le sol. Ses talons aiguille noirs et luisants étaient hauts, incroyablement hauts.

Jasmine Day ne s'était pas encore tournée vers le public mais je sentais déjà, comme tout autre mâle digne de ce nom dans la salle, qu'il s'agissait d'une très belle femme. Il y eut de quasi palpables contractions de brioches cinquantenaires et d'ostentatoires redressements d'échines dès que l'attention des spectateurs masculins fut captée.

L'orchestre acheva son intro. Avec une grâce féline, des mouvements fluides et aisés, Jasmine Day se tourna lentement pour nous faire face. Levant le micro à hauteur de ses lèvres, elle entama une interprétation sensuelle du succès de Franck Sinatra « My way ». Bien qu'elle chantât le micro collé contre sa bouche, son élocution restait parfaitement nette. Sa voix avait une clarté et une résonnance métalliques qui rendaient chaque mot, chaque syllabe totalement perceptibles, même dans un auditorium aussi vaste.

Pendant qu'elle chantait, son abondante chevelure encadrait son visage d'une mouvance de reflets blonds sous la lumière de la scène. Ses grands yeux, d'un bleu profond, paraissaient ne jamais ciller. Sa robe, merveille de création, mettait en valeur les moindres courbes de son corps, des courbes voluptueuses qui semblaient être son seul soutien. J'étais suffisamment proche de la scène pour remarquer que le hâle doré et satiné de ses jambes était naturel : pas la moindre trace de collant sous le tissu chatoyant de sa robe.

Elle se tenait les jambes aussi écartées que le permettait le fuseau étroit qui les enserrait, interprétait sa chanson avec passion, comme si sa vie en dépendait, se fondant tout entière dans la musique.

Lorsqu'elle l'eut terminée, le public sembla retenir collectivement son souffle avant d'éclater en applaudissements d'extase. Les gens avaient payé pour ce genre de musique et Jasmine Day leur en donnait pour leur argent.

Il y avait du magnétisme dans sa prestation. Elle dansa et chanta, sa voix dominant le groupe de seize musiciens qui l'accompagnaient. Chacune des chansons était mise en valeur par des décors différents qui, grâce au génie technique de Alan Dale, apparaissaient et disparaissaient sans contretemps et sans anicroche.

La première partie du spectacle fut un plaisir pour moi. Malheureusement, le plaisir ne fait pas partie de mon métier. Lorsque le rideau se baissa pour l'entracte, je dus me lever afin d'accomplir ma tâche.

Je me dirigeai vers l'arrière-scène. Un employé de la sécurité m'intercepta avant même que j'aie pu atteindre le haut des escaliers.

— Il est interdit d'aller par là.

Je tentais de le contourner lorsque Dan Osgood apparut derrière son épaule.

— C'est bon, dit-il, vous pouvez le laisser passer.

Le garde s'écarta à contrecœur.

— Merci, fis-je à Osgood.

Je repérai Alan Dale et quelques autres personnes du côté du plateau d'orchestre. Je me dirigeai dans cette direction et Osgood m'emboîta le pas.

— Le spectacle vous plaît ? demanda-t-il. (Je fis signe que oui.) Sacrée bonne femme, hein ? Meilleure encore que je pensais.

Osgood était encore en train de s'envoyer des fleurs sur son bon goût lorsque nous atteignîmes le plateau d'orchestre tournant. On eût dit une gigantesque pièce montée tenue comme à bout de bras par, semblait-il, une unique colonne métallique s'enfonçant dans le bois du plancher surélevé de la scène. Alan Dale en faisait un tour d'inspection, vérifiant les boulons du mécanisme qui se trouvaient en-dessous. Il était escorté d'un homme de frêle stature, à la calvitie naissante. Je reconnus Ed Waverly à la photo que j'avais vue sur le programme.

— Tu es sûr que ça va marcher ? demanda-t-il.

Alan Dale s'arrêta et pivota dans sa direction comme si l'envie le démangeait de lui taper sur le crâne avec sa clé à molette.

— Ecoute, Ed, fit Dale avec un air de patience forcée, je t'ai dit que ça marcherait et ça marchera. Aujourd'hui et demain, on fera avec. La pièce d'embrayage nous attendra à Vancouver, on pourra la monter quand on fera le chargement là-bas. Pour le moment, nous ne mettons pas la plaque de sécurité, comme ça s'il y a un pépin avec le rail, on pourra réparer vite fait.

Je me tournai vers Osgood.

— C'est lui, Ed Waverly ? demandai-je.

Osgood fit signe que oui. Je voulus m'approcher du

directeur des tournées et me présenter à lui, mais il traversait déjà la scène. Je pus néanmoins capter le regard d'Alan Dale.

— On pourrait se parler, maintenant ?

— Plutôt demain matin, fit-il. Disons vers les dix heures et demie au Mayflower.

— D'accord.

Il était inutile de le braquer contre moi. J'essayai de harponner Waverly, mais trop tard : il était déjà reparti dans la salle où des gens l'attendaient. Dépité, je décidai alors de tenter ma chance auprès de Jasmine Day en personne.

A ma grande surprise, je m'aperçus qu'une fois dans l'arrière-scène, plus personne ne m'interpellait pour me demander ce que je faisais là. Je me dirigeai vers les loges, et dus traverser un petit espace commun où les musiciens étaient déjà en train de se délasser et de se rafraîchir. Je me frayai donc un chemin parmi eux jusqu'à une porte munie d'une plaque amovible en plastique annonçant en lettres élégantes, *Jasmine Day*. Je frappai.

— Qui est là ?

J'ouvris la porte. A l'intérieur, Jasmine Day s'était changée, troquant la robe bleue contre une combinaison en soie noire. Un pied sur une chaise, elle laçait une botte montante qui lui arrivait juste au-dessous du genou. Elle jeta un coup d'œil dans ma direction, puis reprit le laçage de sa botte.

— Tiens, mais c'est la Belle au Bois Dormant, dit-elle.

— Je vous demande pardon ?

Pensant qu'elle devait s'adresser à quelqu'un d'autre, je regardai derrière moi. Personne.

Quand elle eut terminé le laçage de sa seconde botte, elle se tourna pour me faire face tout en attachant et en lissant une large ceinture dorée autour de sa taille.

— Simple effet d'une curiosité maladive, minauda-t-elle en passant nonchalamment devant moi.

Elle s'installa devant les lumières du miroir de sa coiffeuse, essuya une tache de mascara sur sa joue et se passa une nouvelle couche de rouge à lèvres.

— Je ne comprends pas, dis-je.

— Non ? fit-elle en vérifiant l'aspect de son rouge. Vous êtes assis dans les places réservées aux billets de faveur du directeur de tournée, expliqua-t-elle, au milieu du premier rang. Le privilège des rois, quoi. Alors je regarde toujours, pendant le numéro de PeeWee, qui je vais devoir me coltiner après le spectacle. J'ai jeté un coup d'œil sur vous juste avant que je commence : vous dormiez comme une souche.

J'étais tellement embarrassé qu'un afflux de sang me monta jusqu'aux oreilles. Elle le vit et s'en amusa.

— Vous rougissez : c'est la première fois qu'on vous surprend à dormir dans un théâtre ?

Avant que j'eusse pu répondre, on vint frapper à la porte, derrière moi. Elle s'ouvrit brusquement, me percutant presque. Je m'écartai : la tête d'un aide-machiniste apparut.

— Cinq minutes, madamoiselle Day, annonça-t-il.

Elle répondit par un signe de tête et se retourna vers moi.

— Alors, qui êtes-vous ? Un vieux copain à Ed Waverly ?

J'allais sortir une de mes cartes. Je me ravisai et la laissai retomber dans ma poche.

— Je connais Dan Osgood, me bornai-je à dire.

Elle eut un haussement d'épaules et me jaugea d'un coup d'œil ouvertement approbateur.

— Bon, au moins vous n'avez pas soixante-dix ans et vous n'êtes pas trop mal. Ça me changera. Où m'emmenez-vous dîner ?

Je me trouvai pris au dépourvu. L'emmener dîner ? Le rouge de mes joues s'accentua jusqu'à une quasi incandescence. Je ne me souvenais pas avoir parlé de dîner.

— C'est une surprise, balbutiai-je avant même d'avoir réfléchi, car la présence de jolies femmes me fait généralement perdre mes facultés verbales puis mentales, dans cet ordre.

— J'adore les surprises, fit-elle, amusée. (On frappa de nouveau rapidement.) Bon, faut que j'y aille.

Elle passa comme une flèche devant moi pour sortir de la loge, mais s'arrêta un instant, la main sur le bouton de la porte.

— C'est quoi, votre nom ?

— J. P. Beaumont. Mes amis m'appellent Beau.

— Très bien, Beau, dit-elle avec un sourire. Passez me prendre à l'hôtel une demi-heure après le spectacle.

Elle disparut et me laissa seul dans sa loge. J'avais l'impression d'avoir été happé puis redéposé par une tornade. Je jetai un coup d'œil circulaire sur la pièce : la robe bleue avait été jetée négligemment sur l'armature en cuivre d'un paravent. Deux chaussures noires gisaient côte à côte devant ce dernier, abandonnées là où Jasmine Day s'en était hâtivement débarrassée.

Derrière moi, la porte s'ouvrit et une femme, presque aussi large que l'encadrement de la porte, pénétra dans la loge d'un pas déterminé. Elle me vit et s'arrêta net.

— Qu'est-ce que vous fabriquez ici, monsieur ?

— Eh bien, je ne faisais que...

Elle se dandina dans ma direction jusqu'à ce que son visage fût tout près du mien.

— Vous n'avez rien à y faire ! Alors filez avant que j'appelle la police !

J'obtempérai. Pas besoin de me le dire deux fois.

CHAPITRE 10

Le petit somme que j'avais fait pendant le numéro de PeeWee me fut réellement salutaire puisque je restai parfaitement éveillé lors de la seconde partie du spectacle. Personne ne se sentit l'envie de dormir, d'ailleurs.

Tout d'abord, le plateau d'orchestre s'avança en tournant, chargé des seize musiciens.

De l'autre côté, un piano à queue doré apparut et vint doucement se placer en plein centre de la scène. Dessus, figée dans une extravagante pose de chanteuse de blues, se trouvait Jasmine Day.

Dès le premier instant de son entrée, Jasmine fascina le public. La combinaison moulante dont elle était vêtue révélait des formes parfaites : pas le moindre excès dans les rondeurs ne se décelait sous le tissu brillant. Lorsqu'elle se laissa glisser à terre pour chanter sa deuxième chanson, elle me sembla immense et invulnérable. C'était étrange : elle ne m'était pas apparue si grande ni si imposante lorsque je me trouvais à ses côtés dans la loge.

Jasmine était une vraie pile électrique. Elle se donnait corps et âme aux chansons qu'elle interprétait : les gens étaient ravis. Soudain, à la moitié de son spectacle environ, elle changea radicalement de registre : elle apporta sur scène un simple tabouret en bois, s'assit et commença à parler.

Elle nous dit combien elle était heureuse que sa cure au centre de désintoxication et de réadaptation Betty Ford lui ait permis de se libérer de la drogue qui avait ruiné sa vie et sa carrière. Combien elle était reconnaissante au public de l'accueil enthousiaste qu'il réservait à travers tout le pays à son nouveau spectacle, ce spectacle que nous étions en train de vivre ensemble.

Cette petite causerie intimiste, avec ses accents de sincérité décontractée atteignit son but : conquérir définitivement une salle déjà favorable à Jasmine Day. J. P. Beaumont y compris.

Je dois admettre que mon esprit vagabonda un peu vers la fin du spectacle. Je m'inquiétais de savoir où je l'emmènerais dîner et comment je lui expliquerais mes relations avec Dan Osgood si la question m'était posée. Je ne comprends toujours pas aujourd'hui la réticence que j'éprouvais à lui dire que j'étais dans la police. Rétrospectivement, je pense pouvoir imputer cela à l'orgueil du mâle, au désir de préserver l'illusion qu'elle venait à moi uniquement par choix personnel et non parce que ma fonction l'y contraignait.

Dès le baisser de rideau final, je me précipitai chez moi pour me changer avant d'aller la retrouver comme convenu. Je passai deux coups de fil depuis l'appartement. L'un au Service pour laisser un message à Al au cas où il téléphonerait de l'hôpital, pour lui dire que j'étais en opération de surveillance. Appelez ça mensonge par omission : je ne précisai pas la nature de la surveillance.

Le second appel était à destination du Restaurant Canlis, sur Aurora Avenue. Je réservai une table pour deux, tard dans la soirée.

Après une douche rapide, je passai des vêtements propres et me trouvai en face de Mayflower Park Hotel à dix heures trente précises.

Le Mayflower Park ne fait pas partie des chaînes de grands hôtels de Seattle. Il est plus petit et plus personnalisé que tous les Sheraton et Westin du monde. Au cours de ces dernières années, il a été totalement rénové, donnant dans la qualité mais sans l'aspect snob de quelques autres palaces de la ville.

Je pénétrai dans le hall dallé, frais et accueillant. Il était agréablement meublé et calme, à l'exception parfois du son étouffé d'un rire provenant du bar dont on distinguait l'éclairage aux chandelles, sur la droite du comptoir de réception.

Un jeune employé de l'accueil me reçut fort aimablement.

— Jasmine Day, demandai-je.

— Oh, vous êtes M. Beaumont, je suppose ?

— Oui.

— Miss Day a laissé un message pour vous demander d'aller directement à sa chambre. C'est au sixième, à droite en sortant de l'ascenseur et tout au fond du couloir.

En montant, je me fis un peu l'effet d'être un imposteur, comme si je n'avais pas le droit d'être là. Mais après tout, c'est elle qui avait suggéré que nous allions dîner. Je décidai donc que la meilleure stratégie était de ne rien dire et de passer une bonne soirée.

Je frappai à la dernière porte du couloir. Ce fut Jasmine Day elle-même qui ouvrit. Elle portait une sorte de tunique blanche qui ressemblait à un maillot de coureur à pied, mais avec des parements de strass au dessin compliqué bordant la forte échancrure du cou et des épaules. Cette tunique descendait jusqu'aux genoux et était maintenue juste au-dessus de ses hanches par une ceinture lâche en lamé or.

Ses longues jambes étaient enserrées dans un pantalon collant très moulant qui s'arrêtait juste au-dessus des chevilles fines. Ses chaussures, à talons aiguille de huit centimètres, étaient faites de délicates lanières dorées.

Jasmine eut un mouvement de tête impatient qui fit chatoyer son opulente chevelure blonde sur ses épaules.

— Bon alors, vous entrez ou vous comptez passer la nuit sur le paillasson ?

Je me hâtai d'entrer.

— Excusez-moi.

Elle referma la porte derrière elle, s'y adossa un moment et leva les yeux sur moi.

— Ce n'est rien, fit-elle avec résignation. Je devrais pourtant commencer à être habituée, maintenant.

Elle traversa vivement la pièce. Près de la fenêtre, se trouvait un coin salon avec deux fauteuils en molleton couleur abricot et un divan assorti. Ils entouraient une table basse en verre sur laquelle était posée une tasse de café. Elle la prit et en but une gorgée tout en me dévisageant.

— Ainsi donc, vous êtes un ami de Dan Osgood, fit-elle sur un ton neutre.

Je ne répondis pas à sa remarque. Mal à l'aise, je jetai un coup d'œil autour de moi. Nous étions de toute évidence dans une suite, mais apparemment sans aucun endroit pour dormir. Dans l'un des coins, je remarquai une petite table de conférence encombrée de nombreuses gerbes de fleurs, d'un panier de fruits et d'une bouteille de champagne non ouverte.

— Des admirateurs, expliqua-t-elle. Je crois qu'ils ont apprécié le spectacle.

Elle m'avait enfin fourni un sujet de conversation sur lequel je pensais pouvoir m'aventurer.

— Moi aussi, enchaînai-je. Vous donnez tout ce que vous avez en vous lorsque vous êtes sur scène.

— Pas tout, non. Il y a certaines choses que je ne donne pas. (Elle reposa bruyamment sa tasse sur la table en verre.) C'est pourquoi j'ai voulu vous parler avant d'aller dîner.

Elle me fit signe de m'asseoir sur le fauteuil qui était en face d'elle. J'obéis sans broncher, sentant, outre son regard rivé fixement sur mon visage, l'effet quasi hypnotique que sa voix exerçait sur moi.

— Nous allons fixer les règles du jeu, annonça-t-elle calmement.

— Fixer quoi ?

— Les règles du jeu, répéta-t-elle avec un sourire, semblant se divertir de mon embarras manifeste. La plupart du temps, voyez-vous, les types qui obtiennent les billets de faveur de Waverly s'imaginent que c'est un contrat global, et que s'ils m'emmènent dîner, je serai le dessert.

— Miss Day, je...

D'un signe de la main, elle m'interrompit.

— Alors, voici ce que nous allons faire : on va aller dîner tranquillement quelque part, vous parlerez et je vous écouterai, ou vice versa. Et puis vous me ramènerez ici et je monterai toute seule chez moi. D'accord ?

— D'accord, acquiesçai-je.

Elle m'adressa alors un large sourire, qui découvrit une dentition parfaite et d'un blanc éclatant.

— Très bien, dit-elle. Mais au cas où vous oublieriez, il y a encore une chose qu'il faut que vous sachiez.

— Quoi donc ?

— J'ai là, dans mon armoire, une certaine ceinture marron qui n'a rien à voir avec ma garde-robe.

Il fallut quelques instants avant que le sens « bas les pattes ou alors... » de sa remarque n'arrive à remonter les lentes circonvolutions de mon cerveau. Mais je finis quand même par saisir.

— Allons-y maintenant, fis-je brusquement en me levant. J'ai réservé pour onze heures moins le quart et la cuisine ferme à onze heures et demie.

Pendant la descente en ascenseur, Jasmine Day me prit tout naturellement le bras. J'avais soudain la sensation de côtoyer une tigresse qui aurait momentanément rentré ses griffes. Cela n'arrangea en rien ma loquacité déjà fort limitée.

— Alors, que faites-vous dans la vie, monsieur Beaumont, s'enquit-elle.

Pour je ne sais quelle raison, je ne voulais toujours pas lui dire que j'étais dans la police. Je m'en tirai par un faux-fuyant un peu bancal.

— Je travaille pour la ville.

Une fois dehors, nous rejoignîmes la voiture. Jasmine passa négligemment le doigt sur le bord du pare-soleil de la Porsche en attendant que je lui ouvre la portière.

— On dirait que vous ne vous en tirez pas trop mal, commenta-t-elle.

— Ça peut aller, répondis-je.

C'était le moment des bavardages insignifiants, et cela n'a jamais été mon fort. Je me concentrai donc sur la route, poussant ma 928 tout au long du chemin, franchissant les feux à la limite de l'orange.

Tandis que nous grimpions sans effort le raidillon de Aurora Avenue, je jetai un coup d'œil dans la direction de Jasmine. Sous la lumière intermittente des réverbères, son visage paraissait imperturbable.

— Vous conduisez toujours aussi vite ? demanda-t-elle.

Je relâchai légèrement l'accélérateur.

— Pas toujours, non. Seulement quand je suis intimidé.

Elle éclata d'un rire joyeux.

— Ainsi, je vous intimide ? Ça fait du bien à entendre, pour une fois. La plupart des hommes s'imaginent être un cadeau divin pour les femmes.

Je quittai Aurora pour me ranger sous le portique d'entrée du Restaurant Canlis. Deux jeunes employés de parking en blouse blanche s'empressèrent autour de nous. L'un prit mes clés et me donna un ticket, l'autre aida Jasmine à descendre de voiture. Je sentis que des regards envieux nous suivaient lorsque nous franchîmes la porte.

Une fois à l'intérieur, on nous dirigea vers une petite

table éclairée aux chandelles, à côté d'une fenêtre. Un serveur apparut presque aussitôt que nous fûmes assis. Il nous prévint que les cuisines fermaient dans moins de quarante-cinq minutes et suggéra donc que nous passions commande du repas en même temps que de l'apéritif.

Jasmine prit simplement un schweppes, et moi un Mac Naughton's avec de l'eau. Nous choisîmes ensuite une salade Canlis, préparée sur table, et des steaks grillés saignants à la hawaiienne. Quand le serveur fut reparti avec notre commande, Jasmine tourna les yeux vers la fenêtre.

— Qu'est-ce que c'est que ce grand trou noir, là en bas ?

— Le lac Union, répondis-je après avoir regardé en contrebas l'étendue d'eau sombre bordée de reflets de lumières.

Vers la gauche, on pouvait voir l'extrémité nord du pont Aurora tandis que dans l'autre direction, à l'est, des phares de voiture balayaient l'autoroute I-5 sur la rive opposée du lac.

Je fis le guide touristique.

— Le grand pont que vous voyez là-bas est celui où l'autoroute traverse la Passe de Montlake et va jusqu'au lac Washington. Etes-vous déjà venue à Seattle ? Connaissez-vous la ville ?

Elle détourna le visage de la fenêtre et, le menton posé sur le dos de la main, me fixa d'un regard grave.

— J'ai donné un concert au Colisée, une fois, il y a longtemps. J'ai fait l'ouverture du spectacle des Morts Vivants. Vous connaissez ? (Je fis signe que non.) Ça ne m'étonne pas : le groupe s'est dissous il y a quelques années après la mort du batteur par overdose et l'arrestation du chanteur pour trafic.

Le serveur revint avec nos boissons. Jasmine resta silencieuse jusqu'à ce qu'il se fût éloigné.

— J'estime avoir eu de la chance, moi, d'être restée suffisamment longtemps en vie pour pouvoir devenir adulte. Bon nombre de musiciens et chanteurs avec lesquels j'ai débuté n'en ont pas eu la possibilité.

Je bus une gorgée de ma boisson et m'adossai à mon siège. Quel âge pouvait avoir cette femme ? Trente ans peut-être, tout au plus.

— Comment êtes-vous sortie de votre ville de Jasper ? demandai-je.

Elle eut un petit rire amusé.

— A sept ans, j'ai commencé à chanter comme soliste à l'Eglise des Premiers Baptistes. J'ai un tas de parents qui se feront un malin plaisir de vous dire que je n'ai fait que dégringoler depuis. Ils sont convaincus que je descends tout droit en enfer.

— Et c'est le cas ?

— Peut-être, fit-elle avec un haussement d'épaules. Bref, la petite Mary Lou Gibbon chantait tout ce qu'elle savait aux noces, enterrements, dîners et économisait ses sous pour pouvoir se tirer le plus vite possible de Jasper.

— Mary Lou Gibbon, c'est vous, je suppose ?

— Bien sûr. La petite fille modèle. Ou du moins, c'est ce que je passais pour être. Je chantais des cantiques à l'église, mais j'apprenais le rock toute seule dans un garage où personne ne pouvait m'entendre. Quand j'ai eu seize ans, je me suis acheté un aller simple pour New York.

— Et tout le monde connaît la suite.

— Exactement, acquiesça-t-elle.

Le serveur revint, poussant un chariot sur lequel étaient soigneusement rassemblés tous les ingrédients pouvant constituer notre hors-d'œuvre. A côté du grand saladier en bois, se trouvait un exemplaire du programme du concert de Jasmine Day. Le serveur se pencha vers elle.

— Excusez-moi, madame, fit-il, mais la dame qui est là-bas m'a chargé de vous demander si vous voudriez bien dédicacer son programme. Elle dit qu'elle sort de votre spectacle et qu'elle a été enchantée.

— Avec grand plaisir, répondit Jasmine en prenant le programme.

De la tête, elle adressa un salut à la dame qui se trouvait trois tables plus loin. Celle-ci, intimidée, lui répondit par un petit signe de la main.

Le serveur tendit un stylo à Jasmine. Elle feuilleta la brochure jusqu'à la page où figurait sa photo. Au lieu de la signer directement, elle se leva et se dirigea vers la table de son admiratrice, embarrassée mais ravie, avec laquelle elle échangea quelques mots. Jasmine parapha la photo d'une écriture large et ornementée.

Pendant tout ce temps, tout en la regardant faire, je bus une longue gorgée de mon Mac Naughton's. Je me demandais bien ce que j'étais venu fabriquer ici.

Jasmine revint, le sourire aux lèvres.

— C'est toujours plus sympa quand on peut leur faire une dédicace personnelle.

Le serveur sentit visiblement que Jasmine l'observait pendant qu'il préparait nos salades. Il émanait de cette femme une sensualité quasi électrique à laquelle il n'était pas moins sensible que moi. J'attendis qu'il se fût éloigné après nous avoir servis pour reprendre la conversation.

— Et comment Mary Lou Gibbon est-elle devenue Jasmine Day ? demandai-je.

— Sur le dos.

Cette réponse était suffisamment claire pour ne pas laisser place à la moindre ambiguïté. Elle me prit au dépourvu, au moment précis où j'avalais une bouchée de salade. Un morceau de romaine prit le sens interdit et se coinça en travers de ma gorge. Je toussai furieusement pour essayer de le déloger.

— J'ai l'impression que vous n'approuvez pas cette façon de faire carrière, ironisa-t-elle.

Je ne répondis pas, toujours incapable d'émettre la moindre parole.

— La première fois, c'est dans un lit que j'ai atteint le

sommet. Mais cette fois, ajouta-t-elle sur un ton catégorique, je m'y prends comme il faut.

Je n'eus pas le courage de lui demander ce qu'elle voulait dire exactement par là.

CHAPITRE 11

Fatigué comme je l'étais, et avec l'accumulation des heures sans sommeil, boire ne fût-ce qu'un seul Mac Naughton's était une grosse erreur. M'en taper deux, une véritable ânerie : vers le milieu du repas, je reçus un sacré coup de bambou. Dur.

Mon esprit commença à errer. J'étais incapable de converser, parvenant tout juste à garder la tête droite.

Jasmine n'eut pas l'air de s'en offusquer, si tant est qu'elle s'aperçut de quelque chose. Je fis de mon mieux pour écouter pendant qu'elle parlait.

C'était un peu comme si quelqu'un avait actionné une manette libérant tout le flot de sa vie. Elle me raconta des anecdotes sur sa jeunesse dans les milieux conservateurs de Jasper, au Texas. Elle me conta certains de ses exploits du temps du rock dur et me parla aussi de son séjour de six semaines au Centre de désintoxication de Betty Ford.

Je luttais de toutes mes forces contre le sommeil, me concentrant sur chacun de ses mots, mais mon regard finit certainement par se voiler car elle s'interrompit brusquement.

— Je vous ennuie ? demanda-t-elle.

— Non, pas du tout, mais je n'ai pas dormi la nuit dernière. Alors j'ai un petit coup de barre.

Elle repoussa son siège. Le serveur qui, attentionné, restait à proximité, se précipita pour l'aider à se lever.

— Partons, dans ce cas, dit-elle.

Je pense qu'il doit y avoir une certaine similitude entre l'ivresse et le manque de coordination. A vrai dire, je devais avoir un peu des deux. En me dirigeant vers la porte, j'évaluai mal la hauteur d'une marche recouverte de moquette, butai et manquai tomber. Je me rétablis au dernier moment et poursuivis mon chemin avec l'air le plus digne possible, mais je sentais se poser sur moi le regard interrogateur de Jasmine Day.

Ma Porsche attendait devant la porte du restaurant presque désert, le moteur ronronnant paisiblement. Profitant de ce que je donnais mon ticket de parking accompagné d'un pourboire à l'employé, Jasmine contourna la voiture et monta à la place du conducteur. C'est là que je la retrouvai installée, les deux mains sur le volant, lorsque j'eus terminé.

— Hé mais... Qu'est-ce que vous faites là ?

Elle se pencha au-dehors et m'adressa un grand sourire.

— J'ai pour principe de ne jamais monter en voiture avec quelqu'un qui a trop bu.

Le trio d'employés du parking observait la scène avec un amusement non dissimulé. Plutôt que d'envenimer les choses, je ravalai ma réplique et passai de l'autre côté m'asseoir à la place du passager. Si Jasmine Day était réellement ceinture marron, ce n'était pas la peine de discuter, je n'avais nulle intention de me battre avec elle pour avoir les clés.

Je claquai ma portière au moment où la jeune femme finissait d'ajuster son siège. Rétrospectivement, je me dis qu'elle avait peut-être raison de me croire ivre, car cette méritoire manœuvre de sa part eut pour effet de me piquer au vif : ces huit satanés réglages de siège, il m'avait fallu des mois pour les maîtriser.

Les brumes du sommeil, et de l'alcool en l'occurrence,

m'abandonnèrent aussitôt. Je rongeais mon frein, le sang vint battre furieusement à mes tempes. Madame me jugeait saoûl ? Non mais, pour qui se prenait-elle ? Elle ne manquait pas d'air, de s'approprier ainsi mes clés ! De conduire ma voiture !

— Par où va-t-on ? demanda-t-elle.

Par monosyllabes, je lui fis emprunter, à la sortie du parking, la bretelle sinueuse qui passe sous l'extrémité sud du pont Aurora, puis gravir dans l'autre sens la colline afin de rattraper Aurora Avenue en direction du sud.

— Vous n'avez pas l'alcool très gai, commenta-t-elle doucement.

— Je ne suis pas saoûl, je suis fatigué, rectifiai-je avec aigreur, remarquant qu'elle maniait ma Porsche avec une écœurante maestria.

— Saoûl ou fatigué, peu importe : ce n'est pas le moment de prendre le volant. Où allons-nous ?

— Vous vous rappelez les règles du jeu ? On rentre à votre hôtel.

— Les règles sont faites pour être transgressées, répliqua-t-elle.

J'étais en train de tourner cette énigmatique remarque dans ma tête lorsqu'elle demanda :

— Où habitez-vous ?

Nous quittions juste Aurora pour prendre Wall Avenue. Je lui montrai le gratte-ciel de Belltown Terrace dont les balises lumineuses clignotaient au-dessus des autres buildings des alentours. Au lieu de prendre à gauche la Cinquième Avenue, qui nous aurait ramenés directement au Mayflower, Jasmine descendit Wall Avenue jusqu'au Belltown.

Tout en râlant intérieurement, je la guidai dans le véritable gymkhana que le système des sens interdits impose dans le centre ville de Seattle. Elle franchit l'entrée du parking, fit descendre à la Porsche la spirale de la rampe d'accès et la rangea à la place qui lui était assignée, en douceur, sans manquer la moindre manœuvre.

Ainsi donc, Jasmine Day avait déjà conduit une Porsche. La belle affaire !

La voiture soigneusement garée, elle coupa le contact et lâcha les clés dans ma main tendue.

— Je me suis bien amusée ce soir, dit-elle. Merci. (Je ne répondis que par un grognement et m'extirpai de mon siège.) Puis-je vous raccompagner jusqu'à votre porte ?

Je suis de la vieille école. Là, les rôles commençaient à s'inverser un peu trop à mon goût.

— Pourquoi ça ? demandai-je avec raideur. Aurais-je l'air d'en avoir besoin ?

— Peut-être bien, répondit-elle avec un large sourire.

— Comme vous voudrez après tout, fis-je en haussant les épaules. Je vous appellerai un taxi depuis chez moi.

Pas très chaleureux, le carton d'invitation.

Nous nous arrêtâmes en face de la porte verrouillée donnant accès à l'ascenseur. Je commençai à fourrager vainement dans la serrure avec ma clé.

— Je crois que vous me plaisez bien, vous savez, dit-elle. Vous présentez un intéressant mélange de machisme rétrograde avec un zeste de manque de confiance en vous.

Je parvins quand même à insérer ma clé dans la serrure. Je poussai la porte et me tournai vers Jasmine. Elle m'observait avec un large sourire narquois. J'appuyai rageusement sur le bouton d'appel.

Les portes de l'ascenseur s'ouvrirent et nous entrâmes. Du quatrième sous-sol au vingt-quatrième étage, ça fait plutôt longuet quand on n'a rien à se dire. Je contemplai le motif de la moquette de façon à n'avoir à échanger ni paroles ni regards. J'étais persuadé qu'elle riait encore de moi et je ne savais comment réagir.

— Ma chère ! s'exclama-t-elle lorsque l'ascenseur se fut arrêté. Sacrément bien situé, votre appart, au dernier étage. C'est un penthouse ? (Je fis signe que oui.) Vous ne m'aviez pas dit ça.

— Vous ne m'aviez pas posé la question.

Nous entrâmes. En m'avançant pour allumer, je vis la lumière rouge de mon répondeur qui clignotait furieusement. Que devais-je faire ? L'ignorer ou bien passer les appels téléphoniques enregistrés dessus ? Je décidai de n'y prêter aucune attention. Jasmine et moi n'étions pas assez intimes pour qu'elle puisse entendre les messages qu'on me laissait.

Elle traversa le vaste salon et s'arrêta devant les baies vitrées pour regarder dehors. L'une d'elles était ouverte. Vingt-quatre étages plus bas, à l'arrière du bâtiment, quelques voitures étaient encore visibles sur les artères de la ville, malgré l'heure tardive. Nous pouvions même les entendre, au loin. Elle se détourna de la fenêtre et examina la pièce, hochant la tête en un geste nettement approbateur.

— Très joli, apprécia-t-elle. Calme, avec ça. Et puis ce n'est pas un décorateur minable qui a fait votre intérieur.

J'ignorais si je devais prendre cela comme un compliment ou si elle s'amusait encore de moi.

— Heureux que ça vous plaise, répondis-je.

Quelques instants plus tard, Jasmine Day résolut mon dilemme au sujet des messages téléphoniques en me demandant à utiliser la salle de bains. Je lui indiquai la première porte à droite dans le hall. Dès qu'elle l'eut refermée, je me précipitai sur le répondeur.

Pour les quelques premiers appels, on avait raccroché sans laisser de nom. Je passai donc. Venait ensuite un appel de Al Lindstrom, disant que son petit-fils était bien sorti de la salle d'opération, mais qu'il était encore trop tôt pour se prononcer : aussi resterait-il probablement à l'hôpital la majeure partie de la nuit, ce qui signifiait que je ne le verrais sans doute pas au travail le vendredi.

Le message de Al était suivi de quelques autres où l'on

avait raccroché. Puis vint un appel de Peters, dont la voix nasillait comme si elle venait du fond d'une boîte à conserve : il disait qu'il rappellerait le lendemain matin.

Enfin, le répondeur me livra une voix de femme dont l'élocution saccadée trahissait l'impatience.

— Monsieur Beaumont, je suis Grace Simms Morris. Vous m'avez laissé un message demandant de vous appeler, alors la moindre des choses serait que vous répondiez au téléphone. J'ai essayé plusieurs fois, et je vais me coucher, à présent. J'avais prévu de passer un ou deux jours avec mon fils, mais il doit être en déplacement. Je passerai donc la nuit à l'Executive Inn, chambre 338. Si je n'ai pas de nouvelles de Richard d'ici midi, je rentrerai chez moi à Bellingham en fin de journée.

Je griffonnai quelques notes sur le bloc que je gardais à côté du téléphone, détachai le papier que je mis dans ma poche et appuyai sur la touche d'effacement. Puis je me réinstallai dans mon fauteuil et fermai les yeux en écoutant le ronronnement du répondeur.

Un souffle de vent sur mon visage me réveilla. Une forte brise, annonciatrice de l'orage prévu par Al, montait de Puget Sound et entrait par la baie ouverte. Les lumières du salon étaient éteintes, mais le chemin jusqu'à mon lit était éclairé par la faible lueur de la pleine lune se reflétant sur des nuages bas.

Dans mon demi-sommeil, j'essayai de me rappeler comment la soirée s'était terminée. Avais-je ou non appelé un taxi pour ramener Jasmine Day au Mayflower Park Hotel ? Qui d'elle ou de moi avait éteint les lumières du salon ?

J'ôtai ma cravate, mon veston et l'étui d'épaule de mon arme, déposant le tout au fur et à mesure sur une chaise de la table de la salle à manger. Je me débarrassai de mes chaussures et me dirigeai à tâtons et en chaussettes le long du couloir jusqu'à ma chambre. Après une halte rapide dans la salle de bains, je me dévêtis et me dirigeai avec délectation vers mon lit. Les chiffres digitaux rouges de mon radio-réveil indiquaient 3 h 45 au moment où je glissais mes pieds sous les couvertures.

— Ah, quand même, vous vous décidez à venir vous coucher ? susurra une voix.

Le matelas s'inclina légèrement : quelqu'un, de l'autre côté de mon lit grand format s'était tourné vers moi.

Si je devais jamais avoir une crise cardiaque, je l'aurais eue à ce moment-là. J'avais cru être absolument seul dans mon appartement : je ne l'étais pas. Il y avait quelqu'un, et dans mon lit par-dessus le marché.

Je bondis sur mes pieds, palpai frénétiquement le fil de la lampe de chevet à la recherche de l'interrupteur. Je le trouvai, l'actionnai et la lumière illumina la pièce.

A l'autre bout du lit, redressée sur un coude, l'air endormi, était allongée Jasmine Day ou du moins quelqu'un qui lui ressemblait : la longue chevelure blonde avait disparu. La dame que je voyais portait les cheveux aussi courts qu'un collégien des années cinquante.

— Qu'est-il arrivé à vos cheveux ? demandai-je d'une voix étranglée.

Elle fit un geste dans la direction de la commode. Je regardai : là en effet se trouvait la crinière blonde que je connaissais, coiffant ce que j'identifiai comme étant le shaker à cocktails de mon bar.

— Mais qu'est-ce que vous fabriquez ici ?

— Je vous attendais, répondit-elle. Je me suis dit que vous finiriez bien par venir vous coucher. Alors, vous vous mettez au lit, oui ou non ?

Réalisant soudain que j'étais nu, je me glissai vivement sous la couverture que je remontai jusqu'au menton. Je restai figé ainsi, les doigts agrippant le drap, le regard rivé au plafond.

— Vous avez été surpris par mes cheveux. Ça vous choque ?

J'obliquai mon regard dans sa direction : elle était

allongée sur le ventre, le menton appuyé sur ses bras croisés, le globe doré d'un sein nu pressé contre le matelas.

— Quand j'étais en sixième, à Jasper, un des gars de notre classe, Bruce Cantwell, a eu le cancer. Avec son traitement, il a perdu tous ses cheveux. J'ai alors eu la bonne idée de suggérer à tous les élèves de la classe de se raser le crâne, mais j'ai été la seule à le faire vraiment. Ma mère a piqué sa crise et m'a obligée à porter une perruque jusqu'à ce que mes cheveux repoussent. Pendant tout ce temps, j'ai oublié combien il était agréable de porter les cheveux aussi courts. Or, l'an dernier, quand j'ai été moi-même en traitement, je me suis rappelé et j'ai coupé mes cheveux. C'est devenu une sorte de déguisement, vous savez : les gens gardent de moi une certaine apparence, alors quand je sors sans perruque, personne ne me reconnaît. Je retrouve mon anonymat, je peux marcher dans les rues, être Mary Lou Gibbon sans qu'on puisse faire le rapprochement. (Elle vint plus près de moi dans le lit.) Vous êtes fâché que je sois ici ?

— Disons, surpris.

— Alors vous voulez bien ?

J'eus la présence d'esprit de réaliser que toute réponse à une pareille question pourrait se retourner contre moi. Aussi restai-je muet. Elle tendit la main, m'effleura l'épaule : le contact de ses doigts déclencha un frisson qui, tel une vague, déferla sur mon corps tout entier.

Elle se rapprocha encore. Je pouvais sentir à présent la douceur, la souplesse et la chaleur de sa peau contre la mienne, sa hanche contre la mienne, sa poitrine contre la mienne. Mon cœur battait la chamade. Je me tournai vers elle : le fin visage de Jasmine Day, le regard vif et intense de ses yeux bleus n'étaient plus qu'à quelques centimètres du mien, tandis que ses doigts dessinaient rêveusement des arabesques sur mon épaule.

— Peut-être suis-je fondamentalement sexiste, poursuivit-elle avec un léger sourire. Je suis habituée à être sollicitée, mais quand un homme me désire, je n'ai pas envie de lui. C'est aussi simple que ça. Ce dont je n'ai pas l'habitude, par contre, c'est d'être renvoyée comme un paquet dans un taxi.

D'un geste adroit, elle dégagea le drap de mes doigts, allongea mon bras sur le lit et vint nicher son visage dans le creux de mon épaule.

— De plus, murmura-t-elle en promenant ses lèvres sur la peau sensible de mon cou, je voulais vous connaître un peu mieux.

Elle s'y employa. Jusqu'à ce que je me dresse à la hauteur de la situation.

Jasmine Day ne parut pas s'en plaindre.

Moi non plus, d'ailleurs.

CHAPITRE 12

J'avais l'impression de n'avoir dormi que quelques instants lorsque je rouvris les yeux, réveillé par l'odeur du café frais. Jasmine Day, vêtue en tout et pour tout d'un de mes tee-shirts extra-larges, était debout à côté du lit et portait, sur un plateau, une cafetière et deux tasses propres.

— Comment prends-tu ton café ? demanda-t-elle.

— Noir et fort.

— Parfait. Moi aussi.

Gardant le plateau bien à l'horizontale, elle se réinstalla dans le lit et cala son dos contre l'oreiller que je lui tenais. Elle remplit les deux tasses et m'en tendis une.

— Bonjour, dit-elle.

Pendant quelques instants, nous restâmes silencieux, assis, notre tasse à la main, plongés chacun dans nos propres pensées. C'est souvent délicat de se retrouver au lit avec une inconnue. On n'a pas grand-chose à se raconter le lendemain au réveil.

Je lui lançai un bref regard à la dérobée. Sans maquillage, cils, sourcils et cheveux courts étaient tous de la même couleur blond roux, et d'une nature fine et délicate. Non, elle n'avait décidément rien de masculin, cette coupe : elle révélait la délicatesse de la forme du crâne et mettait en valeur la ligne bien dessinée de son menton et de ses pommettes hautes. Jasmine Day n'avait rien d'une virago, pas plus dans son apparence que dans son comportement au lit, comme j'avais pu le constater quelques heures plus tôt.

— Il pleut.

La soudaineté abrupte de sa remarque me fit sursauter et renverser un peu de café chaud sur ma poitrine nue. Je m'essuyai avec un coin du drap sous son regard narquois.

— Je t'intimide encore ?

— Plutôt, oui.

— Eh bien plus pour très longtemps, dit-elle en riant. J'ai deux interviews à mon programme, aujourd'hui. L'une doit être enregistrée ce matin, l'autre est un direct prévu pour cet après-midi. Il faut donc que je rentre à l'hôtel pour me préparer. Ça ne t'ennuierait pas trop de me racompagner, ou es-tu toujours décidé à me réexpédier en taxi ?

Je la regardai et vis qu'elle me souriait.

— Je ne suis pas rancunier, fis-je. Ça me ferait plaisir de te ramener.

— Je peux aller prendre une douche ?

— Bien sûr, je t'en prie.

Elle remplit de nouveau nos tasses, repoussa le plateau au pied du lit et mit le cap sur la salle de bains. Au passage, elle ramassa ses vêtements et je ne pus m'empêcher de la regarder d'un œil fasciné : mon tee-shirt, quoique grand sur elle, restait suffisamment court pour m'offrir une vue somptueusement provocante lorsqu'elle se pencha pour prendre son sac.

Le moyen de rester insensible à cela ? Allongé sur le lit, je buvais mon café, tiraillé entre le pour et le contre.

Je l'entendis ouvrir l'eau dans la douche et régler la température. Je me décidai enfin : après tout, c'est elle qui avait commencé, alors tant pis si elle s'était trompée sur mon compte. Qui m'avait donné des idées, qui avait dit que les règles étaient faites pour être transgressées ?

Je me levai donc et frappai doucement à la porte de la salle de bains. Elle entrouvrit et me regarda au travers d'un nuage de vapeur d'eau.

— Je peux entrer ?

— A toi de juger.

En souriant, elle tendit son bras nu qu'elle passa derrière mon cou pour m'attirer vers elle.

L'une des choses qui m'avaient émerveillé au moment d'acheter l'appartement à Belltown Terrace, c'était la baignoire avec douche, entièrement carrelée, qui s'ouvrait à même le sol de la salle de bains principale.

Séduit, certes, mais sans avoir jamais eu l'occasion, depuis que j'avais emménagé, de l'étrenner comme Jasmine Day et moi le fîmes ce matin-là, les micro-jets d'eau chaude venant aiguillonner nos corps nus dans la vapeur brûlante qui nous enveloppait.

Plus tard, en nous séchant, je donnai avec ma serviette mouillée un léger coup appréciateur sur sa croupe constellée de perles d'eau.

— C'est certainement la meilleure douche que j'aie jamais prise, commentai-je.

— Pas mal, répondit-elle.

Elle commençait à farfouiller dans son sac pour sortir sa trousse de maquillage lorsque le téléphone se mit à sonner. Je décrochai et eus Peters au bout du fil. Sa voix nasillait toujours autant, comme si elle sortait d'une grande boîte de conserves, mais il paraissait de bonne humeur. Là, je retrouvais davantage l'homme qui avait été mon partenaire jusqu'à son accident.

— Tu te rends compte, Beau, fit-il, plus besoin des mains.

— Comment ça, plus besoin des mains ?

— Le téléphone : c'est un appareil à haut-parleur et cadran automatique à mémoire. Tout ce que j'ai à faire, c'est d'appuyer sur un bouton et la machine compose toute seule. On a programmé douze numéros et je n'ai plus besoin qu'on m'aide à tenir l'appareil. C'est un cadeau de Ralph Ames.

Pas étonnant. Ames, mon avocat et ami de Phoenix, était fana de gadgets, surtout en matière de téléphones. C'est lui qui m'avait forcé à prendre un répondeur chez moi, pour lequel je lui avais certainement été beaucoup moins reconnaissant que Peters et tout l'étage de rééducation de Harboview pour le téléphone à mémoire. Ames avait, d'une certaine manière, contribué à lui rendre un semblant d'indépendance.

— Je t'ai réveillé ? demanda-t-il.

— Non, répondis-je innocemment sans parler de Jasmine Day. Je sors de la douche, en fait. (Je regardai l'heure : il était déjà plus de huit heures et j'étais censé rencontrer Alan Dale au Mayflower à dix heures.) Seulement, il va falloir que je parte bientôt, j'ai rendez-vous dans le centre ville.

— Justement, je voulais te choper avant que tu files pour savoir si tu avais lu le compte rendu.

— Quel compte rendu ?

— Celui du concert d'hier soir sur le P.I. de ce matin.

Le P.I. était une abréviation pour *Post Intelligencer,* le quotidien de Seattle. Peters connaissait parfaitement bien mon aversion pour les media en général et les journaux en particulier. Lorsque nous travaillions ensemble, ses petits briefings constituaient chaque jour mon unique source d'information sur les événements courants.

— Non. Alors, raconte.

— Je vais te le lire. « Ces trois dernières années, la Westcoast Starlight Productions nous a présenté de véritables ringards. Leurs spectacles, prétentieux et surfaits, se sont soldés par des bides. Si bien que lorsque l'annonce publicitaire a titré sur Jasmine Day " Coup de foudre sur la Cinquième Avenue ", j'ai fait partie de ceux qui croyaient dur comme fer qu'il ne se passerait rien. Rien de rien.

« Je tiens à dire dans ces colonnes que j'avais tort et que je vais manger mon chapeau au petit déjeuner ce matin.

« Une bonne et mauvaise nouvelle, à présent. La mauvaise, c'est que le Théâtre de la Cinquième Avenue n'était qu'à moitié plein lorsque la somptueuse Jasmine Day a entamé sa remarquable performance. La bonne nouvelle, c'est qu'il devrait y avoir encore beaucoup de billets disponibles pour le spectacle de ce soir qui mérite vraiment une salle comble.

« Miss Day a un immense talent de chanteuse et de danse qui est malheureusement resté inexploité lors de sa période de toxicomanie et de rock pur et dur. Sa polyvalence et la force de sa voix ont facilement fait oublier le décor à l'eau de rose de la Westcoast et résisté à l'épreuve de la déplorable sono du théâtre : beaucoup de bien plus grands noms du show-biz se sont cassé les dents dessus.

« Le niveau sonore de l'orchestre de Hal Gordon aurait submergé n'importe quel artiste de moindre qualité, mais Jasmine Day s'est imposée du début jusqu'à la fin du spectacle.

« On dit que la plupart des stars du rock disparaissent après avoir franchi la *sacro-sainte* barrière fatale des trente ans, qu'ils n'intéressent plus les jeunes après cela. Jasmine Day a trente-deux ans. Eh bien moi, je suis heureux que les petits rockers la délaissent car ainsi nous l'aurons pour nous.

« A un moment donné du spectacle, Miss Day a interrompu son récital : elle a pris le temps d'expliquer, d'une manière franche et courageuse, l'enfer dans lequel la drogue l'avait plongée, puis comment elle avait réussi à repartir dans sa vie et dans sa carrière une fois sortie des griffes de la cocaïne. Son petit speech était à la fois opportun et réconfortant. Ce qui est surprenant, c'est que cela n'altère en rien la qualité musicale du spectacle.

« Si donc votre soirée de vendredi s'annonce triste et

morne, allez voir Jasmine Day : vous aussi, vous aurez le coup de foudre. »

Peters arrêta sa lecture.

— On dirait que ça lui a plu, commentai-je.

— Ça m'en a tout l'air.

— J'ai beaucoup aimé, moi aussi.

— Toi aussi ? répéta Peters. Tu y es donc allé ?

— C'était vraiment super.

— Ah ? fit-il. (Il resta un moment silencieux.) Des pistes ?

— Une ou deux que je vais suivre ce matin.

— Et l'infirmier ? J'avais raison à son sujet ?

— Alors là, banco, tu es tombé en plein dans le mille, Peters. Il est pédé comme un phoque. Mais je ne crois pas qu'il y ait eu ménage à trois. Riley craint d'avoir attrapé le sida et il s'est imposé, en guise de pénitence, de s'occuper de Jonathan Thomas.

Il y eut un silence prolongé à l'autre bout de la ligne.

— Hé, Peters, tu es toujours là ? demandai-je.

— Je raccroche.

— Qu'est-ce qu'il y a ? J'ai dit quelque chose de mal ?

Pour toute réponse, j'entendis un déclic, puis la tonalité. Je rappelai l'hôpital et demandai le numéro de Peters : l'opératrice me répondit que la ligne était occupée.

J'étais encore en train de chercher ce qui avait bien pu l'offenser dans mes paroles lorsque la porte de la salle de bains s'ouvrit et que Jasmine Day entra dans la chambre.

— J'ai cru entendre parler, dit-elle.

— J'étais au téléphone. Un de mes amis a appelé pour me lire le compte rendu du journal sur ton récital d'hier soir.

— J'essaie de ne jamais prêter attention aux articles de presse. Mon amour-propre en souffre trop.

— Pas avec celui-ci. Le type a été enthousiaste.

— Ah bon ? fit-elle en finissant d'ajuster sa ceinture

autour de sa taille. Au fait, il y a quelque chose à manger, ici ? Je meurs de faim.

— Le traiteur en bas prépare des petits déjeuners fort acceptables. Et avec un bon pourboire, on pourra même se faire livrer.

— Bonne idée, dit-elle en se dirigeant vers la porte menant au salon. Pour moi, ce sera des œufs brouillés, des croquettes grillées, du bacon, des toasts et du jus d'orange.

Le numéro du traiteur, je le connaissais par cœur, et pour cause. Dès que la porte de la chambre se fut refermée sur Jasmine, je décrochai le téléphone de la table de chevet et passai commande, demandant même, une fois n'est pas coutume, d'apporter le journal.

Je rejoignis Jasmine dans le salon : je la trouvai lovée dans un fauteuil près de la fenêtre, contemplant la pluie qui tombait dru sur Puget Sound.

— C'est sacrément triste dehors, dit-elle.

— Pas tant que ça : la plupart des gens d'ici te diront qu'ils adorent le soleil, mais qu'ils ne craignent pas la pluie. Ils seraient obligés d'émigrer, autrement.

Je vins m'asseoir dans le fauteuil voisin du sien. Quelque chose n'allait pas : elle paraissait distante, lointaine. Son expression de taquinerie désinvolte l'avait quittée. Elle prit du bout des lèvres une gorgée de café sans même me regarder.

— Comment se fait-il que tu portes une arme ? demanda-t-elle posément.

Mes yeux se portèrent sur la table et les chaises de la salle à manger : mon étui de revolver pendait toujours là où je l'avais laissé avant d'aller au lit et avant de savoir que j'y trouverais de la compagnie.

C'était fichu, Jasmine Day m'avait coincé.

— Je suis officier de police, dis-je.

— Donc, pas un ami de Dan Osgood ?

— Non. Je travaille à la Criminelle. J'étais au théâtre pour une enquête.

— Une affaire de meurtre ?

Je hochai la tête, mais elle ne me regardait pas.

— Un aide-machiniste. Il est mort à l'aube, le lendemain du jour où il a eu fini de travailler sur le décor.

— Après le montage ?

— Oui, je crois que vous appelez ça ainsi. Sais-tu quelque chose à ce sujet ? Tu n'étais pas au courant ?

Elle me lança un regard accompagné d'un petit haussement d'épaules.

— Je suis la vedette du spectacle. Ed essaie de me protéger, de me préserver de ce genre de choses pour m'éviter des contrariétés. Mais comment as-tu eu des billets de faveur ? Et ceux-là en particulier ?

— J'avais parlé à Dan Osgood un peu plus tôt dans la journée. Il savait que j'avais l'intention d'aller au spectacle et d'interroger des gens sur place. Alors il m'a offert les billets pour faciliter mes allées et venues à l'intérieur du théâtre.

— Et comment es-tu parvenu jusqu'à ma loge ?

— Je suis allé dans l'arrière-scène pendant l'entracte, mais je n'ai pu parler à personne. Ils étaient tous affairés sur ce machin de plateau d'orchestre. Alors je me suis dirigé vers ta loge en pensant te poser une ou deux questions...

— Et moi j'ai cru que tu venais pour autre chose.

— Oui, fis-je. Au moment où j'allais te présenter ma carte, tu m'as parlé d'aller dîner.

— Tu ne comprends pas : je vais toujours dîner après le spectacle avec celui qui a ces places. Ça s'est passé comme ça pendant toute la tournée.

— Mais pourquoi ?

— Pourquoi ? Parce que ce sont généralement des amis d'Ed Waverly, voilà tout. Parce que je lui dois beaucoup. Parce que quand personne d'autre ne voulait me donner une chance, quand personne d'autre ne voulait aider la Jasmine Day nouvelle formule, Ed Waverly a accepté, lui. Il m'a fait engager par la Westcoast. Et maintenant, j'irais dîner avec le diable, s'il me le demandait.

Je posai ma main sur son genou.

— On pourrait faire comme si Ed Waverly avait voulu me les donner de toute façon, ces billets ?

Elle regarda ma main posée pendant un long moment et je crus qu'elle allait accepter. Mais elle me la prit et l'écarta de son genou.

— Non, fit-elle en se levant. Tu m'as menti. Je vais reprendre ma perruque. Appelle-le maintenant, ce fameux taxi.

D'un pas déterminé, elle traversa le salon en direction du couloir.

— Mais, Jasmine... commençai-je.

Elle ne répondit pas, ne se retourna même pas.

Profits et pertes, pensai-je en la regardant s'éloigner.

Le téléphone sonna. C'était le garçon-livreur du traiteur qui, depuis le magasin, demandait à se faire ouvrir la porte afin de me monter le petit déjeuner. Je n'eus pas plutôt raccroché que la sonnerie retentit de nouveau. Je reconnus la voix du Sergent Watty Watkins, responsable de l'équipe de jour à la Criminelle.

— Désolé de vous déranger à cette heure-ci, Beau, dit-il, mais j'ai pensé préférable de vous informer que le médecin légiste a appelé : d'après lui, Jonathan Thomas serait mort d'une overdose massive. Le docteur qui a participé à l'autopsie nous presse d'arrêter l'infirmier.

— Tom Riley est en dehors du coup, affirmai-je.

— Ecoutez, Beau. Là, c'est une autre partie qui se joue, alors j'y ai affecté une équipe d'inspecteurs. Vous travaillez sur une affaire, eux seront sur l'autre. Ils ont mis la maison sous scellés et un groupe d'enquêteurs est parti sur le terrain.

— Je vous répète que Tom Riley n'y est pour rien.

— Et moi je vous répète que les gars de l'équipe de jour vont conduire leurs propres investigations et tirer leurs propres conclusions.

Le timbre de l'entrée retentit.

— Un instant, Watty, on sonne à la porte.

Je me précipitai pour aller ouvrir, réglai les petits déjeuners et le journal, déposai le plateau sur la table et repris le combiné.

— Ça y est, je suis revenu, annonçai-je.

— D'après votre rapport, je vois que vous avez déjà prévenu les parents de Thomas. Et la mère de Morris ? Vous avez pu la joindre ?

— Je vais le faire aujourd'hui.

— Ah, c'est bien, parce que les media tannent notre attaché de presse, Arlo Hamilton, pour connaître le nom de la victime. Mais nous devons attendre que la famille en soit préalablement informée.

Jasmine reparut : la perruque était bien enfoncée sur sa tête. Elle laissa tomber son sac et ses chaussures sur le parquet, près de la porte, et resta immobile, une main sur la hanche, à me regarder à l'autre bout de la pièce.

— Bon écoutez, Watty, j'ai un rendez-vous à dix heures. Si vous voulez, je peux passer vous voir et on discutera. D'accord ?

Je raccrochai vivement et me dirigeai vers la porte où Jasmine, en équilibre sur un pied, était en train d'enfiler une chaussure.

— Jasmine, balbutiai-je maladroitement, je voulais te dire...

— Tu m'as appelé un taxi, oui ou non ?

— Non. Laisse-moi te raccompagner.

— J'irai plutôt à pied s'il le faut.

Elle se pencha pour prendre son autre chaussure, mais je fus plus prompt : je la ramassai et la lui tendis. C'était un soulier d'un grand bottier. En la lui présentant, je vis à l'intérieur, le nom du fabricant : Cole-Haan. La pointure était imprimée sur la lanière du talon : du 40.

Elle se chaussa, pivota sur elle-même et sortit. Je ne tentai pas de la retenir : à quoi bon ?

J'étais abasourdi. J'entendis monter, puis descendre l'ascenseur. Je parvins enfin à me secouer de mon hébétude. Des Cole-Haan, il devait en exister par milliers dans la région de Seattle. Et des pointures 40, par centaines.

— Pas de conclusions hâtives, me dis-je.

Je courus vers l'ascenseur. Mais il était si lent que lorsque je parvins à l'entrée de l'immeuble, elle était déjà partie.

Je n'eus plus qu'à remonter à mon appartement. Les petits déjeuners étaient en train de refroidir sur la table, mais je n'y touchai pas : tout cela m'avait coupé l'appétit. Pour longtemps peut-être.

CHAPITRE 13

Je me rendis en voiture au Service, l'esprit en ébullition. Des chaussures Cole-Haan, pointure 40. J'essayai de me persuader que c'était un rapprochement purement fortuit, mais en vain : je ne crois ni au Père Noël ni aux coïncidences. D'ailleurs les flics qui y croient ne font jamais de vieux os.

Le Sergent Watkins était en pleine conférence avec le Capitaine Powell. Je tournai autour du bureau vitré, l'aquarium, jusqu'à ce qu'ils en eussent terminé et que Watty en sortît.

— Comment ça va, Beau ? demanda-t-il. Vous avez une vraie tête de déterré.

— Merci, répondis-je, rien de tel que des paroles d'encouragement. Mais c'est vrai, je suis sur les rotules.

— Vous avez reçu le message de Janice Morraine ? Elle a sûrement quelque chose pour vous : elle a appelé il y a quelques minutes et fait un raffut de tous les diables parce qu'elle n'arrivait pas à vous joindre.

— J'espère que vous lui avez rappelé que je travaillais entre seize heures et minuit, fis-je.

— Elle aussi, rétorqua Watty.

Il y a des arguments auxquels on peut répondre, d'autres pas. Celui-ci entrait dans la seconde catégorie.

Sans même prendre la peine de passer à mon bureau, je descendis rapidement au labo, au deuxième étage.

J'y trouvai Janice Morraine penchée sur son microscope.

— Comme va la vie, Jan ?

Elle se redressa et se massa le dos.

— Ça dépend. Ma vie sexuelle, pas terrible. Mais question boulot, on progresse.

— Parlons boulot, dis-je. Alors, le docteur Baker t'a transmis ce fameux indice ?

— Oui, il est ici, fit-elle en tapotant le microscope.

— Et qu'est-ce que c'est ?

— Un cheveu. Un magnifique cheveu blond, long et synthétique. Du premier choix : il est si bien fait qu'il a fallu le microscope pour s'apercevoir qu'il n'était pas naturel. Les enquêteurs en ont trouvé un autre absolument semblable dans le parking du marché de Pike Place hier après-midi. Il faut maintenant que nous mettions la main sur cette perruque. Elle doit être superbe.

La sensation de malaise qui m'envahit montra que je pensais savoir où se trouvait la perruque en question : la dernière fois que je l'avais vue, elle était bien ajustée sur la tête de Jasmine Day au moment où celle-ci claquait la porte chez moi. Mais je n'en soufflai mot.

— Tu es sûre qu'ils correspondent ?

— Absolument, voyons. Les fibres synthétiques sont beaucoup plus faciles à comparer que les naturelles.

— Merci, Janice, dis-je en m'éloignant de la table. Tu m'as donné un sacré coup de main.

— A votre service, dit-elle en souriant. Je suis payée pour ça.

De retour à mon bureau, je trouvai un message laissé par un des gars de l'équipe de nuit. Il l'avait collé avec un scotch sur mon téléphone pour être sûr que je le voie. La Révérende Laura Beardsly, de la Mission de Pike Street, me demandait de passer le plus rapidement possible. Le message était marqué urgent.

La Mission de Pike Street ne se trouvait qu'à un pâté de maisons du marché de Pike Place et à six du Mayflower Park Hotel. J'avais juste le temps d'aller chez la Révérende Laura avant mon rendez-vous avec Alan Dale. A neuf heures quinze, je me garai dans la Première Avenue en face d'un magasin de pompes funèbres, et alimentai le parcmètre pour trente minutes. Quelques instants plus tard, je poussai le portail d'entrée de la Mission.

La Révérende Laura Beardsly la dirigeait depuis plusieurs années. Elle avait duré plus longtemps que ses prédécesseurs puritains et bien-pensants qui s'étaient pour la plupart brûlé les ailes à vouloir venir en aide à d'ingrates épaves qui n'avaient cure d'être secourues.

Femme maigre au physique plutôt disgracieux, la Révérende comptait tout un ensemble de partisans parmi les déshérités des rues de Seattle. Elle avait la réputation de secourir les gens dans le besoin sans sermons moralisateurs superflus, tout en ayant l'intelligence de les laisser tranquilles le reste du temps. Je l'avais rencontrée pour la première fois lorsque Peters et moi avions travaillé sur l'affaire du meurtre d'un clodo : un étudiant prenait son pied en mettant le feu à des pochards dans les coins sombres de la ville.

Nos relations n'avaient donc pas commencé sous les meilleurs auspices. Depuis lors, cependant, la Révérende Laura avait établi de bonnes relations de travail avec les services de la police en général, avec Peters et moi en particulier. Quand elle se manifestait, nous dressions l'oreille.

La Mission, hébergée dans une ancienne taverne parmi les plus miteuses de Seattle n'était prospère qu'en nombre d'utilisateurs : je savais que le refuge de nuit était en général plein bien que les caisses ne le fussent pas. Le téléphone y avait été coupé depuis longtemps pour factures impayées. C'est du reste pourquoi, ne pouvant appeler, j'étais obligé de me déplacer en personne.

La taverne désaffectée occupait le sous-sol d'un immeuble de bureaux. Son entrée donnait, par un escalier étroit et raide, sur une ruelle qui se peuplait de rats et d'ivrognes dès le coucher du soleil.

Laura, vaccinée depuis longtemps contre ce type d'environnement, habitait là vingt-quatre heures sur vingt-quatre et dormait sur un simple lit de camp dans une petite pièce derrière la chapelle. Un autre local, utilisé par les précédents tenanciers comme tripot clandestin, se trouvait sur le côté ; il avait été transformé en dortoir à six places et offrait un gîte pour la nuit aux sans-abri. Cet hébergement à la spartiate était gratuit et fonctionnait sur le système du premier arrivé, premier servi.

Le tintement d'une clochette, au-dessus de la porte de la chapelle, annonça mon arrivée. La Révérende vint rapidement à ma rencontre et me tendit sa main calleuse pour me saluer. Son large et franc sourire de bienvenue découvrit des dents saillantes.

— Bonjour, inspecteur Beaumont, dit-elle. Merci d'être venu jusqu'ici. J'avais peur qu'elle change d'avis.

— Qui donc ?

Pour toute réponse, elle fit demi-tour et rebroussa chemin d'un pas vif. Je la suivis. Elle parvint à la porte du dortoir, s'arrêta et ouvrit.

— Il est l'heure, annonça-t-elle sur un ton net et sans réplique.

A l'intérieur, le groupe de loqueteux qui avaient passé la nuit là s'appliquèrent à ramasser leurs maigres effets pour retourner une fois de plus à la rue. La Révérende attendit, immobile à côté de la porte, qu'ils fussent tous sortis, l'un après l'autre, traînant la savate. Quand le dernier eut quitté les lieux, traversé la nef et refermé la porte derrière lui pour poursuivre son chemin, elle me dirigea au-delà des pupitres en bois du devant de la pièce, vers ses propres quartiers.

Les gens qui envoient leurs vêtements usagés à Saint-Vincent-de-Paul, ou ceux qui adressent un chèque annuel à l'Armée du Salut se décernent à eux-mêmes la médaille de la générosité. Mais ils n'ont jamais été directement souillés par les dures réalités de la pauvreté. Les donneurs de cette sorte de charité aseptisée et indirecte n'ont jamais vu, touché ou senti les destinataires de leurs aumônes. Senti, surtout.

La Révérende Laura, à l'inverse, vivait au milieu de ses ouailles. Sa chambre était empreinte de l'odeur fétide de la plus pouilleuse misère.

A première vue, la pièce, démunie de fenêtres, me sembla vide et je crus que la « elle » dont Laura avait parlé s'était fait la paire. D'un côté, on voyait un petit lit, soigneusement fait, poussé contre un mur en brique nu. De l'autre, se trouvait un bureau, vieux rebut métallique verdâtre, couvert de piles branlantes de livres et de feuilles de papier éparses.

Le milieu de la pièce était occupé par une chaise délabrée, seule à côté d'une petite table et d'un lampadaire aussi antique que l'abat-jour à franges qui le coiffait. La faible lumière de son unique ampoule parvenait à peine à éclairer le local humide et sombre.

La Révérende entra après moi, referma la porte derrière elle et se dirigea vers la pénombre, au-delà du cercle de lumière.

— Voilà, Belinda, fit-elle avec douceur, le monsieur dont je t'ai parlé est ici. Il faut que tu lui dises ce que tu as vu. Allez, approche : il ne va pas te manger.

Mes yeux commençaient à s'accoutumer à la lumière ambiante. Je remarquai alors deux masses informes tassées contre le mur du fond, près d'une porte donnant probablement sur le sous-sol de l'immeuble de bureaux qui s'élevait au-dessus de nous. Mues à la fois par la voix apaisante et par la main incitatrice de Laura, les deux masses sombres émergèrent lentement de la pénombre.

La première se révéla être un chariot de supermarché rempli à ras bord de sacs en plastique ventrus. La seconde, une volumineuse silhouette de femme dont les formes se perdaient sous de multiples épaisseurs d'habits. J'aurais pu la reconnaître même sans son éternel caddie, car je l'avais déjà vue des centaines de fois, mais j'ignorais qu'elle s'appelait Belinda.

Pendant des années, elle avait littéralement élu domicile dans la petite place commerciale abritée qui se trouve sous la gare du monorail de Seattle. Selon la direction du vent et de la pluie, on la retrouvait, avec son chariot et tous ses petits trésors, tassée contre le mur de Nordstrom, le magasin de confection, ou bien sous la rampe d'accès du monorail elle-même. Cette mendiante, enveloppée dans son manteau marron informe et son écharpe, avait constitué la saisissante antithèse de ces dames bon chic bon genre que l'on voyait se précipiter, à l'heure des repas, dans les boutiques à la mode pour s'acheter qui des chaussures, qui un sac.

Mais la construction du nouveau Centre commercial de Westlake avait entraîné la fermeture temporaire de la gare du monorail. La mise en place de hautes et impénétrables palissades métalliques de chantier avait bouté Belinda hors de sa retraite favorite. Passant un jour dans ce quartier en voiture, j'avais remarqué son absence, mais j'ignorais ce qu'il en était advenu, quel nouveau territoire elle avait bien pu s'octroyer. Et voilà qu'à présent, je la retrouvais devant moi, s'approchant timidement comme un animal apeuré, derrière son caddie qu'elle maintenait stratégiquement positionné entre nous deux.

— Voici l'inspecteur Beaumont, expliqua Laura. Il s'occupe de l'affaire dont vous m'avez parlé. Il a besoin de votre aide.

L'âge de Belinda était aussi incertain que sa silhouette :

elle pouvait aussi bien avoir cinquante-cinq ans que soixante-dix. Ses joues flétries et ridées s'affaissaient autour d'une bouche édentée. Mais ses yeux, enchâssés dans un visage à la peau noircie, étaient perçants et brillants comme ceux d'un oiseau. Ils lançaient sur Laura et sur moi alternativement des regards intimidés. Si Laura ne s'était résolument tenue entre elle et la porte, je suis sûr que Belinda aurait pris ses jambes à son cou.

Je m'avançai donc posément vers elle, avec des gestes rassurants, lui tendant la main par-dessus le caddie. Ses doigts mous étaient froids et moites au toucher.

— Bonjour, dis-je. Je suis l'inspecteur Beaumont. Mon adjoint, l'inspecteur Lindstrom et moi-même travaillons ensemble sur cette affaire. Si vous détenez des informations susceptibles de nous aider, nous apprécierions beaucoup tout ce que...

Belinda se détourna de moi et se réfugia contre la Révérende, s'agrippant craintivement à elle.

— Et s'il me croit pas ? pleurnicha-t-elle en passant sa langue sur ses mâchoires édentées, ce qui ne contribua guère à éclaircir son élocution. S'il dit que je suis folle, que je recommence à avoir des visions ? Ils vont me renvoyer à l'hôpital et moi je veux pas y retourner. Vous les empêcherez, hein ?

— Voyons, la rassura Laura, personne ne veut vous envoyer nulle part, Belinda. J'y veillerai personnellement, mais il faut absolument lui dire ce que vous avez vu pendant la nuit d'avant-hier. Allons, expliquez à l'inspecteur Beaumont ce que vous m'avez raconté.

Prenant la vieille femme par les épaules, Laura la fit pivoter jusqu'à ce qu'elle fût de nouveau face à moi.

— Elle était si jolie, commença Belinda.

— Qui était jolie ? fis-je.

— La femme. Quand j'ai ouvert les yeux et que je l'ai vue, j'ai eu peur. J'ai cru que c'était une vision, un ange peut-être. Avant, je voyais des anges partout, même que c'est pour ça qu'on m'a envoyée à l'hôpital.

— Et où avez-vous vu cette jolie femme ? demandai-je en essayant de garder le ton le plus doux possible afin de ne pas l'effaroucher.

— Voilà. J'étais venue passer la nuit ici, expliqua Belinda en montrant du doigt les murs de brique de la chambre monacale de Laura. Mais trop tard : les lits étaient tous pris, alors j'ai pas pu rester. Comme il ne pleuvait pas, j'ai décidé d'aller dormir du côté du marché.

Elle s'interrompit comme si elle cherchait ses mots. Je sentis mon cœur se mettre à battre : une jolie femme, une perruque blonde, le marché... Le ton de ma voix resta neutre, mais au prix d'un effort immense.

— Quelle heure était-il ? demandai-je.

— Dix ou onze heures. Peut-être plus, je ne sais pas. Il y a un coin, près du parking, où je vais de temps en temps quand il fait bon. Je me suis endormie. Quand je me suis réveillée, elle était là.

— Qui ça ?

— La dame. La belle dame avec ses longs cheveux blonds, sa robe longue, ses longs gants blancs et ses hauts talons. Elle se tenait à côté des escaliers et faisait des signes de la main à quelqu'un qui montait des quais vers le parking.

Les longs gants blancs étaient là aussi, donc. J'expulsai lentement l'air qui était dans mes poumons.

— Avez-vous vu qui montait les escaliers ?

— Non, fit-elle en secouant la tête, mais c'était un homme.

— Comment le savez-vous ?

— Parce que, quand il est arrivé en haut, alors là je l'ai vu.

— Est-ce que le parking est éclairé, la nuit ?

Je ne me rappelais plus, en effet, s'il y avait des lampadaires ou non et je me demandais comment Belinda avait pu observer tous ces détails. Elle me lança un regard agacé.

— C'était la pleine lune. Bref, la femme lui faisait signe comme si elle l'attendait et j'entendais les pas de l'homme qui montait l'escalier. A ce moment-là, elle s'est penchée en se tenant à la rampe d'une main et a enlevé sa chaussure de l'autre, comme s'il y avait un caillou dedans.

Elle s'interrompit de nouveau.

— Et qu'est-ce qui s'est passé ensuite ? la pressai-je.

— Eh bien, c'est là que je l'ai vu, lui, mais juste une seconde. Quand il est arrivé en haut, la dame s'est redressée. Elle avait enlevé ses deux chaussures. Tout d'un coup, elle s'est jetée sur lui comme un chat sur une souris. Un instant j'ai cru qu'ils allaient tous les deux tomber à la renverse dans l'escalier, mais il a réussi je sais pas comment à se dégager. Il a voulu se mettre à courir, seulement, elle l'a attrapé aux genoux et l'a fait tomber. Tout ce que j'ai vu après ça, c'est qu'elle était sur lui et qu'elle le tabassait à coups de chaussure. Il a essayé de se débattre, mais c'était comme si... euh...

Belinda hésita de nouveau.

— Comme si quoi ? insistai-je.

— Vous allez croire que j'invente.

— Non. Dites-moi seulement ce qui s'est passé.

— Eh bien c'était comme si elle était trop forte pour lui, et trop rapide. J'avais l'impression que ça ne finirait jamais, ajouta-t-elle.

— Et ensuite ?

— Tout d'un coup, il a cessé de bouger, mais elle a continué de taper dessus, et aïe donc, j'entendais les coups d'où j'étais. C'était horrible, un peu comme un boucher qui attendrit de la viande avec son battoir.

Elle tressaillit à l'évocation de ces images et se mit à trembler de tous ses membres.

— Evidemment, elle ne savait pas que vous étiez là ?

— Non. Je retenais ma respiration. Je ne voulais pas

qu'elle m'entende, qu'elle me repère dans ma cachette. Après, elle s'est arrêtée, s'est relevée et a regardé autour d'elle comme pour s'assurer que personne ne la voyait. Elle a jeté un coup d'œil en haut vers le marché, puis en bas vers la mer. Une fois persuadée qu'elle était seule, elle a commencé à le pousser.

— A le pousser ?

— A le rouler, plutôt, vers la palissade qui empêche les gens de tomber du haut du promontoire. Elle est haute mais il y a un trou juste assez grand pour qu'un homme puisse passer dessous en rampant. La femme l'a poussé par là et il a roulé, roulé vers le bas de la pente jusqu'à ce que je le perde de vue. Je comprends pas comment il est pas resté coincé dans la palissade.

— Et après, qu'est-ce qui s'est passé ?

— La dame est retournée prendre ses chaussures, et puis elle est partie.

— De quel côté ?

— Elle a descendu les escaliers par où l'homme était venu.

— Et vous, qu'est-ce que vous avez fait ?

— Pendant un moment, rien du tout. J'avais la trouille qu'elle revienne et qu'elle me trouve.

— Donc, vous avez attendu sur place (Belinda fit signe que oui.) Combien de temps ?

— Je ne sais pas. Mais à la fin, sûre qu'elle était partie, et qu'elle ne reviendrait pas, j'ai pris mes cliques et mes claques et j'ai filé. Je suis descendue par Western Avenue, c'est plus facile que de remonter la côte avec le caddie.

— Et c'est vous qui avez appelé la police ? demandai-je. Belinda eut un sursaut et se recula de moi comme pour se réfugier auprès de Laura.

— Comment vous savez ça ? fit-elle.

— Je ne le sais pas, je le devine. Il est facile d'arriver au terminal du ferry par le chemin que vous avez pris : or, c'est de là que l'appel est venu. Pourquoi n'avez-vous pas laissé votre nom ?

— Parce que j'avais peur.

— Peur qu'on vous accuse ?

Elle secoua la tête.

— Non, mais peur qu'on me prenne pour une folle. Il y a quelques années, quand je voyais des choses, ils appelaient ça des hallucinations. C'en n'est pas, cette fois, hein ?

— Absolument pas, la rassurai-je. La femme que vous avez vue est on ne peut plus réelle. Et l'homme est effectivement mort. Y a-t-il autre chose que vous puissiez nous dire sur elle ou sur lui ?

— Pas vraiment. La femme, je ne l'ai vue que de dos. Et quand il est arrivé, lui, tout s'est passé trop vite.

— Vous pourriez la reconnaître si vous la voyiez ?

— Sais pas, fit-elle. Je crois pas.

— Est-ce qu'elle a dit quelque chose ?

— Rien. Pas un mot.

— Qu'avez-vous fait, après votre coup de fil ?

— J'avais toujours peur. Je me demandais si j'avais fait ce qu'il fallait ou pas. Ça m'a tourneboulée toute la journée. Alors hier soir, j'ai fini par venir ici pour parler à la Révérende. Elle m'a conseillé de tout vous raconter.

— Elle a eu raison, Belinda. Ces renseignements vont nous être très utiles et nous aider à découvrir qui nous recherchons. Vous êtes bien sûre de n'avoir à aucun moment aperçu son visage ?

— Absolument.

— Quelle était la couleur de sa robe ?

— D'un joli bleu, ou vert peut-être. C'était difficile à voir exactement, à la lumière de la lune.

— Et vous dites qu'elle portait des gants ?

— Oui, des gants longs, comme dans le temps. Vous savez, ceux qui remontaient jusqu'au-dessus des coudes.

— Absolument, je vois. Vous ne vous rappelez rien d'autre ?

— Non. Rien.

Je sortis mon carnet et mon crayon.

— Où peut-on vous joindre, Belinda ?

Elle se rapprocha du bras protecteur de la Révérende.

— J'ai pas d'adresse, répondit-elle sur un ton plaintif.

Laura tapota l'épaule de la vieille femme en un geste de réconfort.

— Vous pouvez donner cette adresse-ci, lui dit-elle doucement. (Elle se tourna vers moi.) Je vais la garder quelques jours ici avec moi pour le cas où vous auriez besoin de la joindre.

— Et votre nom de famille, Belinda ?

Elle se blottit davantage encore contre Laura.

— Je... je me rappelle plus, bredouilla-t-elle.

J'attendis un peu, mais en vain. Si elle avait jamais eu un nom de famille, elle avait effectivement dû depuis longtemps l'oublier ou le rejeter. Je refermai donc mon calepin. J'étais loin de repartir bredouille : ce n'est pas tous les jours qu'on arrive à trouver un témoin oculaire dans une affaire de meurtre. Belinda était l'oiseau rare. J'étais sûr que son témoignage contribuerait à me permettre d'arrêter Jasmine Day pour le meurtre de Richard Dathan Morris, mais il serait peut-être insuffisant pour la faire condamner.

Les avocats de la défense savent réduire en miettes les témoignages de gens tout à fait dignes de foi. Or Belinda n'appartenait certainement pas à cette catégorie : comment se fier aux dires de quelqu'un qui a oublié son propre nom de famille ?

CHAPITRE 14

Lorsque je quittai la Mission de Pike Street, j'étais de toute façon déjà en retard pour le rendez-vous avec Alan Dale. Alors au lieu de me rendre directement au Mayflower Park Hotel, je filai dans la brouillasse jusqu'à chez moi. Je me garai dans la rue et me précipitai à l'appartement. Je trouvai le programme souvenir de Jasmine Day sur le comptoir de la cuisine, là où je l'avais laissé.

J'allumai la lumière fluorescente pour pouvoir examiner la photo sur la couverture glacée. Bien sûr, j'y vis ce que je ne voulais pas voir, ce que je redoutais de voir : Jasmine Day dans une longue robe bleue et avec des gants blancs qui lui remontaient jusqu'au-dessus des coudes. Elle portait bien sûr sa perruque blonde, ainsi qu'autre chose : des chaussures, des chaussures bleues à hauts talons, des chaussures d'un bleu de cobalt assorties au bleu de la robe, des Cole-Haan de pointure 40.

« Merde » grommelai-je tout haut en m'affalant dans mon vieux fauteuil, celui dans lequel je réfléchissais le mieux. Je jetai le programme désormais inutile sur la table à côté de moi.

Une à une les pièces de l'horrible puzzle se mettaient en place, l'image se dessinait. Le seul élément qui manquait, à présent, était le mobile. Quel lien mortel pouvait donc relier l'aide-machiniste et la star ?

La réponse devait sûrement tenir en un mot : cocaïne. C'en était d'ailleurs bien un pain que nous avions trouvé dans la taie d'oreiller de Jonathan Thomas, le labo l'avait confirmé. Je ne voyais rien d'autre de plausible. En clair, cela signifiait que Jasmine Day n'était pas l'ancienne toxico repentie, innocente comme l'agneau qui vient de naître, qu'elle avait prétendu être dans son petit sermon de seconde partie du récital. Et je me prenais également à douter de la véracité de tout ce qu'elle m'avait raconté plus tard, ce soir-là. Mais alors, si elle se trouvait encore dans le circuit de la drogue, à quel niveau opérait-elle ? Achat ou revente ? Trafic ou consommation personnelle ? Et qui d'autre opérait avec elle ?

La réponse à ces questions n'était pas de prime importance, en fait. Ses rapports avec la drogue ne constituaient qu'un à-côté sordide par rapport au reste de l'affaire. Il fallait que je me concentre sur un seul objectif, découvrir le meurtrier, ainsi que le lien qui unissait Jasmine Day, Richard Morris et Jonathan Thomas.

A cet égard, Jasmine Day était mon suspect numéro un. Mon seul et unique suspect.

Avant, je pensais toujours qu'en prenant de l'âge, il me serait plus facile de faire abstraction du côté personnel des choses, mais il n'en va pas ainsi : je dus vraiment me faire violence pour occulter tout souvenir de ce qui s'était passé entre Jasmine et moi, pour en effacer les images et me concentrer sur la tâche qui m'attendait.

Avec un soupir, je m'extirpai enfin de mon fauteuil et me rendis à la salle de bains : j'avais quelque chose de précis à y faire.

Je me mis à quatre pattes et commençai à passer la moquette au peigne fin. Ma patiente recherche fut enfin couronnée de succès. Par terre, à côté du lavabo, je trouvai ce que je cherchais : un cheveu, un long cheveu blond. Je fouillai dans plusieurs des poches de ma veste avant de pouvoir mettre la main sur un sachet en papier cristal vide dans lequel je glissai le cheveu.

Cela fait, je me rendis, très en retard, à mon rendez-vous avec Alan Dale.

Lorsque je le rejoignis, il était en train de boire en solitaire une tasse de café au Clippers, l'élégant petit restaurant de Mayflower Park. Il était assis près de la fenêtre et regardait s'activer les ouvriers d'un chantier de réfection du Time Square Building, de l'autre côté de la rue.

La salle du Clippers, pièce dégagée et fortement éclairée, convenait sûrement beaucoup mieux à des dîners élégants qu'à mes desseins. J'avais besoin de pénombre davantage que de lumière, j'avais besoin d'un espace restreint et isolé dans lequel je pourrais ouvertement poser à Alan Dale des questions précises sans avoir à me demander si quelqu'un ne risquait pas d'écouter par-dessus mon épaule.

— Désolé de ce retard, m'excusai-je en m'asseyant à sa table au dessus de marbre, j'ai eu un empêchement.

Il me regarda m'installer en face de lui. Il hocha la tête d'un air coincé.

— Je vois ça.

Lorsque j'avais essayé de lui parler, la veille, Alan, fort occupé, pressé, m'avait répondu par formules lapidaires, mais sans que transparaisse l'hostilité sous-jacente que je ressentais à présent. Je me mis sur mes gardes.

— Vous vouliez me poser des questions ? fit-il. Alors allons-y.

Obéissant à son injonction, je sortis mon calepin.

— Depuis combien de temps travaillez-vous à la Westcoast Starlight Productions ?

Il haussa les épaules d'un air impassible.

— Deux ans et demi, je crois, environ.

— Et ne m'avez-vous pas dit que Richard Dathan Morris avait travaillé pour vous auparavant ?

— Dans trois spectacles auxquels j'ai collaboré, et deux autres encore avec Ray.

— Mais vous ne l'aimiez pas trop ?

— Je n'ai pas à aimer particulièrement la main-d'œuvre locale. Je ne suis pas payé pour ça, seulement pour que le boulot soit fait. Morris semblait toujours être à côté de la plaque, complètement ailleurs. Je me suis plaint de lui, mais il avait un tas de piston, dans le coin. Si bien que, plaintes ou pas, il arrivait immanquablement à se faire embaucher à chaque fois que nous montions un spectacle par ici.

— Et cette fois-ci, vous l'avez viré ?

— Absolument. C'est la première fois que je le prenais sur le fait, ce petit couillon. Alors j'ai dit à Ed qu'en ce qui me concernait, je le rayais définitivement des cadres.

— Vous l'avez dit à Ed Waverly ?

— Oui.

— Il se serait rangé à votre avis ?

— Bien sûr.

— Est-ce que Morris avait des amis parmi les autres employés recrutés localement ?

— Sans doute, mais je n'en suis pas sûr. J'ai beaucoup trop de problèmes techniques sur les bras pour pouvoir m'occuper de la vie personnelle de mes aides-machinistes.

— Et Jasmine Day ?

— Quoi, Jasmine Day ?

La brusquerie de sa question en réponse à la mienne me mit en alerte.

— Avait-elle des rapports quelconques avec Morris ?

— Non.

La réponse était catégorique. Mais la vérité est rarement aussi absolue que cela. Je regardai Alan Dale fixement, il soutint ce regard sans ciller.

— Avez-vous déjà travaillé avec elle ?

— Non, répondit-il en secouant la tête. J'organisais des tournées pour des spectacles de Broadway sur la côte Est pendant qu'elle donnait des concerts de hard rock de ce côté-ci du continent. Ces deux voies n'ont guère de points de rencontre.

— Depuis quand la connaissez-vous alors ?

— Un mois et demi.

— Pourriez-vous me parler d'elle ? demandai-je.

— Que voulez-vous savoir ?

— Comment est-elle dans le travail ? Capricieuse ? Difficile à vivre ?

— Quand tout va bien, elle va bien. Mais dès qu'il y a quelque chose qui cloche... Vous m'avez vu travailler sur cette transmission par vis sans fin, n'est-ce pas ? (Je fis signe que oui.) Eh bien cette saloperie m'a lâché à Portland. Elle s'est coincée et a bousillé le rail en pleine deuxième partie du spectacle, avec l'orchestre moitié sur scène, moitié en dehors.

— Qu'est-ce qui s'est passé alors ?

— On a dû carrément interrompre le concert pendant que l'équipe technique intervenait pour tourner à la main le plateau d'orchestre dans la bonne direction. Après ça, nous avons repris et terminé le spectacle. Mais dès le baisser de rideau, je ne vous dis pas le savon.

— Jasmine a piqué une colère ?

— Une colère ? J'ai cru qu'elle allait me hacher menu, oui ! Elle en est capable, vous savez : elle est ceinture marron.

— On m'a dit ça, effectivement, fis-je. Y a-t-il quoi que ce soit que vous pourriez qualifier de bizarre dans son comportement ?

Dale me regarda. Pour la première fois, un sourire s'élargit lentement sur son visage.

— Vous n'avez pas beaucoup côtoyé les gens du spectacle, n'est-ce pas ?

— Non, admis-je.

— Je m'en doutais. Car ils sont tous bizarres, voyez-vous. Ils ne feraient pas ce métier, autrement.

— Etes-vous au courant de rumeurs disant qu'elle aurait peut-être recommencé à toucher à la drogue ?

Le sourire s'évanouit aussi soudainement qu'il était venu.

— Non, répondit-il avec force, c'est absolument faux. Si on vous racontait une chose pareille, ce ne serait que pour lui causer du tort, à mon avis. Jasmine Day fait peut-être des conneries, des fois, mais du point de vue drogue, elle est nette, j'en mettrais ma main au feu : elle a trop fait d'efforts pour se remettre à flot, personnellement et professionnellement.

J'essayai une autre approche.

— Vous pensez donc qu'elle mérite bien ce qui se passe pour elle actuellement ? Dans sa tournée, je veux dire.

— Le succès qu'elle rencontre ? répondit-il avec humeur. Croyez-moi, elle a donné et payé de sa personne pour ça.

Il était toujours aussi cassant. Je me demandais bien ce que cela cachait.

— Que voulez-vous dire ?

— Il faut vous faire un dessin ?

Je me sentis rougir de confusion. Un à zéro pour Alan Dale. Pas besoin d'un dessin, c'est vrai, je connaissais la réponse des lèvres même de Jasmine Day. Je tentai de retrouver un terrain moins mouvant.

— Quelles sont exactement les fonctions d'un chef machiniste ?

— Je suis une sorte d'homme à tout faire, celui qui doit veiller au bon fonctionnement de l'ensemble. Une panne ? Je répare. Usure, vol ou perte de matériel ? Je remplace.

— Autrement dit, vous êtes responsable de tout ?

— De tout, oui, acquiesça-t-il. En particulier dans ce spectacle où j'ai été mandaté à la fois par l'AIETS et par le Syndicat des Artistes de Scène : j'ai la double casquette de chef machiniste et de directeur de scène.

— Vous vous occupez des costumes ?

— Des costumes aussi, au cas où Bertha aurait un problème. Ça permet de mieux contrôler les dépenses.

— Qui est-ce Bertha ?

— Bertha Harris, la costumière en chef. On l'appelle la grosse Bertha pour des raisons évidentes. Elle est dans le métier depuis toujours, et c'est l'une des meilleures dans son domaine.

— Vous ne m'avez pas dit, l'autre jour, que Morris était en train de fouiller l'une des caisses à costumes ? Et que c'est pour cela que vous l'aviez renvoyé ?

— Une malle, corrigea Dale. Une malle à costumes, oui.

— Avez-vous pu déterminer ce qu'il cherchait ? demandai-je.

— Bien sûr, une fois que j'ai su par Bertha ce qui manquait.

— Et c'était ?

— Un costume complet appartenant à Jasmine : robe, perruque et une paire de chaussures. Sa dernière, d'ailleurs, puisqu'un des talons de la précédente s'est brisé à Portland. Nous venons juste de recevoir la paire de remplacement ce matin.

— De quelle provenance ?

— D'un magasin de Beverly Hills, le Rodeo Drive Shoe Salon. Ils ont pris soin de garder quelques lots en réserve pour Jasmine au cas où nous aurions un problème.

— Donc, si je comprends bien, après avoir surpris Morris en train de passer la malle en revue, vous avez constaté la disparition d'un costume tout entier ?

— C'est ça.

— D'après vous, qu'est-ce qu'il pouvait bien vouloir faire de la tenue de soirée d'une femme ?

Dale eut un haussement d'épaules.

— Quelqu'un m'a dit qu'on l'avait vu près du Edgewater. Il ne portait pas le costume à ce moment-là, mais il peut fort bien l'avoir mis plus tard.

— Le Edgewater : cet hôtel qui est sur le bord de mer ?

— Exactement, répondit Dale. Celui d'où l'on peut pêcher par la fenêtre de sa chambre.

Je me souvins alors de la pochette d'allumettes marquée aux armes de l'hôtel Edgewater que nous avions trouvée sous le cadavre de Richard Dathan Morris. J'étais vraiment intrigué.

— Mais qu'est-ce qu'il allait faire là-bas ? demandai-je.

— Comment, vous qui vivez dans cette ville, vous n'êtes pas au courant de ce qui se passe sous votre nez ? s'étonna Dale.

— Il faut croire que non.

— Ils ont un spectacle de cabaret où tous les rôles sont tenus par des travestis. Alors quand j'ai appris ça, j'ai pensé que Morris avait fauché le costume avant que je le surprenne. A mon avis, il a dû le cacher quelque part et revenir le chercher plus tard, il a probablement eu envie de se travestir lui aussi.

— Mais vous avez dit qu'il ne portait pas cette tenue quand il a été vu au Edgewater ?

— Non.

— Et vous-même, vous n'y êtes pas allé ?

Dale secoua la tête.

— Dans notre équipe, il y a quelques gars qui ne marchent pas à voile et à vapeur. Il se trouve que j'en fais partie.

— Qui l'a vu au Edgewater, alors ? Vous souvenez-vous ?

— C'était un machiniste recruté sur place, mais je ne sais pas lequel. J'en vois tellement que je finis par les confondre. Je le reconnaîtrais sans doute si je le voyais, mais je ne me souviens plus de son nom. Je peux le rechercher et vous le donner ce soir, si ça n'est pas trop tard.

— J'aimerais beaucoup, oui.

La serveuse apporta la note. Je la pris et réglai nos deux cafés.

— C'est tout? demanda-t-il, tandis que la serveuse s'éloignait. Parce qu'il faudrait que je monte à ma chambre faire un petit somme si je veux avoir les yeux en face des trous ce soir.

— Au fait, vous avez donc reçu une nouvelle paire de chaussures aujourd'hui, c'est bien ça ?

— Absolument. Elle est venue par le service de livraisons Federal Express. Le paquet a été déposé à ma porte.

— A votre porte ? Ici à l'hôtel ?

— Bien sûr. Je n'ai pas d'autre adresse en ville.

— Pourrais-je voir ces chaussures ?

Le ton d'hostilité qui avait disparu de sa voix revint immédiatement.

— Pourquoi ça ?

— Je veux simplement les voir, c'est tout.

Alan Dale et moi sortîmes du restaurant. Nous traversâmes le hall et je le suivis jusqu'à sa chambre au huitième étage. Elle n'avait rien de luxueux. Sur la table, était déposé un volumineux paquet qui n'avait pas été défait. Il me le tendit.

— A quoi tout cela rime-t-il ?

Sans répondre, je déchirai l'emballage. Une boîte pourpre apparut. A l'intérieur, sous un léger papier protecteur, deux chaussures d'un bleu de cobalt avaient été soigneusement placées : des Cole-Haan, pointure 40.

C'était les répliques exactes d'une autre chaussure que j'avais vue auparavant, mais celles-ci n'étaient pas maculées de sang.

Je replaçai le couvercle sur la boîte que je rendis à Alan Dale.

— Merci, dis-je, vous m'avez vraiment beaucoup aidé.

— Bien obligé, rétorqua-t-il.

Lorsque je quittai la chambre du chef machiniste, je redescendis dans le hall et demandai à la réception où se trouvait la chambre de Ed Waverly. On me répondit que Miss Day et lui-même venaient de quitter l'hôtel dans une limousine pour participer à une émission de la télévision locale. On ne pensait pas qu'ils rentreraient avant quatre heures de l'après-midi. Quant aux autres participants au spectacle et aux membres de l'équipe technique, ils étaient tous partis en groupe faire une promenade sur le ferry.

Je laissai un message à Ed Waverly demandant qu'il me rappelle au bureau. Il était maintenant temps que j'aille reprendre mon service, même si j'avais l'impression d'être déjà au travail depuis des heures. Depuis un jour et une nuit, en fait, non-stop.

Avant de partir, je me dirigeai vers la rangée de téléphones publics qui se trouvaient à côté de la réception et appelai Mme Morris à son hôtel. On me conseilla de tenter ma chance plus tard car elle était sortie. Au moins, cela signifiait qu'elle n'avait pas quitté la ville. Bien sûr, j'aurais pu faire davantage d'efforts pour essayer de la joindre, mais les journées ne sont pas extensibles à l'infini.

En montant au cinquième étage de l'immeuble de la Sécurité Publique, je fis halte au laboratoire de la Criminelle. Je voulais en effet y déposer le sachet contenant le cheveu que j'avais récupéré dans mon appartement.

Je rencontrai Janice Morraine près de l'ascenseur, en train de griller une cigarette à côté d'un cendrier sur pied. C'était en effet la seule personne du labo qui fumait, et elle devait s'exiler à chaque fois qu'elle se sentait en manque.

— Tu es ici presque aussi souvent que moi, dis-je.

— Pas de quoi se vanter, répliqua-t-elle.

Sans autre préambule, je lui tendis le sachet que j'avais sorti de ma poche. Elle l'ouvrit et regarda à l'intérieur.

— Qu'est-ce que c'est ? Un autre échantillon de cette perruque omniprésente ?

— Comment ça, omniprésente ?

— Bill Foster, l'un des enquêteurs qui travaille sur

l'autre affaire, vient de m'en apporter un autre. C'est en haut de Capitol Hill, je crois ?

— L'affaire Jonathan Thomas ? demandai-je.

— Je ne me rappelle pas le nom. Le gars qui est mort d'une overdose à Bellevue et qui avait le sida. Tout ce que je peux dire, c'est qu'elle doit être drôlement active, cette dame à la perruque.

— Drôlement active, oui, répétai-je sombrement.

— Et toi, où l'as-tu trouvé ce cheveu ?

— Je préférerais ne pas le dire.

Janice Morraine me lança un long regard inquisiteur avant de se pencher pour écraser sa cigarette dans le cendrier. Il y avait longtemps que nous travaillions dans les mêmes sphères, des années, en fait. Janice me connaissait probablement mieux qu'elle n'aurait dû.

— C'est peut-être aussi bien, effectivement, dit-elle. Il y a des choses que j'aime autant ne pas savoir. (Elle glissa le sachet dans la poche de sa blouse blanche.) Autre chose ?

— Pas pour le moment.

— Bon, il faut que je retourne au travail.

Elle s'éloigna, me laissant sur place, seul, à me demander si j'étais aussi tordu qu'elle semblait le penser.

La réponse que je m'entendis apporter à cette question ne me plut guère.

CHAPITRE 15

Le Sergent Watson me cherchait partout lorsque je fis mon apparition au cinquième étage.

— Beau, le Capitaine Powell veut te voir illico presto.

Ce genre de convocation dans le bureau — dit l'aquarium — du Capitaine Larry Powell me donnait l'impression d'être un gamin de douze ans envoyé chez le proviseur. Un seul regard sur le visage du Capitaine me montra qu'il était d'une humeur massacrante.

Au moment où je pénétrai dans son bureau, il était assis et feuilletait une épaisse pile de papiers devant lui.

— Qu'y a-t-il ? demandai-je.

— La porte ! ordonna-t-il sans même lever les yeux.

Je compris alors que j'allais me faire remonter les bretelles. Je fermai et attendis.

— Qu'est-ce que vous avez bien pu glander tout ce temps pour n'avoir même pas prévenu la famille de Richard Dathan Morris ? fulmina-t-il.

La meilleure défense était manifestement l'attaque.

— Ecoutez, dis-je, il n'y a que vingt-quatre heures dans une journée. Nous avons été trouver sa mère chez elle, mais les voisins nous ont dit qu'elle était en déplacement hors de la ville. Ils ne savaient pas où. En dernier ressort, je lui ai laissé un message hier soir, mais je n'ai toujours pas réussi à la joindre.

Powell daigna enfin me gratifier d'un regard.

— Doug et Larry l'ont fait.

Les inspecteurs Doug Manning et Larry Hicks travaillaient à la Criminelle en équipe de jour. De toute évidence, il devait s'agir de l'équipe que le Sergent Watkins avait placée sur l'affaire Jonathan Thomas.

— Et pourquoi eux ?

— Parce qu'elle est passée à la maison de Bellevue ce matin, voilà pourquoi eux. Quand Mme Morris a appris ce qui était arrivé, il a fallu faire venir une ambulance.

— Mais alors où est-elle en ce moment ? A l'hôpital ? J'ai essayé de l'appeler à son hôtel il y a quelques minutes et elle n'y était pas.

— Ne perdez pas votre temps à la chercher maintenant. D'autant que, si je comprends bien, vous saviez où elle passait la nuit, mais vous ne vous êtes pas même préoccupé d'aller lui parler.

— Ecoutez, Capitaine, répondis-je. Doug et Larry ne seraient pas sur une affaire de meurtre si le gros Al et moi n'avions pas passé la moitié de la journée à remuer ciel et terre et à remonter la piste des parents de Thomas afin d'obtenir l'autorisation d'autopsier. Sans nous, il y a un meurtrier qui s'en serait tiré à bon compte, dans cette ville.

La moutarde me montait au nez, à présent. Car je n'avais guère exagéré au sujet du travail : j'avais vraiment l'impression de m'être consacré corps et âme à Richard Dathan Morris depuis des jours.

— Et en plus de ça, poursuivis-je, la plupart des gens impliqués dans cette affaire vont quitter Seattle cette nuit dès la fin du concert de Jasmine Day au Théâtre de la Cinquième Avenue. Destination : Vancouver, en Colombie britannique. Alors je m'occuperai des gens qui restent ici une fois que j'en aurai terminé avec ceux qui doivent quitter le pays.

Sur ce, je tournai les talons et m'apprêtai à sortir.

— Al est absent, aujourd'hui ?

— Oui, il est absent. Son petit-fils a été opéré d'urgence hier soir, le gosse a failli mourir. Alors sa femme et lui ont passé la nuit à son chevet. Ça lui donne des excuses, non ?

— C'est le bouquet... commença Powell.

Je claquai la porte derrière moi, coupant net le reste de sa phrase. Dans le couloir qui menait à mon bureau, je me heurtai presque à Lowell James, l'officier responsable des brigades de nuit de la Criminelle.

— Qu'est-ce qui se passe ? demanda-t-il. Pourquoi est-ce que Powell vous a convoqué à l'aquarium ? Il paraît qu'il est à cran ?

— J'ai surtout l'impression qu'il joue au ping-pong avec moi dans le rôle de la balle, répondis-je sèchement.

James me suivit jusqu'à mon bureau et s'adossa au mur, bras croisés.

— Vous feriez peut-être quand même mieux de me mettre au courant, dit-il.

— Powell est en rogne parce que je n'ai pas averti officiellement la famille de la mort de Morris avant que la mère ne l'apprenne d'elle-même sur les lieux d'un autre crime.

— Vous avez pu la joindre, depuis ?

— Non, et je ne le ferai pas tant qu'il y aura d'autres personnes sur l'affaire et qu'on ne me laissera pas travailler en paix.

James décroisa les bras et s'éloigna de mon bureau.

— Bon, message reçu : vous ne voulez pas que je marche sur vos plates-bandes. (Il marqua un temps d'arrêt avant de sortir.) Au fait, je suppose que vous connaissez le résultat de l'autopsie de Thomas. Vous aviez raison : overdose à la cocaïne.

— Je sais, me bornai-je à répondre.

Dès que le Sergent James fut parti, j'empoignai le téléphone et composai une fois encore le numéro de l'Executive Inn. On me répondit que Mme Morris était rentrée, mais qu'elle n'acceptait aucun appel. Je descendis au garage et pris une voiture de service pour lui rendre personnellement visite.

A la réception de l'hôtel, l'employée ne se montra pas particulièrement empressée de m'indiquer la chambre de Mme Grace Simms Morris.

— Il est arrivé un terrible malheur à cette pauvre dame, plaida-t-elle. Elle désire rester seule.

Je lui tendis ma carte.

— Je suis au courant, dis-je. C'est précisément à ce sujet que je dois lui parler.

L'employée prit le téléphone à contrecœur et composa le numéro.

— Ici la réception, madame Morris, dit-elle en s'excusant. Il y a un inspecteur de police qui insiste pour vous parler. (Elle écouta la réponse, puis leva les yeux sur moi.) Vous êtes de la Brigade des Stupéfiants ? demanda-t-elle.

Je lui avais déjà montré ma carte, de la police de Seattle et non des Stups, mais elle n'avait manifestement pas enregistré.

— Je suis de la Criminelle, répondis-je, et je suis chargé de l'enquête sur le meurtre de son fils.

Elle transmit mes paroles à Mme Morris.

— Très bien, dit enfin l'employée en raccrochant, vous pouvez monter. Chambre 338, juste à droite de l'ascenseur.

Lorsque j'y parvins, la porte était déjà ouverte. Une femme m'attendait sur le seuil.

A première vue, Grace Simms Morris pouvait avoir dans les quarante-cinq ans. Elle avait la peau fine et délicate. Je dus cependant réviser cette estimation à la hausse lorsqu'elle me dit qu'elle avait trente ans à la naissance de son fils unique Richard, lui-même âgé de vingt-sept ans. Il était évident qu'un chirurgien esthétique habile devait aider Grace à entretenir sa fragile beauté.

C'était une femme bien conservée, de petite stature. La couleur blond champagne de ses cheveux ne pouvait être qu'artificielle. Elle était vêtue d'un ensemble rose à la coupe simple mais élégante. Mais ce genre de simplicité n'était pas bon marché : Grace Simms Morris avait de l'argent.

— Vous êtes sûr que vous ne travaillez pas pour les Stupéfiants ? demanda-t-elle d'une petite voix d'enfant inquiet lorsque je sortis de l'ascenseur.

— Certain, la rassurai-je en lui montrant ma carte.

Elle l'approcha de ses yeux et l'examina au travers de petites lunettes de lecture perchées sur son nez. Son attitude ne manqua pas de me surprendre. Aux dires de la réceptionniste et du Capitaine Powell, je devais trouver une Mme Morris éperdue de douleur, pour le moins. Or elle m'apparut davantage indignée qu'éplorée.

— Je ne comprends pas pourquoi ils agissent comme ça, dit-elle.

— Vous ne comprenez pas pourquoi qui agit comment ?

— Pourquoi, aux Stupéfiants, ils prétendent ne pas connaître mon fils ni savoir ce qu'il faisait.

— Et que faisait-il ?

— Il travaillait pour eux.

Une porte s'ouvrit dans le couloir et deux personnes se dirigèrent vers l'ascenseur. Mme Morris m'attira vivement dans sa chambre.

— Je ne tiens pas à ce qu'on nous entende, chuchota-t-elle sur un ton de conspiration. Peut-être en fait doivent-ils encore garder le secret parce qu'ils n'ont pas encore procédé à toutes les arrestations.

Je manquai tomber à la renverse.

— Votre fils travaillait à la Brigade des Stupéfiants ? fis-je, littéralement abasourdi.

— Bien entendu, encore que M. Wainwright ait prétendu le contraire.

— Qui est-ce, M. Wainwright ? demandai-je.

— Je ne sais pas vraiment, fit-elle avec un hochement de tête indécis. Quelqu'un du bureau des Stupéfiants ici à

Seattle. J'ai essayé de lui parler, mais il m'a envoyée sur les roses. Je n'aime pas quand les hommes me traitent comme ça.

Elle se dirigea vers le lit sur le bord duquel elle s'assit délicatement, lissant le tissu de sa jupe sur ses genoux. Puis elle m'indiqua un fauteuil.

— C'est une rude épreuve pour moi, inspecteur Beaumont, dit-elle. Je vis seule et Richard était mon fils unique. J'ai essayé de faire comprendre ça à M. Wainwright.

— De lui faire comprendre quoi ?

Elle semblait tourner en rond, nous n'avancions pas.

— Voyons, inspecteur, puisque mon fils était un fonctionnaire de l'ordre et qu'il est tombé dans l'exercice de ses fonctions, je tiens à ce qu'il soit enterré avec les honneurs. Vous savez, avec ses collègues en uniforme pour porter le cercueil, ce genre de chose. Mais comment y parvenir, si ses supérieurs n'ont pas la plus élémentaire décence de venir eux-mêmes expliquer ce qui s'est passé ?

— Madame Morris, savez-vous exactement ce que faisait votre fils ?

— Ses missions étaient secrètes, bien sûr.

— Mais vous étiez au courant de ses activités ?

— Richard me disait tout. Nous étions très proches.

— Et son camarade : il était au courant, lui aussi ?

Elle eut un haussement d'épaules.

— Je ne sais pas. Peut-être que Jonathan savait. On n'en a jamais parlé. Il était si heureux, fit-elle soudain en se tamponnant les yeux : il arrivait enfin à ce qu'il avait toujours souhaité. Déjà tout petit, il voulait être officier de police.

— Vraiment ? risquai-je.

— Pendant longtemps, j'ai cru que ce n'était qu'une idée passagère. La plupart des gosses veulent être cow-boy ou docteur, vous savez, à un moment donné. Alors j'ai pensé qu'il changerait d'avis en grandissant, mais pas du tout.

— Pour certains de nous, ça prend du temps, remarquai-je.

Mme Morris esquissa un pâle sourire au travers de ses larmes.

— Vous savez, je crois que Richard vous aurait beaucoup aimé, déclara-t-elle.

Connaissant les penchants sexuels de Richard Dathan Morris, je ne sus trop comment interpréter cette affirmation. L'espace de quelques instants, un silence embarrassé s'installa entre nous, le policier de la Criminelle et la mère de la victime ne trouvant rien à se dire. Je fus le premier à le rompre.

— Puisqu'il vous disait tout, vous a-t-il précisé quel genre de travail il faisait, avec les Stups ?

A ces mots, Mme Morris se redressa quelque peu. Ma question semblait avoir conféré à son fils la crédibilité qu'on lui refusait par ailleurs.

— Il s'occupait de démanteler un réseau de drogue, pardi, répondit-elle d'un air offusqué.

— C'est ce qu'il vous a dit ?

— D'après lui, c'était une histoire de cocaïne, beaucoup de cocaïne, et il a parlé de théâtre. Mais il n'a pas voulu m'en raconter plus long parce que ça pouvait devenir dangereux pour moi d'en savoir trop. J'étais très fière de lui et ça me faisait plaisir de l'aider, aussi.

— De l'aider ?

— En gardant quelques petites choses pour lui. Il me les envoyait et je les déposais dans mon coffre à Bellingham.

— Quelles sortes de choses ?

— Des enveloppes. Je n'ai jamais regardé à l'intérieur : je ne suis pas une mère indiscrète. Il m'a simplement demandé de les garder pour le cas… pour le cas où… (Elle s'interrompit. Je parvins à maîtriser mon impatience le temps qu'elle se ressaisisse et qu'elle se remette à parler.)... où une tragédie comme celle-ci se produirait.

Pendant quelques minutes, elle fut secouée de sanglots. Puis elle se leva, se dirigea vers la commode et se regarda dans le miroir. Elle essuya soigneusement une coulée de mascara sur sa joue.

Je réalisai que Grace Simms Morris était soucieuse de son apparence même dans les circonstances les plus dramatiques. Je me demandai si d'autres sortes d'apparences lui importaient autant.

— Connaissez-vous Jonathan Thomas ? demandai-je.

— Jon ? Bien sûr : c'était un jeune homme formidable. Ce qui lui est arrivé est absolument horrible.

L'espace d'un instant, je crus qu'elle faisait allusion à son assassinat. Mais elle ne tarda pas à me détromper.

— Je n'arrive pas à comprendre, dit-elle, pourquoi on ne filtre pas davantage les donneurs de sang, aujourd'hui. Ce genre de chose pourrait arriver à n'importe qui.

— Les donneurs de sang ? Vous voulez dire que Jonathan Thomas aurait contracté le sida avec du sang contaminé ?

Elle leva les sourcils d'un air étonné.

— Bien sûr, voyons. Comment aurait-il pu l'attraper autrement ?

Comment donc, en effet !

— Jon et Richard étaient très attachés l'un à l'autre, estima-t-elle. Des amis très proches.

— Des amis ?

— Les meilleurs du monde, m'assura-t-elle avec candeur, depuis qu'ils se sont connus sur les bancs de la fac. Ça doit bien faire dix ans aujourd'hui. Le temps passe de plus en plus vite, n'est-ce pas ?

J'acquiesçai de la tête, mais sans répondre. Parler avec cette femme me donnait l'impression de m'avancer sur des sables mouvants. Si Richard Dathan Morris n'avait pas jugé bon, de son vivant, de se montrer sous son véritable jour à sa mère, était-ce à moi de le faire maintenant qu'il était mort ? Si je n'éprouvais guère de respect pour le défunt, au moins en devais-je à celle qui lui survivait.

— Il vous envoyait donc des enveloppes à mettre en sécurité. Quand a-t-il commencé à le faire ?

Elle réfléchit quelques instants.

— Il y a quelques mois, je ne me rappelle plus exactement. Je pourrais vous le dire de façon certaine quand je les reprendrai : elles portent toutes le cachet de la poste.

— Je sais bien que vous n'êtes pas une femme indiscrète, madame Morris, mais les mères ont des moyens de savoir bien des choses, même celles qu'elles ne sont pas censées connaître. N'avez-vous pas quelque idée de ce que ces enveloppes pourraient contenir ?

Elle sourit.

— Un peu comme deviner ce qui est dans votre cadeau de Noël avant de l'avoir déballé ?

— Exactement.

— Si, vous avez raison : d'ailleurs Richard disait qu'il n'arrivait jamais à me faire des surprises. Je ne pense pas qu'il aurait expédié de la drogue, ce serait illégal. Non, à mon avis, ce sont plutôt des renseignements qu'il m'a adressés, des renseignements qu'il ne voulait pas voir tomber dans de mauvaises mains. Mais je ne sais pas à qui les remettre à présent.

— En avez-vous parlé à cet homme de la Brigade des Stups ?

— M. Wainwright ? (Je fis signe que oui.) Certainement pas. Pourquoi l'aurais-je fait ? Il a été désagréable avec moi. Vous, c'est différent : je pourrai vous les montrer si vous voulez.

— Mais qu'est-ce qu'il vous a dit exactement ce M. Wainwright ?

— Ce ne sont pas tellement ses mots qui m'ont déplu, mais son comportement. Il m'a traitée comme une vieille folle qui ne savait pas de quoi elle parlait. Pour lui, il était certain que personne, ici à Seattle, ne travaillait comme auxiliaire privé. (Elle s'arrêta un instant.) Vous savez ce que cela veut dire, un auxiliaire privé ?

— C'est un indicateur, expliquai-je, tout simplement.

Elle eut un haut-le-corps.

— Quoi ! s'insurgea-t-elle. A-t-on jamais vu un mufle pareil ? Traiter mon fils d'indicateur ! Richard était un héros, inspecteur Beaumont, pas un indicateur.

Je m'épargnai la peine d'expliquer à Mme Morris les subtilités des pratiques policières. Je me levai et lui tendis une de mes cartes.

— Si je venais à Bellingham la semaine prochaine, seriez-vous disposée à me montrer ce qui se trouve dans votre coffre ?

— Certainement, inspecteur, avec plaisir. Mais vous viendrez même si la Brigade des Stupéfiants ne se déplace pas ?

Je confirmai d'un signe de tête.

— Merci, dit-elle avec émotion.

— Voulez-vous que j'intervienne auprès des Stups ? proposai-je.

— Oui, si vous croyez que ça peut être utile.

— C'est possible.

Je n'y croyais guère. Des mères éplorées, j'en avais déjà eu sur les bras plus souvent qu'à mon ordinaire. Et pour ce Wainwright des Stups, ce devait sûrement être la même rengaine.

CHAPITRE 16

De retour à la voiture, je restai quelques minutes immobile sur mon siège à réfléchir. Si Tom Riley avait raison de décrire Grace Simms Morris comme une excentrique, affligée en plus d'un aveuglement maternel exacerbé, il n'empêche que ce qu'elle avait dit au sujet de son fils sonnait vrai. Elle y croyait dur comme fer, en tout cas.

Ces considérations me ramenèrent à Richard Dathan Morris, la victime. Etait-il peu ou prou lié aux Stups comme sa mère le prétendait, ou au contraire la petite ordure décrite par Tom Riley ? La réponse se trouvait-elle entre ces deux pôles ? Tant que je ne saurais rien de plus sur Morris, et notamment pour qui il roulait, il me serait impossible de démêler l'écheveau des rapports entre les autres protagonistes de l'affaire.

S'il travaillait réellement pour les Stups et qu'il ait réussi à découvrir l'appartenance de Jasmine à un réseau de cocaïne, voilà qui aurait pu expliquer qu'on le démolisse. C'est ainsi que les choses se passent dans le monde de la drogue : entre indics et trafiquants, ça ne rigole pas.

Toute cette gymnastique d'esprit ne menait nulle part. Il me manquait encore trop d'éléments pour pouvoir raisonner valablement. Je mis donc le contact et me dirigeai vers l'antenne locale des Stups, à Queen Anne Hill. Pourquoi, en effet, ne pas vérifier tout cela directement auprès de

Wainwright ? A moi, il dirait peut-être certaines choses qu'il ne pouvait ou ne voulait pas dévoiler à la mère de la victime d'un meurtre.

J'arrivai sur place vers quatre heures et quart, et je dus batailler ferme, dans le bureau d'accueil, avec Roger Glancy, l'officier de jour. Quand je lui eus expliqué ce qui m'amenait, il ne montra guère d'empressement à me conduire vers son supérieur.

— Ecoutez, fit-il en me rendant ma carte, on ne va pas encore recommencer tout ce cirque. Quelqu'un vient juste de faire un foin des cinq cents diables sur cette même affaire.

— Qui ? Une femme ?

— Oui, fit-il. Elle avait l'air sympa, au début. Mais après, au moment de partir, elle a piqué sa crise dans le bureau, s'agitant comme une folle en criant au meurtre : d'après elle, c'est notre faute à nous si son fils est mort.

— Elle n'a peut-être pas tort, répondis-je imperturbablement. Vous allez me conduire chez Wainwright, oui ou non ?

— Il est occupé.

— Interrompez-le.

Il se leva à contrecœur et me précéda dans un petit couloir. Nous passâmes devant un secrétariat pour arriver à une porte munie d'une plaque en cuivre bien astiquée qui indiquait : B. W. Wainwright, chef de secteur. Il frappa.

— Entrez, fit une voix à l'intérieur.

Il me précéda et nous nous trouvâmes face à un homme de quarante-cinq ans environ, d'aspect avenant, qui était assis derrière un grand bureau. Wainwright, avec ses cheveux d'un blond roux et ses lunettes d'écaille, ressemblait davantage à un comptable qu'à un traqueur de came. Les papiers, devant lui, étaient soigneusement empilés et ordonnés.

— Voici l'inspecteur Beaumont, de la police de Seattle, annonça Roger Glancy.

Wainwright remonta ses lunettes sur ses cheveux et se frotta les yeux d'un air las.

— Je ne savais pas qu'on avait rendez-vous, fit-il.

— On n'avait pas rendez-vous, confirmai-je. Je suis venu parce que j'ai besoin de votre aide.

— A quel sujet ? Vous êtes sur une affaire de drogue ?

— Non, de meurtre. Mais lié à la drogue.

— Qu'est-ce qui ne l'est pas, de nos jours ?

— C'est au sujet de Richard Dathan Morris.

— Ah non, pas encore lui !

— Comment ça, pas encore lui ?

— Je viens d'avoir une prise de bec avec sa mère. Elle s'est fourré dans la tête que son fils travaillait pour nous et elle ne veut pas en démordre.

— Etait-ce le cas ?

— Non.

— Vous êtes certain ?

— Oui, j'en suis certain, inspecteur Beaumont. C'est moi qui ai la charge de ce secteur. Je sais qui travaille et qui ne travaille pas pour nous.

Je remarquai le ton de condescendance qu'il utilisait, sa façon arrogante de me faire comprendre qu'il perdait son temps à me parler à moi, petit inspecteur d'une police municipale. La moutarde commençait à me monter au nez, et c'est ce qui avait dû se passer avec Mme Grace Simms Morris.

— Vous voulez dire qu'en tant que chef de secteur, vous connaissez absolument tous les indics de la ville en plus des agents officiellement placés sous vos ordres ?

Nos regards se rencontrèrent, se jaugèrent.

— C'est exactement ce que je veux dire, dit-il imperturbablement. Nos indicateurs, nous devons les suivre tous de près, sinon on les retrouve morts.

— Comme Richard Dathan Morris, lui rappelai-je.

Pourrait-il se faire que quelqu'un, en redescendant l'échelle hiérarchique, ait pu prendre un nouvel indicateur sans vous en aviser ?

— Non, absolument pas. C'est moi qui dirige la baraque, inspecteur Beaumont, n'ayez pas le moindre doute à ce sujet : ceux qui ne respectent pas les règles, mes règles, ils dégagent.

— Et vous n'avez aucune trace de Richard Dathan Morris dans vos dossiers personnels ?

— Non.

— A-t-il jamais fait acte de candidature ?

— Pas que je sache. J'ai compulsé les dossiers classés sans suite après le départ de Mme Morris, mais je n'ai rien trouvé sur lui.

— Vous avez donc quand même préféré vérifier après son départ ?

— Inspecteur, Mme Morris est une femme qui subit une tension nerveuse extrême. J'ai vérifié, oui, mais seulement pour pouvoir lui confirmer qu'il n'y avait aucune trace du nom de son fils dans ce bureau. Absolument aucune.

— Est-ce que ce n'est pas quand même un peu inhabituel qu'une femme comme Mme Morris vienne sortir ce genre d'histoire ?

— Inhabituel ? Vous plaisantez, ça arrive tout le temps : les parents refusent l'idée que leurs enfants sont entrés dans le circuit de la drogue. Alors ils inventent n'importe quel prétexte à la noix pour donner le change.

— Comment expliquez-vous les enveloppes, alors ?

Wainwright fronça les sourcils.

— Les enveloppes ? Elle ne m'a pas parlé d'enveloppes.

Pas étonnant qu'elle ne lui en ait pas parlé : il avait eu un comportement stupide avec elle en la prenant de haut, exactement comme avec moi.

— Celles que Richard Dathan Morris a envoyées à sa mère avant de mourir, dis-je. Elle les garde en sécurité dans un coffre à Bellingham.

— Je ne suis pas au courant.

— Parce qu'elle a pensé que vous ne la croiriez pas.

— Vous a-t-elle dit ce que contiennent ces enveloppes ?

— Non, répondis-je, et je n'ai pas eu le temps d'y aller aujourd'hui. J'ai déjà un tas de choses sur les bras et mon équipier est absent pour la journée. Je lui ai dit que nous irions voir la semaine prochaine.

— Si je comprends bien, pour vous, cette histoire n'est pas sans fondement ?

— Oui. Mme Morris a parlé d'enveloppes, pas de paquets. Elle semble penser que son fils lui a envoyé des renseignements confidentiels — noms, dates, lieux, transactions — qu'il voulait mettre en sécurité.

Wainwright hocha lentement la tête.

— C'est possible, en effet. Mais s'il ne travaillait pas pour nous, pour qui alors ? La police de Seattle ?

— Je vérifierai. S'il n'a eu aucun rapport avec vos services ni avec les nôtres, c'est peut-être qu'il a agi en franc-tireur et qu'il s'est trouvé pris dans une affaire de trop gros calibre pour lui.

— En franc-tireur ? C'est dangereux, observa Wainwright.

— Plus que dangereux, fis-je, dans ce cas précis : fatal, et doublement.

— Vous pensez au camarade chez qui il vivait ? J'ai entendu parler de ça.

— Oui, acquiesçai-je. C'est moi qui ai découvert la cocaïne dans sa taie d'oreiller.

— C'est donc sans doute aussi vous qui avez insisté pour qu'il y ait autopsie, alors ? Excellent travail.

— Merci, dis-je en cherchant à revenir au véritable sujet de notre conversation : Richard Dathan Morris et sa mère. Que comptez-vous faire avec Mme Morris ?

Wainwright parut véritablement offusqué.

— Ce que je compte faire avec elle ? Rien, strictement rien ! Ecoutez, inspecteur Beaumont, nous faisons à peu près le même boulot, vous et moi. Vous ne recevez donc jamais la visite de cinglés qui viennent vous donner des renseignements complètement bidons ?

— Ça arrive.

— Eh bien croyez-moi, c'est le cas en ce moment, je vous en fiche mon billet. Mme Morris a perdu son fils au cours d'une affaire de drogue qui a mal tourné. Elle cherche désespérément à lui donner l'image d'un héros pour se réconforter elle-même, pour pouvoir regarder les gens en face et pour donner un sens à sa mort. Alors qu'elle s'imagine ce qu'elle veut, mais je ne gaspillerai pas une minute du temps ou de l'énergie de mes subordonnés sur cette farce grotesque.

— Avez-vous une autre idée ? Pour qui pouvait-il donc travailler, si ce n'est ni pour vous ni pour nous ?

— Pour un autre dealer. Ce sont de vrais requins : le gros poisson mange le petit, c'est courant.

Wainwright se leva et me reconduisit à la porte. L'entretien était terminé.

— Merci de votre aide, dis-je en lui tendant la main.

— De rien, fit-il, à votre service.

Je n'étais guère plus avancé, mais cette conversation avec B. W. Wainwright m'avait donné matière à réflexion.

Supposons que Richard Dathan Morris, étant indépendant, ait découvert une grosse affaire. Le paquet de cocaïne trouvé dans l'oreiller de Jonathan Thomas n'aurait pas valu plus de 25 000 dollars dans la rue. Et si Morris était tombé sur une véritable organisation, sur quelque chose de beaucoup plus vaste et complexe que ce simple paquet de coke ? S'il avait découvert un important réseau de distribution ? Qui d'autre pourrait être impliqué ? Qui d'autre que Jasmine Day, s'entend.

Il était temps d'aller affronter la tigresse dans son repaire, d'avoir une petite conversation intime avec la dame. Elle savait qui j'étais, de toute façon, alors autant y aller bille en tête et faire mon boulot de flic.

Je revins en ville. La circulation de l'après-midi se faisait à une allure d'escargot. Le parking le plus proche du Mayflower Park Hotel en était éloigné de plusieurs rues. Je décidai de ne pas téléphoner pour annoncer ma visite, pas même depuis la réception : inutile de donner un préavis à Jasmine Day.

Arrivé devant sa porte, au sixième étage, je frappai et attendis, avec une fugitive impression de déjà vu.

— Qui est là ? demanda-t-elle.

— Inspecteur Beaumont, annonçai-je puisqu'il s'agissait, après tout, d'une visite officielle.

La porte s'ouvrit instantanément à la volée et je vis apparaître Mary Lou Gibbon : le signe distinctif de Jasmine Day, sa perruque blonde, n'était nulle part en vue. Le visage que j'avais en face de moi était crispé par une rage froide.

— Ah ça, espèce de salopard, vous avez le culot de vous ramener ici ? Vous ne manquez pas d'air, de venir frapper à ma porte comme si vous étiez en pays conquis !

Elle portait une sorte de pyjama en soie d'un bleu vaporeux, avec des sandales à hauts talons assorties. Débarrassée de tout maquillage, son expression présentait un mélange insolite d'innocence et de fureur.

— Puis-je entrer ? demandai-je. J'ai à vous parler.

— A propos de quoi ?

— De drogue. De cocaïne, plus précisément. Et aussi de Richard Dathan Morris.

— Ainsi, tout ça, ça vient de vous, hein !

— Quoi donc ?

— Toutes ces rumeurs, tous ces bruits.

— Quelles rumeurs ? demandai-je, tombant des nues.

— La Westcoast se retire de la tournée. Le spectacle de ce soir est le dernier.

— Elle se retire ?

— Oui, bon dieu, elle se retire. C'est fini, rideau. J'avais un contrat moral avec Ed Waverly : je devais rester absolument blanche. Or ils ont entendu dire en Californie qu'un aide-machiniste avait été tué et qu'il y avait une histoire de drogue. Alors ils m'ont sacquée illico. (Ses yeux s'emplirent de larmes.) Sortez d'ici, espèce d'enfoiré ! Que je ne vous voie plus !

Ses larmes m'émurent. Comme toujours, d'ailleurs. En moi, l'homme entra en conflit avec le flic : l'homme et sa tendresse naturelle pour la femme avec laquelle il avait couché, contre le flic et sa répulsion pour quelqu'un qui pourrait avoir tué de sang-froid. Ce fut le flic qui l'emporta.

— J'ai un témoin qui affirme que vous étiez sur les lieux du crime, quelqu'un qui vous a vue le commettre.

— Qui m'a vue le commettre ?

— Ecoutez, Jasmine : il ne s'agit pas d'une simple broutille d'où votre avocat pourra vous faire libérer sous caution, ni vu ni connu.

— Mais de quoi parlez-vous donc ?

— Où étiez-vous la nuit du montage ?

— Ici dans ma chambre, comme chaque veille de récital. J'avais beaucoup répété, j'avais besoin d'une bonne nuit de sommeil.

— Etiez-vous accompagnée ? Y a-t-il quelqu'un qui vous ait vue et qui pourrait certifier que vous n'avez pas quitté l'hôtel de la nuit ?

Elle me regarda, les sourcils froncés, avec l'air de ne pas comprendre. Son simulacre d'innocence m'énervait au plus haut point.

— Il s'agit d'un meurtre, Jasmine, d'un homicide. Je suis venu vous parler pour vous donner une chance de vous livrer volontairement, de donner le nom de vos éventuels complices. Lorsque tous les faits seront connus, on pourra peut-être tenir compte de vos aveux, trouver des circonstances atténuantes et...

Je ne vis pas le coup arriver, pas plus que je n'avais vu Jasmine se débarrasser silencieusement de ses sandales.

La plante de son pied frôla mon visage avec une telle force qu'elle fit éclater la cloison en bois qui était à côté de moi.

— La prochaine fois, vous le recevrez en pleine poire, gronda-t-elle. Maintenant, sortez !

L'instant d'après, nous étions tous les deux dans le couloir.

— Jasmine..., commençai-je.

— Ne vous en faites pas pour la casse, dit-elle d'un ton glacial, je paierai avec plaisir. Vous essayez de m'avoir à l'esbroufe, hein, avec votre petit chantage ?

Alan Dale arriva précipitamment par l'autre bout du couloir.

— Qu'est-ce qui se passe, ici ?

— Il essaie de me bluffer pour me coller un meurtre sur le dos.

— Quoi ? s'écria Dale.

— Ça ne lui suffit pas que la Westcoast annule mon spectacle en pleine tournée. Voilà qu'il m'accuse maintenant d'avoir tué cet aide-machiniste qui est mort la nuit du montage.

— Vous feriez mieux de foutre le camp, menaça Dale. Si je vois encore une fois votre sale gueule, je pourrais bien vous aplatir le nez ou vous en mettre plein les burnes.

Il prit Jasmine par la main et la raccompagna dans sa chambre. La porte claqua. Pendant un long moment, je restai planté devant, après cette démonstration de force meurtrière. La ceinture marron de Jasmine, ça n'était pas du bidon, elle aurait pu m'étaler pour le compte si elle avait voulu.

Je regardai autour de moi dans le couloir, vexé de m'être fait prendre ainsi au dépourvu. Personne, heureusement, ne semblait avoir assisté à mon humiliation, ce qui me consola un tant soit peu.

Je me demandai bien ce qui allait se passer, à présent. J'avais gaffé en lui faisant comprendre qu'elle était suspectée. Quelle serait sa réaction ? Allait-elle ou non essayer de filer ? C'était impossible à dire.

La porte s'ouvrit alors et Alan Dale reparut.

— Je vous ai dit de foutre le camp.

— Demandez-lui de ne pas quitter la ville.

— Allez le lui demander vous-même, si vous en avez le courage.

Il me laissa sur place et s'éloigna dans le couloir. Je n'esquissai pas le moindre mouvement vers la porte de Jasmine, trop occupé que j'étais à évaluer les dégâts infligés à mon amour-propre.

Allons, il n'y avait rien d'irréversible, je finirais sans doute par m'en remettre. Plus tard.

CHAPITRE 17

Je retournai au bureau, mal à l'aise. Quelque chose me turlupinait, me trottait dans la tête. J'étais tellement perdu dans mes pensées que lorsque j'aperçus le visage familier de Maxwell Cole dans le hall animé de l'immeuble de la Sécurité Publique, je n'eus pas assez vite le réflexe de m'esquiver.

Maxwell Cole n'était autre que mon vieil ennemi intime, un ancien petit ami de mon ancienne femme, ce qui est le plus grand compliment que je puisse lui faire. Nous avions fréquenté la même université et appartenu à la même association d'anciens élèves. Il avait gardé une dent contre moi depuis le jour où je lui avais littéralement soufflé Karen, mon ex-femme donc, pour la conduire à l'église dans la foulée.

D'habitude, ces rivalités amoureuses d'adolescent ne survivent pas à l'événement. Ce sont des histoires de gosse qui ne durent pas. Malheureusement, Max et moi, nous évoluions dans les mêmes sphères. Nos activités respectives, lui de chroniqueur au *Seattle Post Intelligencer* et moi d'officier de police, faisaient continuellement se croiser nos chemins, multipliaient les rencontres, entretenaient rancœur et énervement. Et puis je ne l'aimais pas. La réciproque était sûrement vraie.

Je ne fus pas trop heureux de voir sa silhouette bouffie

d'éléphant de mer se dandiner dans le va-et-vient des heures de pointe. Il me héla depuis l'autre bout du hall.

— Hé, J. P., comment tu vas ? J'allais justement monter te voir.

— Je suis occupé, répliquai-je.

J'appuyai sur le bouton et suivis avec impatience sur le tableau lumineux la progression d'escargot de l'ascenseur qui s'arrêtait à chaque étage pour descendre jusqu'à nous.

— Tout ce que je veux, poursuivit-il, c'est que tu répondes à une seule question : qui est-ce, cette blonde ?

— Quelle blonde ?

— T'es pas sympa, J. P. Je viens jusqu'ici te trouver pour accomplir un devoir de citoyen, et toi tu refuses de me tuyauter. C'est comme ça qu'on traite un vieux copain ?

— Quel devoir de citoyen ? Et quelle blonde ?

— Jouons cartes sur table. Vous, les flics, vous n'êtes pas les seuls à avoir des sources de renseignements dans les rues. Il se trouve que j'ai quelques informateurs, moi aussi. Alors dis-moi ce que tu sais et la réciproque sera vraie.

La porte de l'ascenseur s'ouvrit. J'attendis qu'il fût vidé de ses occupants pour entrer et appuyer sur le bouton du deuxième étage. Je voulais en effet m'arrêter au labo et parler à Janice Morraine avant de regagner mon bureau au cinquième.

Max me suivit sans demander d'étage : il était manifestement décidé à aller où j'irais.

— Tu travailles bien sur le meurtre de Burlington Nord, il me semble ? demanda-t-il.

Je répondis par un haussement d'épaules évasif. Lorsque nous arrivâmes au deuxième, je sortis, Max sur les talons.

— On m'a dit que c'était toi qui avais réclamé à cor et à cri l'autopsie de ce pédé de Bellevue, celui qui est mort d'une overdose et pas du sida.

— Et alors ?

Max me gratifia d'un large sourire entendu qui étira les extrémités tombantes de sa moustache en guidon de vélo.

— J'ai mené ma petite enquête de mon côté, J. P. Et j'ai appris, en laissant traîner une oreille, que tu avais interrogé une clocharde au sujet de l'assassin manieur de chaussure, une blonde en robe longue bleue.

Là, c'en était trop. Je n'aime pas du tout que des journalistes me rapportent des choses qu'ils ne sont pas censés savoir sur les affaires dont j'ai la charge.

— Où as-tu déniché tout ça ?

— La vieille, elle a les boulons un peu desserrés, tu sais. Elle a été colporter cette histoire à qui voulait l'entendre avant que la Révérende Beardsly et toi n'arriviez à la boucler à la Mission de Pike Street.

Je m'avançai vers lui d'un air menaçant.

— Max, si jamais tu ouvres seulement la bouche...

Le reste de ma mise en garde resta en suspens. Max se recula d'un bond, levant une main blanche et molle à hauteur de son visage adipeux en un geste de protection.

— Ah, elle avait donc bien vu, alors.

— Si tu tiens à ton matricule, Max, surtout qu'il n'y ait pas la moindre fuite sur cette histoire. Tu compromettrais l'enquête tout entière.

— Mais qui parle de fuite ? Je suis venu t'apporter des renseignements, au contraire.

— Quel genre de renseignements ?

— Au sujet de la blonde.

— Alors ?

— J'ai trouvé un autre témoin oculaire.

Un autre témoin ? Quelqu'un de plus crédible que Belinda peut-être et qui aurait également assisté à la lutte mortelle sur le parking ? Le filet semblait se resserrer autour de la belle Jasmine. Mon pouls s'accéléra, je sentis un flux d'excitation m'envahir comme un chien de chasse relevant une piste.

— Où ça ? demandai-je. Près du tunnel ? Sur le parking ?

Maxwell Cole savoura un bref instant de triomphe. Il voulut s'y prélasser tout en me mettant un peu plus le nez dedans. Il secoua la tête, les lèvres scellées. Le mouvement fit glisser ses épaisses lunettes sur le bas de son nez, il les remit en place.

— Vas-tu ou non me dire qui est cette blonde ? insista-t-il. J'ai ma petite idée, mais j'aimerais bien être sûr.

— Max, il ne s'agit pas de faire du troc, lui rappelai-je. Ceci est une enquête policière sur un meurtre. Si tu recèles sciemment des informations, je veillerai personnellement à ce que tu sois bouclé, tu peux y compter.

Maxwell Cole sembla soudain mal à l'aise. Il aurait fait un bien piètre joueur de poker car son visage le trahit.

— Tu ferais pas ça, dis ? gémit-il.

— Mets-moi au défi.

— Bon, c'était à Bellevue, capitula-t-il.

— Quoi donc ?

— Mon témoin a vu la même blonde à Bellevue, juste en face de la maison où l'autre type a clamcé. Même robe bleue, mêmes gants longs, même chevelure blonde.

— A quelle heure ?

— Vers les une heure du matin. Ça cadre d'ailleurs avec ce que dit le service du médecin légiste sur l'heure présumée de la mort.

Je sortis mon calepin.

— Qui est ce témoin ?

— Une petite vieille qui habite un peu plus loin dans la rue.

— Elle a un nom, cette petite vieille, et qu'a-t-elle vu exactement ?

— Elle s'appelle Mavis Davis. (Je dus avoir un air dubitatif.) Mais je te jure, J. P., nom de Dieu, c'est pas des blagues. Elle a un vieux clébard, un horrible petit bâtard qui s'appelle Corky. Eh bien Corky a été malade, l'autre nuit et il a fallu le sortir. Il était tard. Or pendant qu'elle attendait qu'il fasse ses petites affaires, elle a vu un taxi s'arrêter devant la maison de Bellevue et une femme vêtue d'une robe longue bleue en sortir.

— Quelle sorte de taxi ?

— Elle me l'a pas dit.

— Qu'est-ce qui s'est passé ensuite ?

— La femme est sortie du taxi, a payé le chauffeur et est entrée dans la maison.

— C'est tout ?

— C'est tout.

— Est-ce que le taxi a attendu ?

— Non, il est parti.

— Ton témoin n'a donc pas décrit le taxi ? insistai-je.

— Non. Elle se souvient seulement qu'il était vert.

— Comment l'as-tu dénichée, cette femme ?

— J'étais en train de tourner dans le coin pour trouver le meilleur angle et je suis simplement tombé sur elle. Un pur coup de bol : elle promenait son chien, encore une fois. Il est toujours malade.

Je ne me rappelais pas avoir vu le nom de Mavis Davis dans aucun des immeubles que nous avions visités, le gros Al et moi le matin précédent. Il est vrai que nous avions parlé à environ soixante-quinze personnes pendant notre recherche de témoins.

— Où habite-t-elle exactement ?

— Juste à côté de Harvard Street, deux pâtés de maisons plus loin au nord.

— Son numéro ?

— Hé, minute : tu ne m'as toujours rien dit sur la blonde.

— Et je compte bien ne pas le faire. Alors, ce numéro ?

Il finit par me le donner, tout en protestant. Je le notai.

— Ce ne serait pas Jasmine Day ? lâcha-t-il soudain.

— Qu'est-ce qui te fait croire ça ?

— Rien qu'une intuition, c'est tout.

La modestie n'étouffait pas Maxwell Cole, d'habitude. La timidité de sa réponse ne cadrait donc pas du tout avec le personnage. J'avais pu établir le lien entre Jasmine Day et Richard Dathan Morris, mais j'étais curieux de savoir comment Max, de son côté, avait pu remonter jusqu'à elle. S'il existait une autre piste menant à Jasmine Day, il fallait que je la suive moi-même.

— A d'autres ! répondis-je. Cette idée, Max, elle ne t'est pas venue toute seule. Car entre recevoir un témoignage mentionnant une blonde anonyme vêtue d'une robe bleue, et accuser de meurtre une blonde bien précise, chanteuse célèbre qui plus est, il y a un sacré pas à franchir. Alors je veux savoir qui t'as mis cette idée dans la tête et comment tu as fait le rapprochement.

Max se recula.

— Et pourquoi je te le dirais ? Tu refuses bien de m'aider, toi.

— Si, je t'aide à ne pas aller en tôle. Alors maintenant, tu vas m'expliquer d'où tu tiens ces renseignements.

Il cligna des yeux, l'air perplexe.

— Est-ce que ça signifie que ce ne serait pas elle ?

Devant mon mutisme, Max en revint à ses propres déductions.

— Mais si ce n'est pas elle, pourquoi m'a-t-on appelé pour affirmer le contraire ?

— On t'a appelé ? Qui ? Et quand ?

Il eut un haussement d'épaules.

— Qui, je l'ignore. C'était un coup de fil anonyme. Tu sais, les gens s'imaginent que les journalistes peuvent tout faire. Un type a appelé en fin d'après-midi juste quand je suis rentré au bureau après avoir parlé avec cette Mme Davis.

— Qu'est-ce qu'il t'a dit ?

— Simplement que Jasmine Day était soupçonnée dans deux affaires de meurtres et de drogue. J'en ai discuté avec mon rédacteur en chef. D'après lui, c'était un sujet trop brûlant pour qu'on puisse le publier sans confirmation officielle. Il pouvait y avoir diffamation, tu comprends. Alors je suis venu te voir.

— Il a parlé de deux affaires, ton correspondant ?

— Absolument.

Ainsi, quelqu'un diffusait des renseignements internes, quelqu'un qui avait su avant nous que Jasmine était suspecte dans l'affaire Jonathan Thomas.

— Mais pourquoi t'a-t-il appelé toi ?

— Eh bien il pensait que ça m'intéresserait peut-être de faire un papier dessus.

— Il a dit ça au téléphone ?

— Absolument.

— Tes articles, ils paraissent quel jour ?

— Les mardi, jeudi et samedi, répondit-il, l'air offensé, comme s'il trouvait que j'aurais dû connaître ces détails vitaux sans avoir à poser la question.

— Et ce type, il t'a demandé nommément ? (Il acquiesça de la tête.) Tes articles, ça parlait de quoi, cette semaine ?

Max étant, à n'en pas douter, convaincu du génie de chacun des mots formés par sa plume, fut probablement scandalisé d'apprendre que j'ignorais quels chevaux de bataille il avait enfourchés.

— Mardi c'était sur le juge de Tukwila qui a reçu trois P.-V. pour conduite en état d'ivresse. Jeudi un papier sur la surpopulation carcérale. Demain, le vol des parcmètres à Seattle.

Le voyant rouge de mon petit radar mental s'alluma. Je n'aime pas que la presse relate des procès en cours d'instruction avant même que le suspect soit arrêté. Là, cela sentait le coup monté par quelqu'un qui voulait agiter l'image de Jasmine Day sous notre nez afin que nous n'allions pas chercher plus loin.

Pour que pareille machination puisse fonctionner, il faut qu'elle soit plausible et aussi trouver les gens pour la véhiculer. Or quoi de mieux pour cela que de s'adresser à la presse locale ? Vous lui laissez faire tout le travail, elle publie votre histoire de façon logique et raisonnable.

Mieux encore, peut-être pourriez-vous mettre dans votre poche un flic local assez couillon pour tomber dans le panneau. Et hop, c'est là que j'interviens. Quelqu'un nous utilisait-il, Max et moi, comme dindons de la farce ? Cette éventualité ne me plaisait guère, mais elle n'en était pas moins existante.

Si tel était le cas, qui était derrière tout cela ? Les sujets traités par Max dans ses articles de la semaine ne me semblaient pas d'une actualité brûlante, donc guère de nature à exciter l'imagination d'un étranger à la ville. Comment quelqu'un venant de l'extérieur aurait-il en effet pu deviner que l'auteur de papiers sur les P.-V. pour conduite en état d'ivresse ou de vol des parcmètres voudrait aider à résoudre une affaire de meurtre ?

Non, si on essayait vraiment de faire porter le chapeau à Jasmine Day, il fallait chercher du côté des autochtones, et des gens qui connaissaient suffisamment Maxwell Cole pour être sûrs qu'il mordrait à l'hameçon.

— Je ne sais pas qui est cette blonde, dis-je, mais j'ai bien l'intention de le découvrir.

J'obliquai vers la porte du labo, sachant pertinemment que Max ne pourrait m'y suivre : Don Yamamoto, directeur du Laboratoire Criminel de l'Etat de Washington, l'en avait banni depuis longtemps, lui disant d'aller au diable et de ne jamais y remettre les pieds.

— J. P., tu me racontes des bobards, protesta Max dans mon dos. Reviens et dis-moi la vérité.

Le plus idiot, c'est que si je l'avais connue alors, cette vérité, j'aurais été capable de la lui communiquer.

Dans le labo, je vis Don Yamamoto lui-même, assis dans un petit bureau privé tout encombré. En bras de chemise, cravate pendante autour du cou, il était absorbé dans la lecture de papiers venant d'un monceau de dossiers entassés en désordre sur son bureau. Il se leva lorsque je frappai à sa vitre et vint à ma rencontre en me tendant la main.

— Ah, je me demandais bien quand tu allais te décider à venir, Beau. Tu as trouvé le message de Janice ?

— Non, je viens d'arriver et je ne suis pas encore monté.

— Comme elle devait partir tôt, elle est passée te voir à ton bureau avant de s'en aller.

— J'étais sorti.

— Ce n'est pas grave, répondit-il en souriant. J'espère qu'elle ne m'en voudra pas si je vais plus vite que la musique en te donnant la nouvelle en premier. Elle a fait un super travail et à réussi à découvrir la société d'import-export qui traite avec le fabricant de chaussures. De cette façon, il lui a été possible de remonter jusqu'à un...

— Attends, laisse-moi deviner : jusqu'à un magasin de Beverly Hills.

Don Yamamoto fronça les sourcils.

— Mais si tu n'as pas eu le message de Jan, comment le sais-tu ?

— Un coup de chance, je suppose. Mais continue.

— Bref, quand elle a eu trouvé le nom de la cliente, elle a passé certaines des empreintes relevées sur la chaussure par notre nouveau système d'identification : elles correspondent.

— Normal, puisque ce sont effectivement ses chaussures.

Je connaissais Don Yamamoto depuis un certain nombre d'années, et je ne l'avais jamais vu se démonter, auparavant. Mais cette fois-ci, il resta littéralement bouche bée.

— Tu es au courant au sujet de Jasmine Day et de ses antécédents, alors ? Jan a mis un des gars d'en haut sur son dossier.

— Jasmine ne fait pas mystère de son passé, répondis-je. Les empreintes qu'elle a laissées étaient-elles sanglantes ?

— Non, mais...

Tout ceci était vraiment cousu de fil blanc. Trop.

— Il n'y a pas de « mais », Don. Le meurtrier portait des gants.

Il me dévisagea en secouant la tête.

— D'après toi, ce ne serait pas elle, donc ? Malgré la perruque, les chaussures, les empreintes ?

Les chaussures... Lorsque Don prononça ce mot, tout ce qui m'avait tracassé de façon diffuse se précisa dans mon esprit. Le tueur avait tabassé Richard Dathan Morris à coups de chaussure. Or Jasmine ne se serait pas abaissée à utiliser ce genre d'arme, elle qui savait si bien se servir de ses pieds.

Un flot de soulagement s'empara de moi. Après avoir tant refusé l'idée de sa culpabilité, venait la certitude de son innocence. Jasmine n'avait pas tué Richard Dathan Morris. Mais qui donc, alors ? Quelqu'un ayant revêtu son costume de scène, celui que Morris avait dérobé.

Je revins à la réalité présente. Don Yamamoto avait les yeux fixés sur moi, attendant que je réponde.

— Pour moi, il y a quelque chose qui cloche, marmonnai-je. Je me méfie des choses qui paraissent trop facilement couler de source.

Plutôt flaibard, comme argument, mais comment lui exposer le fond de ma pensée, comment lui expliquer que la vraie raison qui me faisait penser à l'innocence de Jasmine, c'était que je l'avais vue en action et qu'elle m'avait flanqué une sacré pétoche ?

Don Yamamoto gratta sa chevelure brune clairsemée et secoua la tête. Il ne paraissait guère convaincu et je ne pouvais l'en blâmer : même moi, à première vue, j'avais du mal à y croire.

— Un coup monté ? fit-il avec un froncement de

sourcils. Tu dois avoir droit à une bonne retraite maintenant, Beau : il serait peut-être temps d'y songer.

— Cause toujours, lui répondis-je.

Je quittai le labo. Nul ne ferait changer l'autre d'avis.

Je montai les trois étages me séparant de mon bureau dans un certain état d'excitation. J'avais l'impression d'avoir mis le doigt sur quelque chose d'important, mais sans trop savoir par quel bout le prendre ou par quelle preuve tangible l'étayer. Je m'assis quelques instants à mon bureau, le regard fixé au mur, pour essayer de déterminer ce qu'il convenait de faire à présent.

J'étais indécis. Partagé entre l'idée de tenter une reprise de dialogue avec Jasmine Day pour savoir si, dans son passé ou à présent, elle se connaissait des ennemis qui lui voulaient du mal, et celle d'aller cuisiner un peu Mavis Davis.

Ce fut cette dernière qui l'emporta. En me dirigeant vers le garage, je tombai sur le Sergent Lowell James.

— Je vous cherchais justement, Beau. Qu'est-ce qui se passe donc ? Vous ne m'avez transmis aucun rapport.

— Je pars interroger une femme pour l'affaire Morris, répondis-je. C'est un nouveau témoin.

— Où l'avez-vous dénichée ?

— C'est Maxwell Cole qui l'a rencontrée par hasard et qui est venu m'en parler.

— A d'autres ! Maxwell Cole ? Celui du *Post Intelligencer ?*

— Lui-même.

Il secoua la tête d'un air incrédule.

— On se croirait revenu au temps des miracles, fit-il.

Je repris mon chemin dans le couloir.

— Et rappelez-vous, fit la voix du Sergent James dans mon dos, je veux un rapport complet ce soir avant que vous ne quittiez votre service, c'est compris ?

— Parfait, répondis-je. Vous l'aurez.

Je me demandais ce que j'aurais à y mettre.

CHAPITRE 18

Il était près de dix-huit heures lorsque je trouvai la maison de Mavis Davis tout près du cinéma Harvard. Comme la séance ne débutait qu'une heure plus tard, je parvins facilement à me garer.

La maison était toute petite. Aucune palissade ne la protégeait, mais toutes ses fenêtres, ainsi que la porte, étaient munies de grilles en fer forgé. Aussitôt que j'eus sonné, les jappements rauques et souffreteux d'un petit chien vieux et fragile retentirent.

Un minuscule judas s'ouvrit dans la porte.

— Qui est là ? demanda sèchement une voix de femme.

— Miss Davis ? Je suis l'inspecteur Beaumont, de la police de Seattle, annonçai-je en exhibant ma carte devant le judas.

— Qu'est-ce qu'il y a marqué ? demanda-t-elle. Je n'arrive pas à lire.

— Il y a marqué que je suis inspecteur à la police de Seattle. Je voudrais vous parler.

— Ah, je suppose que vous avez vu l'autre monsieur, celui qui est passé ici tout à l'heure ?

— Absolument. C'est Maxwell Cole, du *Post Intelligencer,* qui m'a communiqué votre nom et votre adresse. Puis-je entrer ?

— Mon Dieu, soupira-t-elle, je lui avais pourtant bien

dit que je voulais rester en dehors de tout ça. J'aurais mieux fait de me taire.

J'étais dans une position inconfortable, à devoir rester penché pour lui parler par la petite ouverture. J'avais de plus du mal à la comprendre, avec le chien qui glapissait furieusement par-derrière.

— Je n'en aurai que pour quelques instants, Miss Davis, et vous pourriez beaucoup nous aider. J'ai seulement quelques questions à vous poser sur ce que vous avez vu.

— *Madame* Davis, corrigea-t-elle. Il y a belle lurette que je ne suis plus demoiselle.

Le judas se referma avec un claquement. Un instant plus tard, je l'entendis s'affairer à tirer quatre verrous de sécurité avant que la porte ne s'ouvrît.

Le chien déboula alors comme une flèche, se ruant sur ma cheville la plus proche. Mme Davis l'attrapa et réussit à le prendre dans ses bras à la seconde tentative. Il n'avait eu le temps que de grignoter ma chaussette. C'était un horrible caniche miniature brun foncé avec les yeux exorbités et une gueule édentée.

Quand mon premier regard se porta sur elle, Mavis Davis n'avait pas de dents non plus. Mais lorsqu'elle eut rattrapé son chien, elle le tint dans un bras tandis que sa main libre fouillait la poche de son tablier et fourrait rapidement un dentier complet entre ses mâchoires.

— Silence maintenant, dit-elle au chien. Tout va bien, Corky. Ce monsieur est un policier, il ne va rien voler.

Guère convaincu, Corky continua d'aboyer.

Mavis Davis s'écarta et me fit signe d'entrer. Au passage, Corky se projeta en avant et m'attrapa le coude, mon veston ne devant qu'à la dentition défaillante de l'animal de rester intact. Mme Davis s'assit sur un rocking-chair et caressa amoureusement son compagnon.

— Corky veille sur moi, voyez-vous, dit-elle tendrement. Nous vivons seuls ici et il est ma seule protection.

Hormis faire un raffut de tous les diables, je ne voyais pas quelle protection il aurait pu lui apporter. Il se calma enfin et s'installa sur les genoux de sa maîtresse, gardant rivé sur moi un regard menaçant.

Je jetai un coup d'œil circulaire sur la pièce. Elle était remplie de meubles vieillots recouverts de broderies et de napperons. Dans un coin, trônait un vieux poste TSF en bois qui n'avait probablement pas servi depuis des années.

Gardant une main sur le chien pour le retenir, Mavis se pencha pour attraper une pelote de fil et un ouvrage de crochet sur le guéridon voisin. Puis elle ajusta une paire de lunettes à verres étroits sur son nez et, posant le patron de son travail sur le dos du chien, se mit à jouer du crochet tout en me jetant de temps à autre de petits regards par-dessus le bord supérieur de ses bésicles.

C'était une femme décharnée qui devait avoir dans les soixante-dix ans, au visage étroit et anguleux précédé d'un nez crochu.

— Bon, que voulez-vous savoir, monsieur... euh...

— Beaumont, complétai-je. Inspecteur Beaumont. J'aimerais que nous parlions de ce que vous avez vu avant-hier pendant la nuit.

— Ah, quand j'ai emmené Corky faire une promenade ?

— Oui.

— Eh bien, pas grand-chose, en fait : juste une femme qui sortait d'un taxi, très tard. Ça arrive souvent.

— Sauf que cette fois-ci, elle est entrée dans une maison où un meurtre allait être commis quelques instants après, dis-je. Avez-vous pu la détailler un peu ?

— Je l'ai déjà dit à l'autre monsieur : elle était blonde, et habillée chic : une robe longue bleue, des gants blancs, mais pas de chaussures.

— Elle était pieds nus ?

— Quand on n'a pas de chaussures, jeune homme, on

est pieds nus il me semble, non ? répliqua-t-elle d'un air maussade.

— Dites-moi exactement ce qui s'est passé.

— Corky m'a réveillée vers minuit et demi. Avant, il arrivait à se retenir toute la nuit sans demander à sortir, mais il a été malade, récemment. Il vieillit, que voulez-vous, comme moi. Et quand il veut y aller, il faut y aller. Alors, on est sortis. J'avais pris mon panier et ma pelle ramasse-crottes : c'est la loi, vous savez.

— Effectivement, acquiesçai-je.

— Bref, il a un endroit favori : sur l'emplacement de stationnement qui se trouve à un pâté de maisons d'ici, de l'autre côté de la rue Harvard. J'attendais qu'il ait fini lorsque le taxi s'est approché.

— Il s'est approché pour aller où ?

— Jusqu'à la petite maison qui est là-bas, coincée entre deux grands immeubles. Vous voyez celle que je veux dire ?

— Oui, poursuivez.

— Bon, la femme est sortie par la porte arrière. Je l'ai remarquée parce que ce n'est pas souvent qu'on voit des gens aussi bien habillés de nos jours : on ne rencontre plus que des jeunes aux cheveux longs en jeans et vêtements tout rapiécés, sans aucun goût.

— Revenons à la femme, voulez-vous ?

— Ah oui. Elle est sortie de taxi, a payé le chauffeur par la vitre ouverte et est entrée dans la maison.

— Elle est entrée dans la maison, dites-vous ? La porte était ouverte ?

— Non.

— Comment est-elle entrée, alors ?

— Elle avait une clé. Je l'ai vue déverrouiller et entrer.

— Bon. Vous souvenez-vous d'autre chose ?

Mavis Davis secoua la tête.

— Non. Corky avait fini, à ce moment-là, alors j'ai

nettoyé derrière lui et on est revenus à la maison. D'ailleurs, j'avais froid.

— Quelle heure était-il ?

— Une heure moins le quart, peut-être. Comme je n'avais plus sommeil, je suis restée debout à travailler un peu. Il était aux environs de deux heures quand je me suis recouchée. Remarquez, ajouta-t-elle en souriant, l'heure à laquelle je vais au lit n'a pas d'importance puisqu'on peut dormir aussi tard qu'on veut, hein, Corky ?

Ledit Corky répondit par un mini-grognement. Il n'avait pas un seul instant détourné de moi ses horribles mirettes.

— Connaissez-vous le nom de la compagnie de taxis ? demandai-je.

Mavis fit non de la tête.

— Je prends le bus, la plupart du temps ou bien je vais à pied. Alors je ne m'occupe guère des taxis. Tout ce que je sais, c'est qu'il était vert.

— Vert clair ou vert foncé ?

— Vert clair. Vous savez, cette drôle de couleur chartreuse.

Oui, je connaissais : ce ne pouvait être que la compagnie du Far West.

— Et vous dites qu'elle est allée jusqu'à la vitre du chauffeur pour régler sa course ?

— Exactement.

Cela me sembla étrange. J'ai souvent été en taxi avec des femmes, surtout quand j'habitais au Royal Crest et que j'étais de sortie avec ma voisine Ida et certaines de ses amies retraitées : elles payaient toujours à l'intérieur du taxi, donnant l'argent au chauffeur avant de sortir.

— Pourrais-je téléphoner d'ici ? demandai-je. J'aimerais appeler la compagnie de taxis et essayer de joindre le chauffeur.

Mavis, avec un haussement d'épaules, m'indiqua la cuisine d'un geste de la tête.

— Là-bas, sur le mur, dit-elle. L'interrupteur est juste après la porte.

Je me levai, ce qui déclencha une nouvelle crise d'hystérie chez Corky. Comment pouvait-on donc garder et a fortiori aimer un roquet aussi exécrable que celui-ci ?

Dans la cuisine, je trouvai le téléphone et l'annuaire. J'appelai les Taxis du Far West. Qu'il s'agisse précisément de cette compagnie était un pur coup de chance : quelques années auparavant, on m'avait mis sur l'affaire du meurtre d'un de leurs chauffeurs qui s'était fait balancer dans le Lac Vert. J'avais résolu l'énigme en quelqnes jours et envoyé le petit ami de la femme du chauffeur en tôle avec une inculpation de meurtre. La femme s'était retrouvée quelque temps au trou également.

Depuis ce temps, la Far West se mettait en quatre si j'avais besoin d'un service. Cette fois-ci ne fit pas exception. Le standardiste du radio-téléphone était le même qui avait été de service la nuit précédente.

— Ici l'inspecteur Beaumont, annonçai-je. J'aurais besoin d'un coup de main pour une affaire sur laquelle je travaille.

— Si nous pouvons vous aider, ce sera avec plaisir, répondit-il.

— C'est au sujet d'une course de la nuit d'avant-hier. Un de vos taxis a chargé, je ne sais pas où, une cliente qu'il a déposée aux alentours du numéro mille de l'avenue Bellevue Est. C'était après minuit, donc en fait hier à la première heure. Cheveux blonds, marchant pieds nus, portant robe longue bleue et gants blancs.

— Ah, lui ? fit le standardiste. Nous le recherchons aussi.

— Pardon ? m'étonnai-je, certain d'avoir mal entendu.

— J'ai dit que nous le recherchions nous aussi. Il a oublié une de ses chaussures dans le taxi.

— Une chaussure bleue ?

— C'est ça. Je l'ai ici aux objets trouvés.

— Mais vous avez dit « lui » ?

— Bien sûr, « lui ». Il a été chargé au Edgewater. Tous les travelos y vont pour assister au spectacle de leurs congénères. Les chauffeurs n'aiment pas trop les prendre, si vous voyez ce que je veux dire, mais une course est une course.

— Alors c'était un homme ?

— Puisque je vous le dis.

— Regardez la chaussure : est-ce une Cole-Haan, de pointure 40 ?

Le standardiste quitta la ligne et revint au bout de quelques instants.

— Vous ne seriez pas médium, inspecteur ? C'est exactement ça : pointure 40. Bon, qu'est-ce que je dois en faire ?

— Gardez-la avec vous jusqu'à ce que quelqu'un de chez nous passe la prendre. A moins que le propriétaire ne vienne la récupérer. Dans ce cas, appelez la police pour qu'on vienne l'agrafer.

— Sérieux ?

— Sérieux. Ce type est un tueur. Il en a déjà deux à son actif.

Il émit un petit sifflement.

— Là, ça rigole plus. Il y a autre chose pour votre service ?

Mon esprit sautait d'une direction à l'autre. C'était donc bien un coup monté. Le meurtrier, se faisant passer pour Jasmine Day, avait d'abord assassiné Richard Dathan Morris, puis pris un taxi jusqu'à la maison de Bellevue pour faire subir le même sort à Jonathan Thomas. Pourquoi ? Et comment était-il reparti ?

Supposons qu'il soit allé là pour se procurer de la cocaïne, de la cocaïne que Morris avait soit volée soit prévu de vendre. Il aurait eu tout le temps de chercher tranquillement puisqu'il savait que Morris ne reviendrait pas.

Il aurait donc fouillé la maison, mais en évitant par trouille de toucher le lit du malade. Ce qui expliquerait pourquoi il ne l'aurait pas trouvée. Ou alors peut-être Jonathan Thomas s'était-il réveillé et l'avait-il reconnu.

La lumière commençait à se faire. Oui, ce devait être ça : si Jonathan l'avait reconnu, il devait mourir, le meurtrier ne pouvant pas courir le risque de laisser à la maladie le temps de faire naturellement son œuvre. Car Thomas, l'ayant identifié, en aurait parlé à Riley qui serait allé sans coup férir le rapporter à quelqu'un d'autre.

— Hé, vous êtes toujours là ? demanda le standardiste, interrompant le fil de mes pensées. Je voulais savoir s'il y avait autre chose pour votre service ?

— Eh bien oui : connaissez-vous vos collègues qui travaillent au central d'autres compagnies ?

— Evidemment.

— Appelez-les alors. Essayez de savoir si un autre taxi est allé à cette même adresse plus tard dans la nuit pour charger un client. Si oui, demandez où on l'a conduit. Vous pourriez faire ça ?

— Sans problème.

— Combien de temps cela vous prendra-t-il ?

— Une quinzaine de minutes environ. On n'est pas légion, à cette heure-là de la nuit.

— C'est vraiment important, fis-je. Alors si vous pouviez m'obtenir ces renseignements et me rappeler ici, vous me rendriez un fier service.

Je lui communiquai le numéro de téléphone de Mavis Davis. Je raccrochai et m'apprêtai à revenir sur mes pas lorsque je vis Corky immobile à la porte de la cuisine, une patte avant levée, m'observant d'un œil méfiant. Dès que je fis mine de m'éloigner du téléphone, il recommença à s'exciter si furieusement qu'il décollait littéralement de terre à chaque aboiement.

Mavis s'avança vers la porte et le saisit de nouveau.

— Vous avez terminé ? demanda-t-elle.

— Non, j'ai demandé à quelqu'un de me rappeler ici, si vous n'y voyez pas d'inconvénient. Ce que vous m'avez dit est de première importance et nous procédons en ce moment à quelques vérifications.

— Quelques vérifications : ça signifie que vous ne me croyez pas ?

— Non, ce n'est pas ça. J'ai retrouvé la compagnie de taxis qui a amené ce... euh... cette femme à la maison en question, expliquai-je avec précaution. Maintenant il faudrait qu'on sache si quelqu'un d'autre est venu la rechercher plus tard.

— Ah, parce qu'elle n'habitait pas là ?

— Non.

Mavis hocha la tête d'un air désapprobateur.

— De mon temps, vous savez, les jeunes personnes n'avaient pas le droit d'aller courir le guilledou à toute heure du jour et de la nuit. Pas étonnant qu'elles aient tant de problèmes aujourd'hui, vous ne trouvez pas ?

— Ce n'est pas étonnant, en effet.

Elle m'offrit du café. J'acceptai volontiers, heureux de meubler ainsi le temps pour patienter jusqu'à la sonnerie du téléphone. Celle-ci ne vint, en fait, que dix minutes plus tard. Mavis alla répondre et me tendit le combiné.

— Inspecteur Beaumont ?

— Oui.

— Ici Larry, de la Far West. Un taxi de la compagnie Yellow Cab a pris un type à l'adresse en question vers trois heures et demie, hier matin. Il l'a déposé au 6886, Greenwood Avenue Nord. J'ai parlé au chauffeur. Ça, il l'a remarqué, le client.

— Pourquoi donc ?

— Le gars n'avait pas de chaussures.

— Merci beaucoup, Larry. Je file tout de suite.

Je raccrochai, la main tremblante d'excitation. Enfin, je

n'allais plus à l'aveuglette. Enfin, je progressais. Je composai le numéro direct du bureau du Sergent Lowell James.

— Où êtes-vous donc passé, Beau ? On vous cherche partout.

— Peu importe. J'ai une piste sérieuse. Vous avez le Cole ?

Le Cole est un annuaire inversé qui permet de localiser les gens par leur adresse ou leur numéro de téléphone plutôt que par liste nominale. C'est la bible des encaisseurs de factures. Pour les détectives, ce n'est pas mal non plus.

Le Sergent James quitta momentanément la ligne.

— Ça y est, je l'ai, dit-il quand il fut revenu. Alors, quelle adresse voulez-vous ?

Je la lui communiquai : 6886, Greenwood Avenue Nord. Pendant qu'il cherchait, je tapotais impatiemment le bout d'un crayon sur le mur à côté du téléphone. Ce bruit déclencha de nouveau Corky. Si ce cabot avait été à moi, je l'aurais étranglé sur place.

— J'ai trouvé, annonça le Sergent James. Le nom est Osgood. Daniel P. Osgood.

— Bon dieu !

— Qui est-ce ? Qu'est-ce qui se passe donc ?

— Donnez-moi une équipe de renfort et envoyez-les là-bas illico. Je les rejoindrai sur place dans... (Je consultai ma montre) disons un quart d'heure.

— Qui est-il ce Daniel P. Osgood ?

— C'est l'homme qui a tué Richard Dathan Morris et Jonathan Thomas.

— L'homme ? Je croyais qu'on recherchait une femme ?

— Bon, ces renforts, vous me les envoyez oui ou non ?

— Ils sont en route, répondit le Sergent James.

— Moi aussi.

Je raccrochai, remerciai Mavis Davis pour son aide et me précipitai vers la sortie avec Corky sur les talons.

Je ne pris pas le temps de me retourner pour voir si la porte lui claquait sur la truffe. Car j'avais tout fait pour.

CHAPITRE 19

Je passai mentalement en revue tous ces éléments tandis que je fonçais vers l'adresse de Osgood à Greenwood Nord. L'ensemble commençait à prendre forme. Je me souvins de la façon dont Dan Osgood s'était comporté la première fois que je l'avais rencontré, tournicotant ma carte entre ses doigts, blêmissant lorsqu'il m'avait entendu parler de rendre visite aux parents des victimes. Tout cela, je l'avais vu, mais sans vraiment l'enregistrer. Maintenant, ça faisait tilt.

Osgood devait être l'intermédiaire local entre l'importateur de la drogue et Richard Dathan Morris. Il devait être également le lien entre Morris et le Cinquième Avenue, celui qui avait préparé les convocations de travail, qui avait fait engager Morris pour les spectacles du théâtre. Etait-il possible que quelqu'un de la Westcoast Starlight Productions fût le pourvoyeur ? Qui tirait les ficelles ?

Il y avait Jasmine Day, tout d'abord, celle qu'on s'ingéniait à faire soupçonner. Seulement, faux indices mis à part, elle n'avait pas la régularité nécessaire. C'était là sa première tournée avec la Westcoast. Je voulais croire qu'elle n'était qu'un pion qui s'était malencontreusement trouvé au mauvais endroit au mauvais moment. Mais dangereux à manipuler comme de la nitroglycérine, ce pion : il fallait s'en méfier, si j'en croyais certain trou dans le mur à côté de ma tête.

Qui d'autre pouvait-il y avoir, à la Westcoast ? Je n'avais pratiquement eu affaire qu'à Alan Dale, le chef machiniste et directeur de scène. Il avait déclaré être celui qui avait flanqué Morris à la porte pour avoir été farfouiller là où il n'aurait pas dû. L'aurait-il donc viré d'abord et tué ensuite ? Dale avait réagi plutôt vivement lorsque j'avais insinué que Jasmine était peut-être retombée dans la drogue. Je me rappelais son regard meurtrier dans le couloir donnant sur la chambre de Jasmine. Existait-il un autre lien entre eux, une relation plus précise que simplement professionnelle ?

Venait ensuite Ray Holman, le gars qui était perché sur ses poutrelles au-dessus de la scène du théâtre et que Osgood avait appelé le machino de levage. Je l'avais vu au travail, mais je ne savais pratiquement rien de lui. Il m'était apparu taciturne, la tête toujours plongée dans son appareillage, furetant partout, mais se confondant littéralement avec ses accessoires. Que pouvait-il donc se passer derrière ce masque silencieux de bourreau de travail ?

Et puis, il y avait Ed Waverly. Que penser de lui ? Jasmine le désignait comme l'homme qui lui avait donné sa chance quand tout le monde lui tournait le dos, l'homme qui avait voulu et pu lui organiser une tournée dès qu'elle était sortie de désintoxication tout en donnant une nouvelle orientation à sa carrière. Waverly ne me paraissait pas être un suspect potentiel, mais je ne pouvais me permettre de négliger qui que ce soit.

Le dernier membre permanent de la troupe auquel je me sois adressé directement était Bertha, la grosse Bertha, la préposée aux costumes. Femme redoutable si j'en jugeais par la façon dont elle m'avait éjecté de la loge de Jasmine la veille au soir pendant l'entracte, elle me donnait l'impression de s'adonner davantage au trafic de bouffe qu'à celui de drogue.

Résultat de ces élucubrations, lorsque j'arrivai à Greenwood Avenue Nord quelque quinze minutes plus tard : néant. La plupart de mes questions demeuraient sans réponse.

Mes deux inspecteurs de renfort étaient déjà sur place et m'attendaient, de même que le Sergent Lowell James qui tenait à la main un mandat de perquisition en bonne et due forme portant l'adresse de Dan Osgood.

Bien que le ciel se fût dégagé, le sol était encore mouillé. C'était l'un de ces soirs d'été où, à Seattle, l'après-midi semble ne jamais devoir s'achever. Greenwood Avenue est une artère assez importante, si bien que les deux ou trois voitures garées en surplus ici et là à quelque distance du 6886 n'étaient guère susceptibles d'attirer l'attention.

Les inspecteurs Hawkins et Maynard qui constituaient l'équipe de renfort contournèrent le pâté de maisons afin de couper toute retraite possible par la porte de derrière, tandis que James et moi nous approchions de l'entrée principale. C'était une modeste maison blanche en bois, munie d'une petite véranda, sans palissade ni haie, simplement précédée d'une étroite bande de gazon qui nécessitait un bon coup de tondeuse.

Le Sergent se posta de côté. Je m'avançai et m'apprêtai à frapper lorsque je retins mon geste : des sanglots de femme provenaient de l'intérieur. Je tendis quelques instants l'oreille, puis appuyai sur le vieux bouton de sonnette. Rien ne se produisit. Aucun timbre ne résonna, les sanglots continuèrent sans répit. J'attendis encore un peu, puis cognai fortement sur le panneau en bois. Les pleurs cessèrent brusquement cette fois et le plancher grinça sous les pas de quelqu'un qui s'approchait.

La femme qui ouvrit devait avoisiner la trentaine. Elle paraissait négligée avec son jean délavé et son sweat-shirt maculé de taches de peinture. Le nez et les yeux rougis, le visage humide, le devant de ses habits inondé de larmes, elle avait manifestement beaucoup pleuré.

— Qu'est-ce que vous voulez ? demanda-t-elle.

— Police, répondis-je en jetant un coup d'œil par-dessus son épaule pour voir s'il y avait quelqu'un derrière elle dans la pièce, ce qui ne semblait pas être le cas. Nous cherchons Daniel Osgood, dis-je en lui tendant le mandat.

Elle le saisit et le chiffonna sans même se soucier de le lire, puis s'éloigna à reculons dans la pièce.

— Il n'est pas là, répondit-elle.

— Savez-vous où il se trouve ?

Elle secoua la tête. De nouvelles larmes roulèrent le long de ses joues.

— Il est parti. Il m'a quittée pour de bon.

— Vous voulez dire qu'il a déménagé ? demandai-je.

Je fis signe au Sergent James d'entrer dans la maison. Il franchit précautionneusement la porte et, tout comme moi, balaya l'intérieur d'un regard circonspect avant de s'avancer. Tandis qu'il se glissait de pièce en pièce pour s'assurer que personne d'autre ne se trouvait dans la maison, je me retournai vers la femme en pleurs.

— Je l'ai supplié de ne pas partir, fit-elle, je lui ai dit que je lui pardonnais, mais il m'a répondu qu'il s'en allait quand même.

— Vous lui pardonniez pour quoi ?

Elle baissa son regard sur ses mains, un tremblement agita sa lèvre inférieure.

— Il y a une autre femme, articula-t-elle, je m'en doutais depuis longtemps, mais j'en ai eu la preuve l'autre nuit. Il est rentré tard. Et puis, j'ai vu qu'il s'était douché : il avait les cheveux encore mouillés, il portait sur lui une odeur de savon et un parfum que je ne connaissais pas.

Je ne pus m'empêcher d'éprouver un sentiment de compassion pour cette femme. Elle avait vraiment des œillères. Si elle était déjà anéantie à l'idée que son mari fricotait avec une autre femme, je me demandais ce qui se passerait quand elle apprendrait qu'il était trafiquant de drogue et assassin par-dessus le marché.

— Savez-vous où il aurait pu aller ? demandai-je. Chez des parents ? Des amis ?

— Je pense plutôt au travail. Il y a un spectacle au Théâtre de la Cinquième Avenue et il ne peut pas se permettre de perdre son poste.

— Qu'a-t-il emporté avec lui ?

— Juste une valise.

— Une seule ?

— C'est tout ce que j'ai vu.

— Qu'y avait-il dedans ?

— Je ne sais pas. Il était en train de la fermer quand je suis arrivée dans la chambre, il ne s'attendait pas à ce que je rentre si tôt du travail. Il allait partir en me laissant un message, sans même me dire au revoir.

Elle se remit à sangloter.

— Ça remonte à quand ?

— Environ deux heures.

Le Sergent James revint dans le salon en faisant un signe négatif de la tête, Hawkins et Maynard sur ses talons.

— Personne, dit-il.

Hawkins portait un sac en papier tout chiffonné.

— Regardez ça, Beau, fit-il en le levant à hauteur de mes yeux.

J'aperçus du tissu bleu à l'intérieur.

— C'est la robe ? demandai-je.

— Oui, et une paire de gants blancs. Il n'a même pas essayé de s'en débarrasser dans la poubelle de quelqu'un d'autre.

— Il ne pensait pas qu'on le pisterait jusqu'ici.

Je me retournai derechef vers la femme. Elle se mouchait, essayant de retrouver son calme, sans paraître prêter attention à ce que Hawkins venait de dire.

— Comment vous appelez-vous ?

— Julia, murmura-t-elle de façon presque inaudible, Julia Osgood.

— Vous êtes donc sa femme ?

— Oui.

— Vous étiez-vous querellés ?

Lentement, Julia fit oui de la tête.

— Je lui ai dit que j'en avais marre de le voir aller et venir à n'importe quelle heure, que je voulais un vrai mari, quelqu'un qui soit au lit avec moi quand je me réveillais la nuit.

— Ça lui arrivait souvent de rester tard dehors ?

— Il travaille la nuit à chaque fois qu'il y a un spectacle en ville. Mais ce matin, il faisait presque jour quand il est rentré. (Julia Osgood baissa les yeux, ne pouvant réprimer le tressaillement de ses lèvres.) Ce n'est pas tellement qu'il fasse la fête qui m'ennuyait, mais de savoir qu'il avait été avec quelqu'un d'autre...

Sa voix se brisa.

Le vrai problème, c'est que Dan Osgood n'avait pas été « avec », mais « été » quelqu'un d'autre. Seulement je ne voulais pas entrer dans ce genre d'explication avec elle. Ce n'était vraiment pas le moment.

— Et vous pensez que, quittant la maison avec une valise pleine, il aurait pu aller au boulot quand même ?

— Dan se flatte de ne jamais manquer le travail, affirma Julia.

— Quelle voiture a-t-il ?

— Une Honda Accord. Mais elle est en panne au garage, la transmission a lâché.

— Alors, comment est-il parti, tout à l'heure ?

— Il a appelé un taxi.

— Savez-vous de quelle compagnie ?

— Oui, répondit-elle, j'ai regardé par la fenêtre : c'était un Yellow Cab.

Je me tournai vers le Sergent James. Il paraissait perplexe.

— Je parie qu'il n'est pas allé au travail, lui dis-je. On ferait mieux de vérifier au théâtre. S'il n'y est pas, nous diffuserons un avis de recherche général.

Un déclic sembla se faire dans la tête de Julia. Son regard allait du Sergent James à moi.

— Un avis de recherche général ? Pour Dan ? Mais pourquoi ?

— Madame Osgood, nous sommes en train d'enquêter sur un crime et nous avons certaines questions à poser à votre mari.

— Un crime ? répéta-t-elle, les yeux arrondis de surprise, cherchant à tâtons une chaise derrière elle pour se laisser choir dessus. Vous soupçonnez Dan d'être impliqué dans un meurtre ?

— C'est une possibilité. Et dans une affaire de drogue également.

Elle soutint mon regard, cette fois.

— Ah, fit-elle sur un ton qui n'avait rien d'une dénégation. Il m'avait pourtant promis de ne plus y toucher.

— A quoi ?

— A la cocaïne. Il en prenait parfois.

— Il en vendait ?

— Non.

— Vous êtes certaine ?

Il y eut un silence, un long silence, puis un autre « non ». Mais bien plus faible, celui-là.

Le Sergent James se tenait près de la porte.

— Venez, Beau, on ferait mieux d'y aller.

J'acquiesçai de la tête. Car si Osgood voulait tenter de quitter le pays, il n'y avait en effet pas une minute à perdre. Je me retournai vers sa femme.

— Accepteriez-vous de faire une déposition ? demandai-je.

— Je crois que oui.

— Dans ce cas, il serait préférable que vous nous

accompagniez. Le Sergent James va vous conduire à notre bureau : je ne tiens pas à ce que vous restiez seule ici.

— Je suis sûre que Dan ne me ferait pas de mal.

Je n'en aurais pas mis ma main au feu, mais je ne cherchai pas à discuter sur ce point.

— Votre mari, peut-être pas, madame Osgood. Mais certains de ses complices, si. Je préférerais vraiment que vous alliez avec le Sergent James, je serais plus tranquille.

Elle hocha lentement la tête, se leva et prit un sac à main sur une petite table près de la porte d'entrée.

Au moment de sortir, elle s'arrêta un instant devant moi.

— Je l'aime, vous savez, articula-t-elle doucement. Mais je suis heureuse que vous l'ayez pincé. Parce que même quand je savais qu'il en prenait, je ne pouvais me résoudre à le dénoncer. Vous comprenez, j'espère ?

Je hochai la tête. Bien sûr que je comprenais.

Julia Osgood sortit et suivit le Sergent James. Maynard et Hawkins, immobiles à côté de la porte, attendaient des instructions.

Jetant un coup d'œil dans la pièce, je vis, sur le dessus en bois de la cheminée, un cadre doré contenant une photo de mariage de Julia et Daniel Osgood. Le cliché datait de plusieurs années, les deux visages heureux et souriants qu'il montrait étaient plus jeunes d'autant, mais aucun n'avait véritablement changé. Je pris le cadre et le tendis à l'inspecteur Maynard.

— Voilà, c'est lui. Moi je l'ai déjà vu. Alors il faudrait en tirer des copies et les placarder à l'aéroport.

Ils sortirent. Je me servis du téléphone pour prévenir la police de l'air, demander au Laboratoire Criminel de l'Etat de Washington qu'on envoie une équipe spécialisée passer au peigne fin la maison de Dan Osgood, puis contacter Larry, de la compagnie de taxis du Far West afin — c'était la troisième fois aujourd'hui — de retrouver le chauffeur ayant pris Osgood en charge. Il devait commencer à se lasser de ce petit jeu. Moi aussi, d'ailleurs.

Cela fut rapidement fait, car nous connaissions à la fois la compagnie, l'heure et le point de départ. Je restai en ligne jusqu'à ce que Larry revienne.

— On l'a laissé à l'entrée de service du Théâtre de la Cinquième Avenue, à cinq heures trente-sept. Ça vous aide ?

— Oh que oui !

J'avais une dernière personne à appeler : le directeur du Cinquième Avenue.

— Inspecteur Beaumont, annonçai-je lorsque je l'eus au bout du fil. Nous nous sommes rencontrés la nuit dernière, vous vous rappelez ?

— Parfaitement, je m'en souviens. Que puis-je pour vous ?

— Je cherche Dan Osgood. Est-il au théâtre ?

— Je ne sais pas, je vais m'en assurer. (Je restai quelques instants en attente.) Non, personne ne l'a vu aujourd'hui. Apparemment, il n'est pas venu au travail. Dois-je lui transmettre un message si je le rencontre ?

— Non, pas de message.

James avait laissé le mandat de perquisition sur la table, près de la porte. Je le tendis aux enquêteurs du labo dès leur arrivée.

Pour une fois que nous suivions le règlement à la lettre, autant bien le montrer : ils en restèrent estomaqués.

Lorsque j'arrivai à l'aéroport, la police de l'air avait déjà tiré des reproductions de la photo de mariage. En compagnie des inspecteurs Maynard et Hawkins, ils passaient à chaque comptoir, à chaque porte, pour remettre une copie du cliché à tous les employés de billetterie et aux agents de sécurité qui se trouvaient aux diverses issues du hall.

Ils avaient fait un travail remarquablement bien coordonné. Si Osgood avait été là, nous l'aurions immanquablement trouvé. Mais il n'y était pas, personne ne l'avait vu. Après avoir effectué le bilan de nos recherches, nous en vînmes tous à la même conclusion : s'il comptait quitter Seattle par la voie des airs, il n'était pas encore arrivé à l'aéroport.

Je laissai Maynard et Hawkins travailler avec la police de l'air et rentrai seul en ville. Je me sentais à la fois si proche et si loin du but. J'en étais frustré. Mon instinct et la logique me disaient qu'Osgood essaierait de mettre les bouts et que, avec sa bagnole en panne, il fallait tabler en priorité sur l'avion.

Je voulais être présent quand le filet se refermerait sur lui, je voulais l'arrêter moi-même. C'est une déformation professionnelle des inspecteurs de police : nous tenons tous à assister à la capture du gibier.

Mais dans ce cas précis, un autre facteur, primordial, entrait en ligne de compte : Dan Osgood n'avait pas travaillé seul. Et son complice, quel qu'il soit, devait être en rapport avec la Westcoast Starlight Productions. Il devait en ce moment même se trouver au Théâtre de la Cinquième Avenue et participer au spectacle de Jasmine Day.

Jetant un coup d'œil à ma montre, je m'aperçus que la fouille de l'aéroport avait duré plus longtemps que je ne pensais. Il était près de neuf heures : la première partie n'allait pas tarder à s'achever. C'était presque le moment de l'entracte, le moment où Jasmine allait rencontrer l'occupant des deux fameux fauteuils centraux du premier rang.

Je sentis une pointe de jalousie, un petit pincement de cœur incontrôlable me tarauder parce que c'était un autre qui était assis là-bas, un autre qui emmènerait Jasmine Day après le spectacle et qui, ensuite...

Mais à quoi bon ? Au diable le « ensuite ».

CHAPITRE 20

Le fronton du théâtre brillait de toutes ses lumières. Je me garai juste devant, en stationnement interdit, et sortis de voiture après avoir mis mes feux de détresse.

Une ouvreuse m'arrêta net à l'entrée. Je lui exhibai ma carte sous le nez mais elle resta inflexible. Ce n'est pas tous les jours qu'un smicard peut se sentir investi d'une certaine autorité et elle avait l'air d'en jouir littéralement.

Finalement, attiré par le désordre que nous provoquions à l'entrée, le directeur fit son apparition pour calmer les esprits. Il lui dit de me laisser passer.

— Je n'ai toujours pas vu Dan, me confia-t-il lorsque nous fûmes entrés dans le hall.

— Je vais parler à d'autres personnes de l'équipe technique, dans ce cas.

Il consulta sa montre.

— L'entracte va intervenir dans trois minutes environ, dit-il. Pourquoi n'attendez-vous pas ici jusqu'aux lumières ? proposa-t-il en me conduisant à une porte latérale qui ouvrait sur l'une des allées.

J'entrai, m'avançai d'un ou deux pas et, désorienté par le noir soudain, m'arrêtai pour attendre.

La scène semblait très lointaine. Prise dans le faisceau puissant d'un projecteur, Jasmine Day chantait, immobile.

Elle portait la robe bleue, les gants blancs et les chaussures bleues.

Elle chantait, la tête rejetée en arrière, tenant d'une main le micro devant ses lèvres, l'autre bras tendu comme pour étreindre le public. La crinière blonde renvoyait des brillants reflets sous la lumière. Je me demandai combien de personnes, excepté moi, savaient qui se cachait sous cette perruque : une petite fille nommée Mary Lou Gibbon, au crâne presque rasé en souvenir d'un enfant malade qu'elle avait connu en sixième, vingt ans plus tôt. Et combien de personnes, excepté Ed Waverly, Jasmine et J. P. Beaumont savaient que la tournée s'achevait avec la représentation de ce soir.

Je stoppai net toutes ces pensées : je ne pouvais me permettre de me déconcentrer. J'attendis impatiemment, anxieusement, la fin de la chanson, prêt à accomplir ma tâche. Quelqu'un essayait de coller un double meurtre sur le dos de la jeune femme qui était sur scène, quelqu'un qui était probablement dans le théâtre en ce moment même. Je devais lui mettre le grappin dessus, à ce salopard, le débusquer et l'épingler.

La chanson de Jasmine s'acheva. Le public éclata en applaudissements tumultueux. Un rideau de velours rouge s'abaissa brièvement puis remonta, permettant à Jasmine de saluer de nouveau. Après le troisième rideau, les lumières de la salle s'allumèrent. Je pus alors regarder autour de moi.

Le vaste auditorium était presque plein. Les gens s'étaient rangés à l'avis du critique du journal : ils étaient venus au spectacle et ils l'appréciaient énormément. Lorsque les applaudissements se turent, le public était encore électrisé et attendait la seconde partie dans un brouhaha d'enthousiasme.

Un flot humain commença à envahir les allées pour se diriger vers le hall. Je pris une profonde inspiration et m'engageai à contre-courant. Une dame m'écrasa pesamment les orteils ; par association d'idées, je revis le pied de Jasmine Day frôlant mon visage. Je me demandai si elle me laisserait ce soir approcher suffisamment pour lui parler.

Je dus, même rengaine, batailler ferme pour franchir le barrage de l'inamovible garde de sécurité et parvenir à l'arrière-scène. D'autant que, cette fois, je n'avais pas avec moi Dan Osgood comme sésame. Il fallut que je commence à piquer une colère et que je lui colle ma plaque de police sous le nez pour qu'enfin il baisse pavillon et me laisse accéder aux escaliers et à la scène.

Je n'avais pas plus tôt pénétré dans le couloir des loges que la porte de Jasmine s'ouvrit à la volée et que Ed Waverly sortit, le visage sinistre. Il passa devant moi à grandes enjambées, sans me voir, et se dirigea vers l'arrière-scène où Alan Dale et plusieurs autres étaient en train de mettre le plateau d'orchestre en position.

Je m'arrêtai et levai la main pour frapper chez Jasmine, mais je me ravisai : il était stupide de lui donner une chance de m'interdire l'entrée. J'essayai donc de tourner le bouton sans préambule, m'attendant plus ou moins à ce que la porte fût verrouillée. Elle ne l'était pas et elle s'ouvrit en grand.

Je vis Jasmine de dos, en train de dégager ses épaules de la robe bleue, pour la laisser négligemment tomber à terre. A part un mini-soutien-gorge, elle était nue. En entendant ouvrir, elle pivota sur elle-même. Ses lèvres se crispèrent lorsqu'elle me vit, son expression montra un mélange de dédain et de dégoût.

— Toi ! articula-t-elle.

Elle me tourna délibérément le dos comme si je n'étais pas là et prit sa tunique en satin noir. Non pas par pudeur, mais plutôt pour montrer qu'elle ne s'occupait que de son changement de costume, comme si j'étais invisible, inexistant, ne méritant même pas son mépris.

— J'ai à te parler, dis-je.

— Sors.

— Jasmine, c'est important, insistai-je.

Elle remonta d'un coup sec la fermeture Eclair de son vêtement et se retourna, s'approcha de moi, les muscles bandés, telle une panthère s'apprêtant à bondir.

Je me ramassai sur moi-même, prêt à me défendre.

— N'essaie pas, prévins-je. Moi aussi, je connais cette technique.

— Espèce de petit salaud, je t'ai dit de foutre le camp ! siffla-t-elle en crachant ses mots chargés de colère.

— Jasmine, je dois impérativement te parler. Quelqu'un essaie de te coller deux meurtres sur le dos.

— Et ce quelqu'un, devine : il est dans cette pièce, juste devant moi. Ainsi tu as deux meurtres, maintenant ? Eh bien, tu n'as pas perdu ton temps, aujourd'hui : tu en as ajouté un à ta collection depuis cet après-midi.

— Ecoute-moi, je t'en conjure.

— Non, je n'écouterai pas. Tu as déjà assez causé de dégâts comme ça. Ma tournée est fichue. Plus personne ne me sollicitera, maintenant que ça a foiré à la Westcoast. Je suis grillée, finie. Tu es content ?

— Non, je ne suis pas content. Il y a quelqu'un après toi, Jasmine. Qui est-ce ?

— Après moi, est-ce que je sais ? Ils peuvent bien engager qui ça leur chante, je m'en tape !

— Il ne s'agit pas de la tournée, mais de savoir qui t'en veut à ce point et pourquoi.

— Personne.

— Et pourtant, si, il y a quelqu'un. Réfléchis un peu : un ancien petit ami dans les parages, peut-être, avec une femme jalouse ?

— Je te l'ai déjà dit : je ne connais personne de ce genre.

Au moins elle m'écoutait, à présent, elle répondait à mes questions. J'étais quand même parvenu à capter son attention, bien qu'elle continuât de s'habiller.

— Tu te souviens que l'un de tes costumes avait été volé, la première nuit, pendant le montage ?

— Oui, et alors ?

— Nous l'avons retrouvé ce soir dans une poubelle chez Dan Osgood.

— Comment ça ? Je ne comprends pas.

— Dan Osgood, tu vois qui c'est ? (Elle fit signe que oui.) Que sais-tu de lui ?

Elle me regarda avec une expression sarcastique.

— A part le fait qu'il m'a mise entre tes pattes, je suppose ?

— Il a fait bien mieux, dis-je. De tout ce que j'ai pu établir jusqu'à présent, il portait ton costume la nuit où il a retrouvé Richard Dathan Morris près du marché. Il l'a probablement tué, puis il est allé chez Morris et a fait subir le même sort au petit copain.

Jasmine semblait sidérée.

— Il les a tués pendant qu'il portait mes vêtements ?

— Exactement. Pour faire croire que c'était toi.

— Mais je croyais que c'était Morris qui les avait volés ? Alors dans ce cas, pourquoi est-ce un autre qui les utilisait ?

— Là, je ne sais pas encore. As-tu eu des histoires avec quelqu'un travaillant à ton spectacle, Jasmine ? Avec Alan Dale, par exemple, ou bien Ed Waverly ?

— Non, fit-elle en secouant la tête. Pas la moindre.

J'en revins à une question que je lui avais déjà posée, espérant cette fois une meilleure réponse.

— Tu es sûre de n'avoir eu aucune activité extra-professionnelle qui aurait pu causer problème, avec des épouses ou des maîtresses, par exemple ?

— Aucune.

— Et avec les bénéficiaires de billets de faveur ?

Ses traits se durcirent, mais je ne pouvais pas ne pas aborder le sujet.

— Non, répondit-elle avec froideur.

— Au fait, les billets sont-ils utilisés ce soir ?

— Il y a quelqu'un à la place réservée, mais j'ai dit à Ed que c'était terminé pour moi. Si la tournée est finie, la campagne de relations publiques également.

— As-tu vu Dan Osgood par ici, aujourd'hui ?

— J'ai essayé de l'appeler depuis l'hôtel, mais on m'a répondu qu'il n'était pas encore au théâtre. Quand j'y suis arrivée moi-même, je n'ai pas pu le trouver.

— Pourquoi voulais-tu le voir ?

— Pour lui dire ma façon de penser. (Elle secoua la tête.) Mais je ne peux pas croire un truc pareil, ça ne tient pas debout ! Et pour quelle raison, en plus ?

— La drogue, répondis-je, la voilà la raison. Je crois que Morris est tombé sur ce qui est de toute évidence un très important trafic de cocaïne. Ils l'ont éliminé avant qu'il puisse leur nuire.

Elle acheva de lacer sa première botte et leva sur moi un regard incrédule.

— Quelle sorte de trafic ?

— Un réseau de distribution, Jasmine. De la vente à grande échelle. Et je pense qu'ils ont utilisé ta tournée comme couverture.

— Ma tournée ? M'utiliser, moi, utiliser mon nom pour vendre de la drogue ?

Ses traits se durcirent lorsqu'elle me vit confirmer d'un hochement de tête.

— Et c'est en raison de mon passé que tu as imaginé...

— Il n'y a pas que ton passé qui m'ait fichu dedans. Ils ont employé les grands moyens pour faire croire que tu étais impliquée personnellement dans ces deux meurtres.

Elle s'approcha de moi, boitillant légèrement avec sa seule chaussure et s'arrêta à quelques centimètres de mon visage.

— Tu as dit « pour faire croire ». Tu ne me soupçonnes donc plus ?

— Des meurtres ? Non.

— Et pour la drogue ?

— Le jury est encore en train de délibérer.

Son visage se ferma et elle se détourna de moi. Elle attrapa la botte restante et commença nerveusement à l'enfiler. On frappa à la porte.

— Cinq minutes, miss Day.

— Laisse-moi tranquille, me dit-elle d'un air las. Pars et fiche-moi la paix, j'ai un spectacle à assurer.

Lorsqu'elle se pencha pour enfiler la deuxième botte, son décolleté s'ouvrit, faisant brièvement entrevoir des formes, des formes et un souvenir.

— Jasmine, laisse-moi t'aider. Essayons d'aller ensemble au fond de cette affaire.

Ses doigts s'activaient avec les lacets.

— Compte là-dessus, fit-elle, sans même lever les yeux sur moi, tu m'as déjà bien assez aidée comme ça. Ed m'avait prévenue dès le départ qu'au moindre problème, on me faisait sauter.

Quand elle en eut terminé avec sa botte, elle se redressa brusquement et se dirigea vivement, toujours sans me regarder, vers la coiffeuse. Elle prit un pot de maquillage et, d'une main experte, commença à s'affairer par touches sur son visage. Après quoi, elle reposa le pot, rencontrant et défiant mon regard dans le reflet de sa glace.

On frappa de nouveau à la porte.

— Rideau, miss Day.

— Il faut que j'y aille, dit-elle en se levant.

— Un témoin a affirmé que l'assassin avait sa propre clé pour pénétrer chez Morris et Thomas. Je parie ce que tu veux que la clé de cette maison est ici, dans ta coiffeuse ou dans ton sac, ou bien alors dans ta chambre d'hôtel.

Sans un mot, Jasmine ouvrit un tiroir sous le dessus en formica de sa coiffeuse et en sortit un petit sac blanc perlé. D'un geste sec sur le fermoir, elle l'ouvrit et le tint renversé au-dessus de la table.

Il en dégringola tout un fatras de menus objets :

différents tubes de rouge à lèvres, quelques pots de cosmétiques non étiquetés, une lime à ongles, de la petite monnaie, un chéquier et des billets de banque insérés dedans, des mouchoirs en papier ayant déjà un peu servi, et tout un ensemble de reçus de carte de crédit. Il y avait des clés également : une clé d'hôtel toute seule et deux autres porte-clés séparés.

Elle considéra le tas d'objets et fronça les sourcils.

— Ça, ce n'est pas à moi.

— Quoi donc ?

Elle s'apprêta à saisir l'un des porte-clés, une chaînette munie d'une breloque de Greenpeace « Sauvez les Baleines », mais je stoppai son geste.

— N'y touche pas ! ordonnai-je.

Nos regards se croisèrent un instant. Puis elle hocha lentement la tête et laissa sa main retomber à son côté.

On vint de nouveau tambouriner.

— Jasmine, s'impatienta la voix d'Alan Dale, qu'est-ce que tu fabriques ? Il est l'heure, c'est à toi.

— J'arrive, répondit-elle en se dirigeant vers la porte.

— Cinq lettres, lui souhaitai-je.

Elle s'arrêta, la main posée sur le bouton, et se retourna pour me regarder. Toute expression de colère et de rage avait disparu de son visage. Elle m'adressa une ébauche de sourire.

— Tu viens me voir ? demanda-t-elle. Comme c'est mon spectacle d'adieu, je vais me défoncer.

— Ça me ferait plaisir, répondis-je. Si tu n'y vois pas d'inconvénient.

Son sourire s'élargit, mais resta teinté de mélancolie.

— Pas le moindre.

Jasmine Day ouvrit alors la porte. Les membres de l'orchestre tripotaient, accordaient, vérifiaient leurs instruments, faisant du bruit pour masquer l'attente un peu longuette du début de la seconde partie.

Je la regardai prendre une profonde inspiration et

redresser ses fines épaules, lisser de la main le tissu de sa salopette, s'assurer que la perruque était bien en place, remettre son col d'aplomb.

Elle semblait grandir tout à coup, devenir plus imposante. La Westcoast Starlight Productions avait peut-être annulé la tournée, mais dans mon esprit, Jasmine Day restait indubitablement une star jusqu'au bout des ongles. Je la vis s'avancer avec sa grâce féline vers le piano qui, je le savais, l'attendait de l'autre côté de la scène.

A l'aide de mes propres clés, je retournai, sans la toucher, la breloque de Greenpeace. Gravés au dos, le nom de Richard Dathan Morris et son numéro de téléphone. Je pris un sachet protecteur dans la poche intérieure de mon veston et j'y glissai la chaînette. Si jamais il y avait des empreintes dessus, je ne voulais pas risquer de les effacer en trimballant le porte-clés sur moi sans protection. Je finissais de remettre en place tout le contenu du sac de Jasmine lorsque Alan Dale fit irruption dans la pièce.

— On a dit que vous étiez ici. Vous êtes aussi coriace que la vieille carne, vous ! On vous demande au téléphone, alors allez-y et puis foutez le camp d'ici avant que je vous arrange le portrait.

Il m'arracha le sac des mains, le jeta sur la coiffeuse et quitta la loge d'un pas excédé. Je le suivis jusqu'aux coulisses où, près du système de levage du rideau, la lumière clignotante d'un téléphone mural montrait que quelqu'un était en attente sur la ligne.

— Allô ?

— Inspecteur Beaumont ? fit, comme avec soulagement, une voix de femme.

— Lui-même.

— Ne quittez pas, je vous passe Ron.

Il y eut des bruits de frottement à l'autre bout du fil, puis j'entendis Peters.

— Merci, Amy. Beau ?

— Oui, je suis là.

— J'ai appelé partout pour essayer de te joindre. Tu connais la nouvelle ?

— Non, laquelle ?

— La Brigade des Stups a démantelé un énorme trafic de drogue à Los Angeles, cet apès-midi.

— Ah ?

— A la Westcoast Starlight Productions.

— Sans blague !

— Il y a eu quatorze arrestations au siège social et on dit aux infos que seize autres mandats au moins seraient lancés : car bien sûr, ils avaient des ramifications partout dans le pays. La chaîne locale KIRO a diffusé ici un flash spécial à ce sujet il y a une demi-heure environ : quelqu'un doit avoir fait le rapprochement avec le spectacle de Jasmine Day de ce soir, qui est une production de la Westcoast.

— Autant pour moi, fis-je en pensant à Maxwell Cole.

Sur scène, l'orchestre attaquait la musique d'ouverture de la seconde partie. Alan Dale s'approcha de moi.

— Raccrochez ce téléphone. Il ne faut pas parler ici quand le spectacle commence.

— Je dois filer, Ron, dis-je. C'est la fin de l'entracte. Merci du renseignement.

Je raccrochai. Alan Dale s'apprêtait à me faire déguerpir lorsque nous entendîmes des éclats de voix du côté des loges. Le souci du chef machiniste de rétablir le silence sur scène fut plus fort que son désir de m'envoyer balader. Il se dirigea vers l'endroit d'où provenait le bruit et je lui emboîtai le pas.

Bertha Harris, la grosse Bertha, tel un bouledogue gras, faisait front et barrait l'accès des loges à deux hommes bien habillés qui la dépassaient d'une tête.

— Vous pourriez être le pape, disait-elle, que vous n'entrerez pas ici.

— Hé, vous, les interpella Dale, mettez une sourdine. Le spectacle a commencé.

Ils se tournèrent vers nous. Je reconnus immédiatement l'un des deux hommes : Roger Glancy, l'officier de jour qui m'avait emmené chez Wainwright à la Brigade des Stupéfiants de Seattle.

— Qu'est-ce que vous faites ici ? demandai-je.

Il eut l'air surpris de me voir.

— Je pourrais vous poser la même question. Nous sommes venus arrêter Jasmine Day.

— Quoi ? explosa Dale.

Il s'approcha de Glancy et arma un uppercut magistral. J'eus tout juste le temps de retenir son bras et de le tirer en arrière.

— Qui est-ce ? demanda Glancy sur ses gardes. Nous avons des mandats contre Jasmine Day, Dan Osgood et Ed Waverly.

Dale secoua son bras pour le dégager de ma main. Sans un mot, il s'éloigna d'un air furieux.

— Il s'appelle Alan Dale, répondis-je. C'est le chef machiniste.

— Laissons-le, alors : il n'est pas sur la liste.

Glancy reporta son attention sur la grosse Bertha.

— Nous avons un mandat pour perquisitionner dans cet endroit. Alors ou bien vous dégagez le passage, ou bien c'est nous qui vous dégagerons du passage.

Sans piper mot, Bertha fit un pas de côté. Elle en avait assez entendu, elle baissait pavillon. Glancy fit signe à son acolyte en direction des loges.

— Vous ne trouvez pas que vous êtes longs à la détente ? demandai-je. Mon collègue vient de m'appeler : l'affaire est déjà passée à la télé.

Glancy hocha la tête d'un air navré.

— Personne n'a réussi à toucher Wainwright par son indicateur d'appel téléphonique. Il est peut-être dans son avion, hors de portée d'appel. On aurait dû être ici à six heures, mais Los Angeles n'a finalement réussi à me joindre qu'à sept heures. Ensuite, il a fallu faire signer les mandats, ce qui m'a pris du temps.

— Nom de dieu, entendis-je Alan Dale jurer. Voilà que cette saloperie recommence à déconner !

Je me tournai dans sa direction. Il faisait frénétiquement signe à plusieurs machinistes de le suivre sur la scène à l'endroit où se trouvait le plateau d'orchestre : ce dernier s'était arrêté à mi-course et à demi tourné.

Les musiciens continuèrent à jouer pendant que Alan Dale, Ray Holman et le reste de l'équipe se précipitaient pour mettre à la force du poignet le lourd accessoire en position. Depuis les coulisses, je vis Jasmine Day, déjà en place sur le piano sous le feu des projecteurs, attendre silencieusement qu'ils en eussent terminé.

Lorsque le plateau défectueux fut enfin tourné face au public, le chef d'orchestre adressa un petit signe de tête en direction du pianiste et de Jasmine, qui répondit de la même manière qu'elle était prête.

La première chanson fut « Sophisticated Lady ». Je ne me souvenais pas d'avoir jamais entendu les paroles de cet air célèbre, mais elles me touchèrent profondément ce soir-là : je sentis toutes les nuances de la désillusion et de la douleur sortir droit du cœur de Jasmine Day. Elle s'identifiait à cette femme pleurant son amour perdu : elle, c'était son rêve qui s'était brisé.

Personne, à ma connaissance, ne lui avait dit que Roger Glancy l'attendait dans les coulisses avec un mandat d'arrêt contre elle. Mais elle chantait comme si elle en avait la prescience, comme si tout était fini et qu'elle vivait là son dernier envol avec un public. Son chant était magique, j'étais pris sous le charme, le charme des yeux et le charme de l'oreille.

Roger Glancy, lui, semblait totalement imperméable à

ce genre de considération. Au milieu de la deuxième chanson, il me tira par la manche et me montra les loges.

— Inspecteur Beaumont, chuchota-t-il, venez donc voir un peu ça.

CHAPITRE 21

Une immense malle était ouverte et vide dans la loge de Jasmine, son contenu tout éparpillé sur le sol. J'étais certain de ne pas l'y avoir vue la veille au soir. Sans doute s'y trouvait-elle déjà tout à l'heure lorsque j'étais venu parler à Jasmine pendant l'entracte, mais je ne m'en souvenais pas : j'avais alors d'autres préoccupations en tête.

Glancy me fit signe d'approcher. Je regardai dedans et vis qu'on avait ôté un double fond qui était appuyé contre l'extérieur de la malle. A première vue, le vrai fond semblait recouvert d'un grand plastique transparent. Mais un examen plus attentif révélait qu'il s'agissait en fait de pains d'une matière blanche, enveloppés dans du plastique, qui emplissaient toute la surface intérieure. Des pains de cocaïne, bien sûr, et rangés si serrés qu'on n'aurait pu y glisser une pièce de cinq *cents* dans les interstices.

— Il y en a trois épaisseurs, précisa l'autre agent des Stups à Glancy. A mon avis, ça va bien chercher le million de dollars, tout ça.

Un troisième homme fit irruption dans la pièce.

— On a chopé Waverly, annonça-t-il, il était dans le hall. Mais pas trace de Osgood nulle part. Il paraît qu'il n'est pas venu à son travail aujourd'hui.

— C'est bon, fit Glancy avec un hochement de tête. Gardez Waverly à l'ombre dans une des loges.

— La police municipale a déjà lancé un avis de recherche général à l'encontre de Osgood, leur dis-je. Nous aussi, nous sommes après lui. On a ratissé l'aéroport et fouillé sa maison, mais sans résultat pour l'instant.

Glancy se retourna vers ses hommes.

— Que deux d'entre vous restent avec Waverly et que les autres bloquent toutes les issues possibles. (Puis, s'adressant au policier qui avait fouillé la loge :) Dick, allez attendre de l'autre côté de la scène. Moi, je reste ici. Et faisons gaffe qu'elle ne nous file pas entre les doigts.

— Très bien, acquiesça Dick en disparaissant par la porte.

— Un instant, dis-je. (Glancy se tourna vers moi, croyant que je lui parlais ; je m'adressais en fait à la grosse Bertha qui nous avait suivis jusque dans la loge.) D'où vient-elle cette malle ? Je ne l'ai pas vue là, hier soir ?

Elle chercha ses mots en bafouillant. Sa poitrine se soulevait comme si elle respirait avec difficulté, à tel point que je redoutais pour elle la crise cardiaque.

— On nous l'amène toujours dans la loge à la dernière représentation. Comme ça, nous pouvons commencer à tout réemballer dès la fin du spectacle.

— Et où se trouvait-elle avant d'être dans la loge ? demandai-je.

— Là-bas dans la pièce commune, fit-elle en tendant le bras.

— Fermée à clé ?

— Oui.

— C'est la malle personnelle de Jasmine ?

— Non, personne n'a de malle personnelle ici.

Je me tournai vers Glancy.

— Vous voyez, ce n'est pas sa malle.

— Et alors, qu'est-ce que ça prouve ? fulmina-t-il. Elle

est bien dans sa loge en ce moment, non ? On a vu son nom sur la porte en entrant.

— C'est un coup monté contre elle, insistai-je, j'en suis convaincu.

Glancy me regarda en secouant la tête.

— Vous peut-être, mon vieux, mais pas moi. Et le juge qui a signé ce mandat non plus, d'ailleurs. Elle est dedans jusqu'au cou.

— Oui, mais... commençai-je.

— Il n'y a pas de « mais », inspecteur Beaumont. On va arrêter la petite dame dès qu'elle sortira de scène.

Il quitta la pièce, me laissant seul avec la grosse Bertha.

— Qui a la clé de cette loge ? demandai-je.

Elle me considéra un instant d'un air soupçonneux, comme si elle redoutait que je l'accuse à son tour.

— Ecoutez-moi, fis-je. Quelqu'un est en train de jouer un vilain tour à Jasmine Day. Il faut absolument que j'arrive à découvrir ce qui se passe.

— Moi j'ai la clé, se décida-t-elle enfin à dire. Alan Dale et Ed Waverly en ont chacun une. Et puis il y a aussi le type du théâtre, là, ce Dan Osgood, qui a un passe.

— Quand êtes-vous arrivée ici ?

— A six heures juste.

— Et la malle était déjà là ?

— Oui. J'ai d'ailleurs trouvé ça un peu bizarre, mais je n'ai pas eu le temps d'en parler à Alan. Et puis ça ne paraissait pas si important que ça.

— Qui est-ce qui l'apporte, d'habitude ? demandai-je. Avez-vous vu quelqu'un ?

— Non, répondit-elle en secouant la tête. En général, c'est un aide-machiniste qui le fait, mais je ne sais pas lequel.

— En tout cas, c'est quelqu'un de suffisamment rusé pour faire en sorte qu'elle soit dans la loge quand les Stups débarqueraient avec leur mandat de perquisition, remarquai-je à voix haute, davantage pour moi-même que pour Bertha.

— Alors vous pensez que c'est une machination contre elle ? fit cette dernière.

— J'en suis sûr. Et ils ont prévu les moindres détails.

Une salve d'applaudissements éclata soudain dans la salle, indiquant la fin d'une chanson. Je me précipitai hors de la loge et vis Alan Dale, seul, en coulisses. Je m'approchai de lui, le pris par le bras et l'entraînai à l'écart pour pouvoir lui parler tranquillement.

— Est-ce vous qui avez apporté la malle de costumes dans la loge de Jasmine ? demandai-je.

— Non.

— Savez-vous qui l'a fait ?

— Non. Un des aide-machinistes, probablement, juste après l'entracte.

— Et si je vous disais que précisément aujourd'hui quelqu'un l'a amenée avant six heures, avant même que Jasmine et Bertha n'arrivent au théâtre ?

— Je répondrais que ce quelqu'un savait pertinemment ce qu'il faisait.

— Et si je vous disais maintenant qu'il y a pour un million de dollars de cocaïne dans le fond de cette malle ?

— Vous vous foutez de moi ?

— C'est pourtant la vérité. Vous voulez voir par vous-même ? (Il secoua la tête.) Or comme les gars des Stups ont trouvé tout ça dans sa loge, ils vont épingler Jasmine à moins que nous ne trouvions qui l'a placée là.

Alan Dale tourna lentement la tête de mon côté, me dévisageant d'un regard pénétrant.

— Vous voulez dire que vous ne croyez pas à sa culpabilité ?

— Non, c'est un coup monté contre elle. Seulement, je ne sais pas par qui.

— Attendez ici, ordonna-t-il.

Je ne fis pas exactement ce qu'il m'avait dit. Je sortis du

secteur des loges et m'avançai suffisamment pour voir Jasmine sur scène et pour entendre la musique. J'aperçus dans la pénombre Alan Dale qui allait silencieusement de l'un à l'autre des membres de l'équipe technique et qui leur chuchotait quelques mots. Je vis Roger Glancy qui, sur le côté, attendait patiemment avec un de ses hommes. Mais j'étais surtout sous l'empire de Jasmine Day et de sa musique.

Profitant d'une nouvelle salve d'applaudissements, elle vint en coulisses prendre son tabouret en bois. Glancy fit un mouvement comme pour aller lui mettre la main au collet, mais Alan Dale, surgi de nulle part, l'arrêta net. Lorsque les applaudissements se turent, Jasmine était sous les projecteurs, assise sur le tabouret au milieu de la scène.

Un silence total s'établit dans l'auditoire lorsqu'elle approcha le micro de ses lèvres.

— D'abord, commença-t-elle, je veux vous remercier d'être un public aussi merveilleux ce soir. J'ai éprouvé un immense plaisir à être avec vous et je crois que, de votre côté, vous avez apprécié le spectacle.

De nouveaux applaudissements commencèrent à crépiter, mais Jasmine leva une main pour les arrêter.

— Tout au long de cette tournée qui a marqué mon retour à la scène, j'ai tenu à prélever un peu du temps de chaque concert pour expliquer aux gens ce que j'ai vécu au cours de ces dernières années, comment je me suis esquintée avec la drogue et comment, grâce au centre de traitement de Betty Ford, Rancho Mirage, j'avais finalement réussi à me remettre sur de bons rails. Mais ce soir, j'ai encore quelque chose de plus à dire.

« Ed Waverly, mon directeur, a reçu cet après-mi un message de son grand patron en Californie : ma tournée prend fin aujourd'hui. Nous aurions dû aller à Vancouver, en Colombie britannique, demain soir. Au lieu de cela, nous allons devoir boucler nos valises et rentrer.

Un grondement désapprobateur enfla parmi le public. Jasmine sourit.

— Merci, dit-elle, cela me va droit au cœur. Mais je veux vous expliquer ce qui a provoqué cette annulation. Le public, que ce soit ici ou dans d'autres villes, a réservé un accueil extraordinaire à ce spectacle. La véritable raison d'une telle décision, c'est que ceux qui financent l'opération ont peur, peur de moi et de ma réputation. Dès le départ, ils n'étaient pas très chauds pour engager quelqu'un qui avait un passé comme le mien. Je représentais trop de risques pour eux. Et dès le départ on m'a dit que s'il y avait ne serait-ce que l'ombre d'un problème, on me laisserait tomber comme une pestiférée.

« Eh bien mes amis, il y a un problème et on m'a laissé tomber. Pendant les quelques jours à venir, je suis sûre que vous allez entendre tout un tas de bruits circuler sur mon compte. Il est certain que quelqu'un faisant partie du spectacle a vendu de la drogue, et les instances dirigeantes sont persuadées que je fais partie de la combine. C'est absolument faux, mais je n'ai pas le pouvoir de les faire changer d'avis. Pour eux, toxico un jour, toxico toujours.

« Ce soir est donc mon concert d'adieu. Beaucoup d'entre vous ignorent sans doute que j'ai débuté comme soliste à l'Eglise des Premiers Baptistes de Jasper, au Texas. Je m'appelais Mary Lou Gibbon, à l'époque, et mon plus grand désir était de quitter Jasper et de n'y plus revenir. Eh bien à présent, j'aurais plutôt envie d'y retourner.

« Dans les jours à venir, donc, quand vous entendrez tous ces racontars, quand vous lirez ces histoires qu'on écrit pour faire vendre les journaux, j'aimerais que vous vous rappeliez mes paroles.

Une légère pointe d'accent du Texas s'était soudain glissée dans son élocution. Cela lui allait à merveille.

— Inutile pour moi d'essayer de faire taire ces rumeurs, les mensonges ont la vie dure. Mais je tiens à vous dire tout de suite que j'ai laissé tomber la drogue il y a deux ans et que je n'y ai jamais retouché depuis. Et aussi que je préférerais mourir plutôt que d'en vendre et de plonger les autres dans cet abîme infernal d'où il m'a fallu ces deux dernières années entières pour ressortir. Et quoi qu'on en dise également, je n'ai participé à aucun meurtre non plus.

« Alors ce soir, je voudrais que vous m'aidiez tous à dire au revoir à Jasmine Day, qu'on la juge bonne ou mauvaise.

Elle leva le bras et tira sur la perruque blonde, l'ôtant comme une deuxième peau, puis la jetant vers le côté de la scène où Alan Dale la réceptionna. Elle se frotta le dessus du crâne.

— Et voilà, s'esclaffa-t-elle. Pas si mal, après tout, hein ?

Quelques éclats de rire nerveux fusèrent dans l'immense salle, mais la plus grande partie de l'auditoire resta silencieuse.

— C'est Jasmine Day qui a commencé ce dernier concert, poursuivit-elle, mais c'est Mary Lou Gibbon qui va le clôturer. (Elle se tourna pour glisser quelques mots au pianiste qui répondit par un signe de tête d'assentiment, puis elle pivota de nouveau sur son tabouret pour faire face au public.) Les deux chansons que je vais interpréter maintenant sont hors programme. L'orchestre pourrait donc ne pas les connaître, aussi les accompagnerons-nous au piano seul. Ce sont des titres que Mary Lou Gibbon avait l'habitude de chanter, là-bas à Jasper.

Le silence le plus absolu régnait maintenant dans la salle. Pas une toux, pas un mouvement, pas le moindre raclement de gorge. Le pianiste plaqua un accord, puis la voix argentine de Jasmine s'éleva dans l'auditorium, l'emplissant des harmonies d'un vieux gospel : « C'est toujours avant l'aube que la nuit est la plus noire. » Lorsqu'elle eut terminé, le même silence régnait, les gens ne sachant s'ils devaient applaudir ou pleurer.

Mon regard se porta par hasard sur Alan Dale à ce moment-là. Il semblait avoir reçu une poussière dans l'œil. Tout comme moi, d'ailleurs. Et au-delà du rideau, il ne devait pas non plus y avoir beaucoup de monde aux yeux secs.

Avant même que le public ait eu le temps de se ressaisir, le pianiste attaqua un autre chant. Jasmine prit le tabouret par un pied et le lança en dehors de la scène. Comme s'ils avaient répété ce numéro depuis des années, Alan Dale le rattrapa d'une seule main.

— Celui-ci, vous le connaissez tous, annonça-t-elle dans le micro, alors vous pourrez le reprendre avec moi : « Mets ta main dans la main de l'homme qui a apaisé les eaux. »

Au second couplet, l'orchestre se joignit à elle ; au troisième, le public, debout, chantait et battait la mesure. Le bruit devait faire trembler les énormes lustres en cristal qui pendaient au plafond.

Je n'avais jamais été trop versé sur Billy Graham ou Jerry Falwell, et je n'avais jamais non plus assisté à un spectacle de rétrospective de chansons anciennes. Mais ce soir-là, le Théâtre de la Cinquième Avenue eut le coup de foudre pour Jasmine Day. Je me sentis véritablement régénéré. Lorsque la musique s'arrêta enfin, ce fut un tonnerre d'applaudissements.

L'ovation debout ne cessant pas, Jasmine revint sur le devant de la scène et reprit un dernier refrain. Même après cela, il y eut encore trois rideaux. Au moment où elle sortit de scène pour la deuxième fois, Alan Dale voulut s'avancer à sa rencontre, mais Roger Glancy s'interposa au passage.

Il avait attendu à côté du rideau, les menottes ouvertes.

— Je suis Roger Glancy, de la Brigade des Stupéfiants, annonça-t-il. Miss Day, j'ai un mandat d'arrêt contre vous pour recel et vente de cocaïne.

Elle soutint son regard.

— Je m'appelle Mary Lou Gibbon, dit-elle. Vous n'avez pas mentionné les deux meurtres. C'est un oubli ?

— Les affaires criminelles, ça n'est pas mon rayon, miss, mais le sien.

Il se tourna vers moi d'un air interrogateur. Je secouai la tête, sans un mot. Il n'y avait rien à dire. Rien.

Lorsque les menottes se refermèrent en claquant autour des poignets de Jasmine, Alan Dale ne put se contenir. Le voyant se précipiter vers Glancy, je m'interposai avant qu'il ne commette l'irréparable.

— Calmez-vous, ordonnai-je. Ce n'est pas comme ça que vous l'aiderez.

— Mais ils n'ont pas le droit de faire ça ! C'est une machination, vous l'avez dit vous-même !

— Ils en ont le droit, ils le font.

Dale essaya de me repousser hors de son chemin, mais Jasmine mit un terme définitif à ses tentatives.

— Laisse tomber, Alan. Ça ira, je m'en tirerai.

Dès lors, il se tint tranquille. Pendant ce temps, l'autre policier, le prénommé Dick, avait traversé la scène. Il prit Jasmine par le bras et l'emmena.

— Conduisez-la dans sa loge, ordonna Glancy. Nous attendrons là que la foule se disperse. Waverly est dans une autre loge. Je ne tiens pas à ce qu'on essaie de les sortir du bâtiment avant que tout soit calme, au-dehors. Si on le faisait maintenant, on risquerait de provoquer une émeute.

Dick ramena Jasmine à sa loge. Elle marchait tranquillement sans opposer la moindre résistance.

Alan Dale voulut les suivre, mais je le retins.

— Alors, qui a placé la malle ? demandai-je.

— Ils ont tous nié.

— Tous ?

— Tous sans exception, ces salopards. Le jour où je mettrai la main dessus, je le démolirai, ce salopard.

Sentiments que je partageais entièrement.

CHAPITRE 22

Il y eut du remue-ménage en haut des marches d'accès à la scène lorsque l'Officier Chef de Secteur B. W. Wainwright fit son apparition d'un pas martial. Il rejoignit directement l'endroit où tout le monde s'était rassemblé.

— Qu'est-ce qui se passe ici ? demanda-t-il. Où est Glancy ?

— Dans les loges, derrière la scène, lui répondit quelqu'un. Deux suspects y sont enfermés : la femme et Ed Waverly.

— Parfait, dit Wainwright avec un hochement de tête approbateur. Où est l'autre euh... Osburn, c'est ça ?

— Osgood, corrigea l'agent des Stups qui le mettait au courant. Nous ne savons pas où il se trouve. Il n'est pas venu travailler aujourd'hui et ce gars-là (il fit un geste me désignant) affirme que la police municipale a déjà émis un avis de recherche général à son encontre.

Wainwright regarda dans ma direction.

— Bonjour, inspecteur Beaumont. Comment va l'enquête ?

— Difficile à dire.

Wainwright se dirigea vers les loges, je le suivis. Dès qu'il vit son supérieur, Glancy parut grandement soulagé.

— Heureux de vous voir, patron, dit-il. Los Angeles m'a prévenu qu'on ne pouvait pas vous joindre sur votre indicateur d'appel téléphonique. On a mis Jasmine Day dans une loge et Waverly dans l'autre.

Le chef de secteur jeta un coup d'œil vers les deux portes fermées.

— Il y a quelqu'un là-dedans avec eux ?

Glancy adressa un signe de tête à Wainwright qui faisait les cent pas.

— Je me demande vraiment ce qu'ils ont dans le crâne, là-bas à Los Angeles, fulmina ce dernier. Ils sont complètement tombés sur la tête pour organiser une opération de ce genre sans nous en aviser à l'avance. J'étais en vol. J'ai eu le message dès mon atterrissage et j'ai rappliqué aussitôt. Mais tout semble avoir été bien maîtrisé : bon travail, Glancy. (Il se tourna vers moi.) Avez-vous une idée de ce qu'a pu devenir Osgood, inspecteur ?

— Non, répondis-je. Nous avons interrogé sa femme qui nous a appris qu'il avait quitté la maison. Je crains qu'il n'ait aussi quitté la ville, d'ailleurs. Nous avons posté des hommes à l'aéroport et averti la douane à Blaine au cas où il essaierait de filer par là.

— Parfaitement raisonné.

Quelqu'un me tapota sur l'épaule. Je me retournai et vis Bertha Harris juste derrière moi.

— J'ai à vous parler, chuchota-t-elle.

Je la suivis donc et nous quittâmes la pièce.

— Elles sont toutes pareilles, dit-elle aussitôt que la porte se fut refermée.

— Quoi donc ?

— Les autres malles. Elles ont toutes un double fond.

— Plein ou vide ?

— Je ne sais pas, je n'ai pas regardé.

Nous examinâmes trois malles, l'une pour les costumes et les deux autres pour les instruments. Bertha avait raison : chacune était équipée d'un double fond, mais vide.

Alan Dale nous avait suivis. Il se gratta la tête d'un air perplexe.

— Comment ai-je pu être aussi stupide, bon Dieu ? Tout ce trafic a dû se faire depuis le début de la tournée et je n'y ai vu que du feu !

Furieux, il enfonça ses mains dans ses poches et s'éloigna vers le bord de la scène. Je l'y rejoignis.

— Qu'allez-vous faire maintenant ? demandai-je.

Il haussa les épaules.

— Autant commencer le démontage, dit-il. Je ne sais pas où ils vont emmener le matériel ni ce qu'ils comptent en faire, mais il faut que je le sorte d'ici : je ne peux pas faire bosser les aide-machinistes toute la nuit. (Il jeta un coup d'œil autour de lui.) Tiens, au fait, où est Ray ?

— Ray Holman ? fis-je. Il n'est pas ici ?

— Non. Il ne savait pas qu'on commencerait si tôt, alors il est peut-être sorti se taper une bière. (Il se tourna vers son équipe.) Allez, les gars, occupons-nous de tout ce bazar. On commence par le plateau d'orchestre.

L'absence de Ray Holman m'ennuyait beaucoup plus qu'elle ne semblait préoccuper Alan Dale. Je retournai à la loge d'où Wainwright dirigeait la manœuvre.

— Vous devriez envoyer quelqu'un examiner le reste des malles, dis-je. Je crois qu'elles ont toutes un double-fond.

Glancy et Dick en furent chargés. Je regardai la porte close de la loge de Jasmine. Je savais qu'elle était à l'intérieur, j'aurais voulu aller lui parler, la rassurer, lui dire de ne pas s'inquiéter, mais je pensais avoir mieux à faire que cela. Quelques instants plus tard, Alan Dale revint et frappa à l'entrée de la salle commune.

— Inspecteur Beaumont, vous pourriez venir par ici une minute ?

— Qu'y a-t-il ? demandai-je tandis que nous nous éloignions des loges.

— Je vais vous montrer quelque chose.

— Quoi donc ?

— Venez, vous verrez.

Il me conduisit vers le fond de la scène, à l'endroit où le pivot central qui soutenait le plateau d'orchestre ressortait comme souche creuse du plancher surélevé de la scène. Le plateau d'orchestre lui-même avait été enlevé et posé à côté, plusieurs aide-machinistes s'occupant à le démonter.

— Vous avez l'estomac bien accroché ? demanda-t-il en me tendant une torche électrique.

— Ça va, il est costaud, répondis-je. Pourquoi ? Qu'est-ce qu'il y a ?

— Glissez-vous là-dessous et regardez.

Je me mis à quatre pattes et rampai le long du rail. Dès que j'eus passé la tête sous l'estrade, je fus assailli par une odeur caractéristique d'excréments humains, de sang et de mort. Le plancher surélevé jouant en quelque sorte le rôle de caisson, l'avait empêchée de se répandre. Je n'eus pas besoin d'aller plus avant pour savoir qu'il y avait un cadavre là-dessous. Je dirigeai le faisceau lumineux de la lampe le long du rail et vis la forme d'une chaussure d'homme. Je rampai à reculons pour me relever. Alan Dale, debout, m'attendait.

— Qui est-ce ? demandai-je.

— Je ne sais pas. Je suis ressorti dès que j'ai vu la chaussure.

— Moi aussi. Bon, il faut que j'appelle au bureau. Ils vont devoir envoyer toute une équipe ici.

— Utilisez le téléphone des coulisses. Vous savez où il se trouve.

Je me dirigeai vers l'appareil, suivi par le chef machiniste.

— J'ai l'impression qu'il est coincé dans l'engrenage de la vis sans fin, dit-il. C'est à peu près à cet endroit que le plateau sortait du rail. Est-ce qu'on ne devrait pas essayer de le tirer de là ?

— Non, il est bien trop tard, répondis-je. Il est mort, il

n'y a pas le moindre doute. On ne peut pas toucher au corps sans que le service du docteur Baker, le médecin légiste, et les spécialistes du laboratoire criminel soient présents. Pensez-vous que ça puisse être Ray Holman ?

— C'est possible, répondit Alan Dale.

Je composai le numéro direct du Sergent Lowell James, ne voulant pas perdre de temps à passer par le standard de la police.

— Allô Sergent ? C'est Beau, à l'appareil.

— Pas trop tôt ! Voilà plusieurs fois que les brigades de surveillance des stationnements appellent pour se plaindre. Il paraît que ça fait plus de deux heures que votre voiture de service est garée n'importe comment devant le théâtre avec ses feux de détresse.

— Précisément, rétorquai-je : il y a détresse. Et urgence, même.

— Depuis deux heures ?

— Ecoutez, Sergent : voulez-vous que je vous fasse rapport sur un nouvel homicide, ou allez-vous continuer à me faire la morale sur les stationnements interdits ?

— Quel homicide ? fit-il d'un ton sec.

— Ça surpasse tout : on a trouvé un cadavre non identifié sous le plancher de la scène du Théâtre de la Cinquième Avenue. D'autre part, les Stups sont ici : ils ont déjà arrêté deux personnes pour trafic de drogue et sont à la recherche d'une troisième.

— Les Stups ? Comment ont-ils été mis sur le coup et pourquoi n'a-t-on pas été avisés ?

— Sergent, pourriez-vous plutôt me donner un coup de main ? Appelez le Service du docteur Baker et contactez le labo. On s'occupera de toute cette connerie de paperasserie plus tard.

— D'accord, fit-il, je m'en charge.

Vingt minutes plus tard, le Sergent James et moi attendions à l'arrière de la scène du Théâtre de la Cinquième Avenue lorsque le docteur Baker, avec la même jeune photographe dans son sillage, nous rejoignit en haletant, la cravate desserrée autour de son col ouvert, ses cheveux blancs tout ébouriffés.

— Allons, voyons ça, dit-il. Qu'est-ce qui nous arrive ici ?

— Il y a un cadavre sous le plancher de la scène, expliquai-je. Nous l'avons laissé tel quel en vous attendant.

Il se dirigea vers l'arrière de l'estrade et examina l'espace entre le bois et le sol : il n'avait aucune chance de pouvoir y glisser sa forte corpulence.

— Il faut me dégager ce truc, ordonna-t-il. Combien de temps pour démonter ?

— Pour démonter le tout ?

— Non, juste assez pour y voir clair.

— Bon, une dizaine de minutes, répondit Dale, si je n'ai qu'à ouvrir un regard au-dessus du rail.

Afin de se faire aider dans cette tâche, il se dirigea vers l'équipe des aide-machinistes qui, désœuvrés, s'étaient rassemblés en groupe et parlaient à voix basse à l'autre bout de la scène. Baker l'arrêta aussitôt.

— Non, vous seulement, expliqua-t-il. Pas d'empreintes inutiles.

— Ça va prendre beaucoup de temps, alors.

— Tant pis, fit Baker. Ça vaut le coup.

Alan Dale prit une petite perceuse-dévisseuse à piles dans sa cartouchière à outils et se glissa sous le plancher. Nous entendîmes le léger ronflement de l'outil qui débloquait les boulons. Pendant ce temps, Baker revint lentement vers nous.

— Je ne comprends vraiment pas pourquoi vous n'avez pas eu la présence d'esprit de défaire ce plancher en m'attendant. C'est pas possible de se glisser là-dessous.

Je parvins tout juste à réprimer le flot des remarques aigres-douces qui se bousculèrent à mes lèvres scellées. Dans l'absolu, il n'avait pas tort : nous aurions logiquement dû demander à Dale d'enlever le plancher avant qu'il arrive. Seulement j'avais depuis trop longtemps travaillé avec Baker pour ne pas savoir que cela l'aurait tout autant foutu en rogne. Nul ne peut avoir l'heur de plaire au docteur Baker en plein milieu de la nuit. Il était donc bien préférable de lui laisser prendre la décision une fois sur place, même si cela entraînait un retard de trois quarts d'heure.

Après quelques longues minutes, Dale réussit à soulever le coin d'une portion de plancher.

— Que quelqu'un vienne enlever ça, dit-il.

Deux aide-machinistes s'approchèrent avec grande répugnance. Tous ceux qui étaient encore dans le théâtre savaient à présent qu'un cadavre était dissimulé sous le plancher de la scène et personne n'était enthousiasmé à l'idée de le mettre à découvert.

Baker demanda aux aide-machinistes de déposer la portion de plancher contre le mur de derrière. Quelques minutes plus tard, la même opération se répéta. Au fur et à mesure que l'ouverture s'agrandissait, la puanteur devenait de plus en plus prononcée. Il n'y a que dans les films que les gens meurent avec la bouche et les yeux clos, que la mort est un processus propre, inodore et indolore.

Lorsque le dernier morceau de plancher fut ôté, Alan Dale émergea et se précipita vers la porte de sortie, à l'autre bout de la scène pour aller respirer un peu d'air frais. Je ne me serais pas fait prier pour aller le rejoindre.

Imperturbable, le docteur Baker s'assit sur le plancher, descendit par un petit saut dans l'ouverture et fit signe à la photographe de le suivre. Le visage de la jeune femme se décomposa, mais elle ne s'en glissa pas moins dans l'ouverture à la suite de son patron. Quelques instants plus tard, quelques éclairs de flash nous indiquèrent par intermittence qu'elle accomplissait sa tâche.

Le Sergent James, le Chef de Secteur Wainwright et moi-même nous approchâmes du bord. L'horreur, l'horreur insurpassable. C'était Dan Osgood. On pouvait reconnaître son visage, et c'était tout.

L'axe de transmission par vis sans fin, tournant dans son rail comme la spirale centrale d'un hache-viande électrique, avait poussé le corps vers l'avant et l'engrenage avait taillé dans les chairs. Le corps avait fini par venir buter contre deux entretoises qui soutenaient le plancher de part et d'autre du rail. Sous l'effet de la poussée, le corps ainsi coincé avait offert suffisamment de résistance pour faire sauter l'engrenage.

C'était une mort affreuse, atroce. Le docteur Baker se hissa hors du trou et remonta sur le plancher en secouant sa tête hirsute.

— Pourquoi n'a-t-il pas essayé de se sortir de là? demandai-je.

— Il avait les pieds et les mains liés, répondit-il. En plus, il devait être complètement inconscient.

— Drogué ?

— Ça m'en a tout l'air.

La photographe sortit à son tour du trou. Elle avait le visage cireux, sous la lumière crue de la scène, mais ne montrait aucun autre signe de faiblesse.

— J'ai fini, docteur Baker, dit-elle au passage en allant se mettre à l'écart.

— On m'a dit que le corps avait été identifié de façon formelle, fit Baker au Sergent James. Est-ce exact ?

Le Sergent me sollicita du regard.

— Qu'en pensez-vous, Beau ?

— C'est bien Dan Osgood, confirmai-je. Au fait, sa femme est encore chez nous ?

— Non, précisa James. Je l'ai envoyée en taxi chez sa mère il y a environ une heure.

— C'est donc vous qui travaillez sur cette affaire ? me demanda Baker.

Ce fut le Sergent qui répondit à ma place.

— Non, Beau et Al ont déjà suffisamment de boulot sur

les bras. (Il se tourna vers le Chef de Secteur des Stups.) Wainwright, seriez-vous d'accord pour que cette enquête soit menée conjointement par nos services ? (Celui-ci accepta de la tête.) Parfait, donc. Vous travaillerez avec les inspecteurs Andress et Cunningham ici présents. J'assurerai la liaison entre vous et les inspecteurs affectés par équipes de deux à chacun des deux homicides liés à l'affaire. Je crois que c'est la meilleure façon de procéder.

— Moi aussi, acquiesça Wainwright. Bon, est-ce que la foule s'est dispersée, dehors ?

— A peu près. Il reste des journalistes qui rôdent, mais c'est tout.

Il fut convenu que Jasmine et Waverly seraient emmenés chez nous pour être inculpés et interrogés. Je regardai Roger Glancy faire sortir Jasmine de sa loge. Afin d'éviter les journalistes, on fit passer les prisonniers par la porte latérale qui donnait sur le Skinner Building, cette même porte par laquelle Dan Osgood m'avait conduit dans le théâtre pour la première fois l'après-midi précédent. Cela semblait faire des lustres.

Jasmine sortit la tête haute. Waverly, par contre, avait un air de chien battu. Lorsqu'ils furent partis, je cherchai Alan Dale. Il était assis dans la pièce commune près des loges et ne paraissait guère dans son assiette. La tête plongée dans ses mains, il était l'image même du désespoir.

— Elle est partie ? demanda-t-il.

— Oui, fis-je. Ne vous inquiétez pas pour elle. Nous la ferons libérer sous caution.

— Nous ?

— Absolument. Tout ce dont on peut l'accuser, c'est de recel.

— Et moi ? fit-il.

— Quoi donc, vous ?

— C'est moi qui l'ai tué, puisque c'est moi qui ai actionné le mécanisme.

— Mais vous ignoriez qu'il était là-dessous, n'est-ce pas ?

— Bien sûr, seulement je me souviens avoir senti une drôle d'odeur pendant la seconde partie du spectacle. Je n'avais pas le temps d'aller y voir. J'aurais dû, peut-être qu'il n'était pas encore mort.

— Vous n'avez rien à vous reprocher, Alan. Il était déjà mort, croyez-moi.

— Vous êtes certain que c'est Osgood ?

— Absolument. Le mécanisme lui a broyé le corps, pas le visage.

— On l'a retiré de là-dessous ?

— Pas encore. Ce genre de chose prend du temps, vous savez.

— Et vous arrivez à faire ce métier ?

— Oui, c'est mon quotidien.

Je le quittai et sortis pour chercher Ray Holman, mais en vain. Au lieu de cela, je rencontrai la photographe, assise en solitaire au milieu des sièges du premier rang. Tout comme Dale, elle semblait lasse, au bord du malaise.

— Vous songez à changer de branche ? demandai-je.

— L'idée m'en est venue, oui.

— A moi aussi, dus-je admettre.

CHAPITRE 23

Je proposai à la jeune photographe de la reconduire chez elle. Pour une fois, je ne fus ni rabroué ni contrecarré dans mon désir de me montrer prévenant et courtois. Lorsque nous sortîmes du théâtre, ma voiture de service était toujours là, feux de détresse en action. Le moteur démarra à la première tentative. Il y a des jours comme ça où tout marche bien.

Nous ramenâmes donc la voiture à l'immeuble de la Sécurité Publique. J'appelai le Sergent James depuis le garage et lui expliquai que je me sentais vidé, que je ferais tout le travail de paperasse le lendemain. Permission accordée. Je sortis ensuite ma Porsche du parking ouvert jour et nuit de James Street et nous prîmes le chemin de la maison.

La jeune femme s'appelait Nancy Gresham. Je n'avais rien avalé depuis longtemps. Depuis si longtemps, en fait, que je commençai à trouver appétissant le souvenir du plateau du petit déjeuner avorté que Jasmine et moi avions laissé intact sur la table de ma salle à manger.

Comme Nancy habitait un appartement au nord de Queen Anne Hill, nous nous arrêtâmes tout naturellement au Doghouse pour nous restaurer un peu. C'est l'un des avantages d'être un adepte de ces boîtes ouvertes vingt-quatre heures sur vingt-quatre : elles peuvent toujours vous accueillir quand vous en avez besoin.

— On dirait que vous fréquentez souvent cet endroit, remarqua Nancy lorsqu'elle vit que tous, du cuisinier au plongeur, me saluaient par mon nom.

— Ça vaut mieux que de faire la cuisine soi-même, expliquai-je.

La serveuse vint prendre notre commande. Elle sourit devant l'insistance de Nancy Gresham pour faire établir deux additions séparées. Moi aussi, d'ailleurs.

Je me croyais affamé. Mais lorsque la nourriture arriva, je ne fis que chipoter dans mon assiette sans rien manger véritablement. J'avais une boule de plomb dans l'estomac que je ne pouvais ni éliminer, ni expliquer, et qui interdisait toute ingestion. Je ne devais pas être spécialement rigolo, ce soir-là.

— On m'a dit que le mort, là-bas au théâtre, était le suspect que vous recherchiez dans ces deux autres affaires de meurtre, celle de la voie ferrée et celle de Capitol Hill, dit-elle au moment du café. Ainsi cette nuit, vous avez réussi à refermer deux dossiers d'un seul coup. Les félicitations doivent être de mise, non ?

— Je n'ai pas trop l'esprit à me réjouir, répondis-je sur un ton maussade.

— Pourquoi donc ?

— Parce qu'il y a quelque chose qui ne colle pas du tout. Ça coince quelque part et je ne sais pas où.

— Peut-être vous sentez-vous lésé ?

— Lésé ? répétai-je pensivement. Comment ça ?

— Ce n'est pas vous qui avez mis la main sur lui. On vous a volé votre arrestation, en quelque sorte. Ça ne vous fait pas un peu râler ?

Elle avait vu juste, mais je n'en laissai rien paraître.

— Pas particulièrement. Pourquoi, ça devrait ?

— Ce n'est pas ce que j'ai entendu dire, fit-elle en souriant derrière sa tasse.

— Vous avez entendu dire quoi, exactement ? Et où ?

— Vous êtes une sorte de géant, vous savez. On dit que vous vivez pour et avec votre travail, que vous n'abandonnez jamais. D'ailleurs, vous avez une sacrée réputation dans votre service, particulièrement auprès des jeunes recrues : le bruit court que J. P. Beaumont est tout près de devenir le grand patron.

— Eh bien, votre géant, il aurait plutôt des pieds d'argile, rigolai-je. Vous auriez dû me voir cet après-midi.

Elle inclina la tête de côté, intriguée.

— Pourquoi ?

— Parce que Jasmine Day aurait pu me mettre une branlée d'un seul coup de pied, si vous me pardonnez l'expression. Je ne l'ai même pas vu venir.

— Arrêtez vos manières, fit-elle sur un ton sec.

— Quelles manières ?

— De vous excuser de parler comme un flic. Moi aussi, je suis flic, rappelez-vous.

Elle se leva brusquement et prit sa note avec elle. Je la rejoignis à la caisse.

— Je n'ai pas pensé à mal.

— Je ne suis pas une gosse, ça ne m'arrachera pas les oreilles d'entendre ce genre d'expression.

Elle régla elle-même son addition, ouvrit elle-même sa portière pour entrer dans la voiture ; elle accepta cependant que je la raccompagne et me donna un petit baiser sur la joue en guise de remerciement, ce qui ne fit que rajouter à ma perplexité. Je rentrai à Belltown Terrace, méditant sur la sempiternelle question que se posent les hommes, à savoir ce que veulent les femmes.

Je pénétrai dans l'appartement sans même prendre la peine d'allumer. La seule lumière visible dans la pièce était le clignotant rouge indiquant le nombre de messages enregistrés sur mon répondeur. A n'importe quel autre moment, j'aurais eu la tentation de l'ignorer, d'aller me coucher et de ne relever les messages que le lendemain matin. Mais trop d'événements étaient survenus, ces derniers jours, trop de fils demandaient à être reliés pour que je puisse négliger le moindre indice pouvant mener à une piste.

Il y avait donc eu cinq messages. Je m'installai dans mon vieux fauteuil, inclinai le dossier de façon adéquate et enfonçai la touche d'écoute. Le premier émanait de Mme Grace Simms Morris.

— Inspecteur Beaumont, je voulais simplement vous remercier d'être intervenu pour moi auprès de M. Wainwright. Il vient de m'appeler il y a quelques minutes à peine pour me prévenir qu'il venait me chercher. Sans vous, il ne m'aurait jamais écoutée et je tiens à vous dire combien j'apprécie ce que vous avez fait.

Plus question de me prélasser. Je me redressai brusquement et enfonçai la touche de retour arrière. Wainwright ne m'avait fait aucune allusion à une entrevue avec Mme Morris. Je me le rappelai même affirmant catégoriquement qu'il n'avait aucune intention de lui parler. Je repassai le message qui redit exactement ce que j'avais compris.

Lorsqu'il fut terminé, cette fois, je laissai la bande se dérouler. Les trois messages suivants étaient de Peters et d'Amy : deux fois simplement pour essayer de me joindre, le troisième laissant des informations précises sur le coup de filet des Stups à Los Angeles. Mais le bouquet, ce fut véritablement le cinquième et dernier message.

Il venait encore de Grace Simms Morris, ou du moins de quelqu'un qui avait la même voix, mais si tremblante et indistincte que je dus monter le volume de mon appareil pour l'entendre.

— Inspecteur Beaumont, je vous en prie, appelez-moi dès votre retour. Peu importe l'heure, appelez-moi, c'est urgent. J'ai pensé vous joindre à votre bureau, mais je n'ai pas osé, je ne sais plus à qui me fier. Appelez-moi, je vous en supplie.

Elle avait laissé son numéro, je le composai sur-le-champ. Elle devait sûrement dormir avec le téléphone sous la main, car elle décrocha après une demi-sonnerie seulement.

— C'est vous, inspecteur Beaumont ? fit-elle avant même que j'aie eu le temps d'ouvrir la bouche.

— Oui. Que puis-je faire pour vous ? Vous aviez l'air bouleversée, dans votre message.

Elle se mit soudain à sangloter à l'autre bout du fil.

— Je ne savais pas quoi faire, ni qui appeler, bredouilla-t-elle. C'est terrible, terrible.

— Mais de quoi parlez-vous ? Qu'est-ce qui ne va pas ?

— C'est lui, dit-elle. Wainwright.

— Quoi, lui ?

— Il m'a appelée à l'hôtel peu de temps après que vous m'avez quittée. Il m'a expliqué qu'il était désolé, qu'il y avait eu un énorme malentendu, qu'il saisissait bien à présent la grande valeur des preuves laissées par mon fils et qu'il était prêt à aller les prendre immédiatement si je voulais bien l'accompagner.

— Wainwright a dit ça ? fis-je incrédule.

— Oui, absolument. Il a même ajouté qu'il faudrait se hâter pour arriver à la banque avant l'heure de la fermeture. Il m'a donc invitée à me tenir prête pour qu'il puisse me prendre et m'emmener directement à Bellington dans son avion. De cette façon, nous pourrions y être à temps.

— Et vous l'avez fait ?

— Oui. Nous sommes arrivés à la banque vers six heures moins vingt. J'ai sorti les documents du coffre et je les lui ai donnés. Il devait y avoir une vingtaine d'enveloppes au moins. Je ne sais pas le nombre exact, je ne les ai pas comptées.

— Et qu'en a-t-il fait ? Vous a-t-il montré ce qu'il y avait dedans ?

— Non. Il m'a renvoyée chez moi dans le même taxi qui

nous avait conduits du terrain d'aviation jusqu'en ville. Il a dit qu'il se chargeait de veiller à ce que ces preuves parviennent aux gens qu'il fallait.

Mme Morris s'interrompit pour se moucher, ce qui produisit de mon côté du fil un bruit fort peu distingué : je suis sûr qu'elle aurait été embarrassée de savoir combien cela ressemblait à une corne de brume.

— Je ne comprends toujours pas pourquoi vous êtes à ce point bouleversée, poursuivis-je.

— Attendez donc, j'y arrive. Le taxi m'a laissée devant chez moi. Il y avait tant de courrier empilé que je ne me suis pas senti le courage de le regarder tout de suite. J'ai fait le tour de la maison, ouvert les fenêtres, j'ai défait mes valises et mis en route une lessive à la machine avant de m'en occuper. (Elle avait dit tout cela d'une seule traite ; elle marqua une pause comme pour reprendre son souffle.) Avez-vous jamais reçu une lettre de quelqu'un qui est mort ? demanda-t-elle soudain. Je veux dire écrite avant sa mort et reçue après ?

— Oui, une fois, je crois.

— Ça fait tout bizarre, hein ?

— Plutôt, admis-je.

— Eh bien, lorsque je me suis enfin assise pour lire mon courrier, il y avait une enveloppe de Richard, portant le cachet de mercredi après-midi. J'ai reconnu son écriture et pendant un long moment, je n'ai pu me résoudre à l'ouvrir. Je restais figée, l'enveloppe à la main. J'ai fini par me décider, il fallait que je sache ce qu'il me disait.

— Et il disait ?

— Il n'y avait pas de lettre, seulement un petit mot pour me demander de mettre ça dans le coffre avec le reste.

— Quoi « ça » ? Qu'est-ce que c'était ?

— Une bande. Enfin, une cassette.

— Qu'avez-vous fait alors ?

— J'étais un peu fâchée contre M. Wainwright. J'avais gardé ces enveloppes si longtemps que la moindre des choses aurait été de me montrer ce qu'elles contenaient. Mais il n'a même pas eu cette politesse. J'ai donc décidé d'écouter la bande. Je voulais savoir, j'avais besoin de savoir ce que Richard faisait. Normal, non ?

— Bien sûr. Vous avez donc écouté.

— Oui, répondit-elle à voix soudain très basse, presque un murmure. C'est lui, c'est Wainwright.

— Expliquez-moi, je vous en prie.

— Sur la bande, il y a l'enregistrement d'une conversation entre deux hommes. Ils disaient qu'il n'y avait pas à se biler, qu'ils ne pourraient pas se faire pincer puisque c'est Wainwright qui orchestrait tout ça. J'ai peur, moi, inspecteur. Qu'est-ce que j'en fais, de cette cassette ? Et s'il revenait ici la chercher ?

Il fallait réfléchir vite.

— Sait-il que vous la possédez ? L'avez-vous appelé ?

— Non, je voulais l'écouter d'abord, et ensuite...

— Vous êtes sûre qu'ils parlaient de drogue ?

— Vous voulez que je vous la passe au téléphone ?

— On peut essayer. (Elle fit jouer la bande, mais il y avait trop de parasites et d'interférences pour que je puisse saisir les paroles.) Non, ça ne va pas. Alors, répétez ce que vous entendez aussi précisément que possible. Est-ce qu'on cite des noms, d'abord ?

— Je crois qu'il y en a un qui s'appelle Dan et l'autre Ray. Oui, c'est ça.

— Merde de merde !

— Je vous demande pardon ?

— Ce n'est rien, j'ai éternué.

— Ah bon. Ensuite, je ne comprends pas très bien, mais Dan demande d'abord si elle donne dans le panneau : Ray répond que oui, qu'elle est sortie avec tous les dealers et que quand ça éclatera au grand jour, tout retombera sur son dos à elle.

Allusion aux types des billets de faveur, pensai-je.

C'était donc bien un coup monté, de A jusqu'à Z. Peut-être même la tournée tout entière était-elle bidon.

— Après ce passage, poursuivit Mme Morris, il y en a un qui dit que Wainwright est génial. Quand je pense que je suis rentrée chez moi en avion avec cet homme, ça me rend malade d'entendre des choses pareilles.

— Moi aussi, commentai-je. Quoi d'autre ?

— Ensuite, ils parlent d'argent, un tas d'argent, et c'est là qu'ils disent que puisque c'est Wainwright qui orchestre tout ça, personne n'a à se biler de ce qui se passe à Los Angeles. Voilà, c'est tout.

J'essayai de conserver le ton le plus calme possible.

— Vous êtes bien sûre qu'ils ont prononcé ces mots : « puisque c'est Wainwright qui orchestre tout ça » ?

— Mais oui, j'en suis sûre. Vous me prenez pour une menteuse, inspecteur ?

— Non, je voulais seulement être absolument certain. Est-ce que vous réalisez l'importance de tout ceci, madame Morris ?

— Bien sûr, pardi : si un homme de la Brigade des Stupéfiants vend de la drogue, à qui peut-on se fier ?

— Mais pas n'importe lequel, en plus, vous savez : c'est le patron des Stups pour tout le secteur de Seattle. Et comme il a peur, il est dangereux comme un crotale. Etes-vous seule ?

— J'ai verrouillé toutes les portes, dit-elle, fermé toutes les fenêtres.

— Ecoutez-moi. Je vais appeler la police de Bellingham et leur demander de venir vous chercher pour vous mettre en lieu sûr. Vous comprenez ?

— Oui.

— N'ouvrez à personne d'autre qu'un policier en uniforme. Quoi que vous fassiez, gardez toujours cette cassette en votre possession, ne vous en dessaisissez pas un seul instant. Est-ce bien clair ?

— Chut, fit-elle.

— Quoi ?

— Je crois avoir entendu un bruit.

Un frisson me parcourut l'échine, je me sentis envahi par un flot de rage impuissante.

— Eteignez les lumières, ordonnai-je. Cachez la cassette quelque part et ne raccrochez pas, je vous mets en attente une minute et je vous reprends.

J'appuyai sur le commutateur de l'appareil et obtins de nouveau la tonalité, bénissant Ames d'avoir tellement insisté pour que je fasse mettre deux lignes sur mon téléphone. Ma main tremblait en composant le numéro du commissariat de Bellingham.

Le standardiste se manifesta enfin d'une voix ensommeillée.

— Ceci est une urgence, annonçai-je. Envoyez tous les hommes dont vous disposez au 1414 Utter Street. Faites vite ! Il y a une agression à main armée en cours là-bas.

— Votre nom et votre adresse ? demanda-t-il.

Les standardistes des commissariats sont des maniaques de la paperasserie. Il faut que tout soit toujours bien rempli, bien en ordre. Celui-ci me faisait sortir de mes gonds, j'aurais voulu lui arracher les tympans au téléphone, mais la seule arme dont je disposais était d'essayer de le raisonner calmement.

— Je m'appelle J. P. Beaumont et je suis inspecteur à la police de Seattle. J'étais en conversation téléphonique à longue distance avec Mme Grace Simms Morris lorsque quelqu'un a essayé de pénétrer par effraction chez elle.

— Comment savez-vous que...

J'appuyai une fois de plus sur le commutateur pour nous placer en conversation à trois. J'entendis alors un bruit de verre brisé et un cri de femme. Presque simultanément, la conversation fut coupée avec Mme Morris.

— Vous êtes là ? hurlai-je au standardiste. Vous avez entendu ça ?

Mais il n'était plus en ligne lui non plus.

Je restai assis, hébété, étranglant le combiné d'une poigne aussi désespérée qu'impuissante. Je me souvins de mes autres échecs : Ann Corley, Ginger Watkins et, oui, lui aussi, Ron Peters. Peut-être était-ce le calvaire de ma vie que de n'être jamais tout à fait à la hauteur de mes bonnes intentions, de n'être jamais là au moment exact où il le faut, toujours rater le coche.

Soudain, le standardiste revint en ligne.

— Nous avons des policiers sur place, inspecteur Beaumont. Une voiture de patrouille se trouvait à deux minutes de là.

— Comment va Mme Morris ? Est-elle toujours en vie ?

— Je n'en sais rien, mais ne quittez pas, je vais me renseigner.

Il me mit de nouveau en attente. Je patientai, récitant une prière pour Mme Grace Simms Morris, et aussi pour que J. P. Beaumont soit au moins une fois dans sa vie le chevalier qui, enfourchant son blanc destrier, n'arriverait pas après la bataille. Les minutes se firent aussi longues que des heures avant qu'il ne revînt au bout du fil.

— Nous avons arrêté un suspect, annonça-t-il, et une ambulance est en route.

— Mais elle, est-ce que ça va ? Est-elle toujours en vie ?

— Mme Morris va bien, répondit-il enfin. Elle a jeté un vase à la figure de son agresseur à travers une fenêtre. Il a été très gravement coupé, mais les médecins disent qu'il s'en tirera.

Un cri de victoire monta dans ma gorge, j'aurais voulu danser, chanter et lancer un vase à travers ma propre fenêtre. Mais je réfrénai cette impulsion : du verre brisé tombant de vingt-quatre étages, ça fait désordre. Je me calmai donc.

— Le suspect, demandai-je, qui est-ce ?

— Un instant, je me renseigne, dit-il encore. (Il ne fut pas long à reprendre la ligne, cette fois.) D'après sa carte d'identité, il s'appellerait Holman. Ray Holman, ça vous dit quelque chose ?

Toute jubilation s'éteignit soudain en moi.

— Je pense bien, oui. Est-il seul ?

— On a retrouvé sa voiture de location : il n'y avait personne d'autre dedans.

Je respirai à fond.

— Ecoutez-moi, ceci est d'une importance vitale. Holman n'agit pas seul dans cette affaire. Il a un complice nommé Wainwright qui travaille à la Brigade des Stupéfiants. Mme Morris détient une pièce à conviction, une cassette, et ils sont prêts à tout pour mettre la main dessus.

— Les Stups ? Vraiment ?

— Vous devez sortir Mme Morris de chez elle et la mettre en sécurité. Placez la cassette sous clé dans un coffre et ne laissez personne approcher ni de l'une ni de l'autre. C'est bien compris ?

— Absolument, inspecteur, fit le standardiste. Je m'en occupe tout de suite.

Je lui laissai mon numéro.

— Rappelez-moi ici quand ce sera fait, dis-je. Laissez un message sur mon répondeur : je ne serai plus chez moi, mais je pourrai en prendre connaissance quand même.

— Très bien. Ce sera fait.

J'ouvris le tiroir de la table où était posé le répondeur et en sortis le module de lecture à distance, également fourni par Amy. Ce dernier m'avait dit que je le remercierais certainement un jour de pouvoir prendre mes messages sans être à la maison.

Ce jour était venu. Ce qui m'énervait chez Ames, en fait, c'est qu'il avait toujours raison.

CHAPITRE 24

Comme de bien entendu, B. W. Wainwright ne figurait pas dans l'annuaire. Roger Glancy non plus, d'ailleurs. Rien d'étonnant à cela, cependant, vu qu'on n'y trouvait pas davantage J. P. Beaumont.

J'appelai au bureau et demandai le Sergent James, mais on me répondit qu'il était rentré chez lui un quart d'heure auparavant. J'eus vraiment scrupule à téléphoner à son domicile et à réveiller sa famille, bien que lui-même fût certainement encore debout, mais il n'y avait pas d'autre solution.

Ce fut Lynita, sa femme, qui répondit à la seconde sonnerie.

— Juste un instant, dit-elle d'une voix ensommeillée, il se brosse les dents.

— C'est Beau, annonçai-je quand il vint au bout du fil.

— Non mais, qu'est-ce qui vous prend de m'appeler à cette heure-ci ?

— Je n'avais pas le choix. C'est Wainwright qui est le chef du réseau.

— Lui ? Allons, Beau, vous avez bu ou quoi ?

— Non, Wainwright est le cerveau qui a monté de bout en bout l'opération de la Westcoast et qui a profité de sa position supérieure aux Stups pour diriger la manœuvre. L'affaire vient d'éclater au grand jour. Richard Dathan

Morris a envoyé à sa mère une cassette où des noms sont cités et Ray Holman est intervenu pour tenter de la récupérer. Il a été coffré à Bellingham. Ce qu'il nous reste à faire maintenant, c'est de mettre la main sur l'autre salopard.

James sembla convaincu.

— Bon, de quoi avez-vous besoin, Beau ?

— D'abord que vous me disiez si quelqu'un connaît le numéro de Roger Glancy ?

— Bien sûr : moi. J'ai tous leurs numéros puisque vous vous souvenez que je m'étais proposé d'assurer la liaison.

— Vous l'avez avec vous ?

— J'ai laissé ma mallette dans la voiture. Alors attendez un instant.

Je posai le combiné sur la table. J'entendis Lynita questionner son mari en ronchonnant pour savoir ce qui se passait. Ce n'est pas toujours rose d'être femme de flic.

Le Sergent James revint au bout du fil.

— Voilà, je l'ai trouvé. Mais je pensais : et si Glancy était dans le coup lui aussi ?

— Effectivement, ça compliquerait les choses. Mais c'est un risque à prendre. Le nom de Glancy n'apparaissait d'ailleurs nulle part sur la bande.

— C'est vous qui l'appelez, ou bien voulez-vous que je le fasse ?

— Faisons-le ensemble, répondis-je. Donnez-moi son numéro et je positionnerai l'appareil en conversation à trois.

Au son de sa voix, je compris que nous avions tiré Roger Glancy d'un profond sommeil.

— Ici le Sergent Lowell James et l'inspecteur Beaumont, de la police de Seattle.

— Qui ça ? marmonna-t-il. (Je lui répétai nos noms.) Ah oui, je me souviens maintenant. Qu'est-ce qui se passe ?

— Roger, articulai-je lentement, cela va peut-être vous

paraître insolite, mais nous avons besoin que vous nous donniez l'adresse de Wainwright. Mieux encore, il faudrait que vous nous y conduisiez.

— Je ne comprends pas. Pourquoi donc ?

Glancy était encore en train d'essayer de se réveiller sans y parvenir totalement. La politique du seau d'eau froide me parut donc être le meilleur moyen.

— Nous avons de bonnes raisons de penser qu'il travaille dans l'autre camp, annonçai-je calmement. Nous croyons que c'est lui qui a monté l'opération de la Westcoast.

— Dites, les gars, vous ne seriez pas en train de me charrier ?

Le Sergent James intervint à son tour.

— Ecoutez, Glancy, ce n'est pas une plaisanterie, et nous devons faire vite. Où habite-t-il, Wainwright ?

— A Windermere, répondit-il. Sur l'avenue Ivanhoe, quelques rues au nord de l'Hôpital Orthopédique pour Enfants.

— Très bien. Retrouvez-nous à l'angle sud-est des résidences universitaires. Là, vous nous conduirez à sa maison. Ce sera plus rapide pour nous que de nous paumer dans les quartiers résidentiels à cette heure de la nuit.

— Qui viendra, en tout ? demanda-t-il.

— L'inspecteur Beaumont et moi, avec probablement en plus une ou deux voitures. Mais ni lumières, ni sirènes.

— Parfait, acquiesça-t-il. Je peux y être dans un quart d'heure.

— Va pour un quart d'heure, alors, répondit James. Beau, on se retrouve directement là-bas.

Je m'aspergeai copieusement le visage d'eau froide. La nuit promettait d'être longue, encore une fois.

Je fis bien de vérifier ma jauge à essence lorsque je pris ma Porsche. C'est une bonne voiture, mais de l'essence, il ne suffit pas de lui en promettre. J'étais heureusement suffisamment proche du lieu de rendez-vous pour m'arrêter à une station self-service et faire le plein sans me mettre en retard.

Me dirigeant vers le nord sur l'autoroute 25, je sentis grandir et bouillonner en moi une profonde indignation. Je suis un flic de Seattle, pas de Los Angeles, de New York ou de Chicago. Je sais bien ce qui se passe dans les autres juridictions, je suis au courant des pots-de-vin, de la corruption qui changent ceux qui sont censés faire appliquer la loi en maîtres escrocs et pire encore. Je sais aussi ce que c'est que d'être policier dans une ville où on nous considère comme la fange du genre humain.

Mais à Seattle, il en va différemment. C'est d'ailleurs une des raisons pour lesquelles j'aime cette ville. Les flics pourris, on ne les tolère pas, ici, et B. W. Wainwright en était un de première catégorie. Mon instinct viscéral me disait de le traiter comme la vermine qu'il était, de le débusquer et de le retirer de la circulation. Je caressai la crosse de mon calibre 38 Smith and Wesson comme un porte-bonheur, juste pour m'assurer qu'il serait bien là au cas où j'aurais à m'en servir. Ce que je ferais sans aucune hésitation.

Le Sergent James et Roger Glancy attendaient déjà dans le parking lorsque j'y parvins. A les voir, le premier avait réussi à convaincre le second que nous n'étions pas en train de lui monter un bateau, mais que Wainwright avait bien mené deux vies diamétralement opposées.

Glancy semblait choqué, désorienté presque. J'aurais d'ailleurs eu la même sensation si on m'avait annoncé de but en blanc que le Sergent Lowell James s'amusait à dévaliser des banques le week-end pour arrondir ses fins de mois.

Lorsqu'un homme avec lequel vous avez longtemps travaillé et que vous avez respecté dégringole ainsi de son piédestal, il est difficile de s'en remettre tout de suite.

— Voulez-vous juste nous montrer la maison, puis vous

retirer ? lui proposa James. C'est sûrement déjà assez pénible pour vous comme ça.

Roger Glancy secoua la tête.

— Si ce que vous dites est vrai, nous avons tous été bernés comme des gamins. Alors je veux moi aussi lui rendre un peu la monnaie de sa pièce.

Je ne pouvais que l'approuver.

De peur que Wainwright ne reconnût sa voiture, Glancy monta avec moi dans la Porsche et nous partîmes en premier.

— Zut, fis-je en démarrant, je parie que personne n'a pensé à se procurer un mandat de perquisition.

— Ne pariez donc pas trop vite, me dit-il en tapotant la poche intérieure de son veston. J'ai un voisin juge dont le fils est mort d'une overdose à dix-sept ans. Il m'a dit qu'il me signerait des mandats à toute heure du jour et de la nuit, que je n'avais qu'à passer le voir. Ça a pris une minute, il habite à deux maisons de chez moi.

Je le considérai avec un respect accru, à présent. Il n'était pas venu pour faire banquette, lui aussi devait vouloir en découdre avec les démons pourrisseurs de flics.

Il me fit dépasser l'Hôpital pour Enfants de quelques pâtés de maisons vers le nord. Le bien-fondé de l'initiative du Sergent James de nous faire accompagner par lui m'apparut dès que nous eûmes bifurqué hors de l'artère principale : les maisons étaient implantées par petits îlots disposés de façon dépourvue de toute logique. On avait vraiment intérêt à savoir où on allait.

— Wainwright est-il marié ou divorcé ? demandai-je.

— Divorcé, répondit Glancy. Ça s'est passé il y a trois ans, juste avant qu'il ne fût muté ici. A l'en croire, elle l'aurait complètement dépouillé.

Je jetai un coup d'œil sur les imposantes maisons des alentours, gracieuses bâtisses de style colonial ou pavillons bas en brique aux multiples dépendances.

— Eh bien, on dirait qu'il s'est refait, remarquai-je.

— Plutôt, oui, acquiesça Glancy d'un air sinistre.

Nous ne prononçâmes plus un mot. La maison était une construction à deux étages. Aucune lumière, aucune voiture n'étaient visibles. Notre convoi de trois véhicules se gara et Glancy nous fit faire le tour des lieux, déclenchant l'ire d'au moins deux chiens du voisinage. Lorsque nous fûmes certains que toutes les voies de fuite étaient bouclées, Glancy et moi nous dirigeâmes vers la porte d'entrée.

Je me plaçai de côté et Glancy sonna. N'obtenant pas de réponse, il attendit une trentaine de secondes tout au plus avant de décocher dans la porte un coup de pied dont la technique n'était pas sans rappeler celle qui avait couvert de honte certain policier de Seattle de ma connaissance.

Tout en contenant nos poussées d'adrénaline, nous fîmes rapidement le tour de la maison, passant de pièce en pièce, l'un couvrant l'autre. L'endroit était désert. La penderie avait été hâtivement vidée, de même que les tiroirs à sous-vêtements et à chaussettes. Wainwright n'avait pas demandé son reste et ne semblait pas devoir rentrer de si tôt.

Nous revînmes au salon. Glancy s'arrêta soudain et huma l'air.

— Vous ne sentez pas la fumée ? interrogea-t-il.

Je l'imitai : une odeur âcre de papier brûlé flottait effectivement dans l'air. Nous nous dirigeâmes tous deux vers la cheminée. Je tâtai les briques sous le manteau : elles étaient encore chaudes.

— Il n'y a pas longtemps qu'il est parti, dis-je.

Glancy se mit à quatre pattes et déplaça la grille pare-feu. Un tas de cendres toutes recroquevillées constituait les restes calcinés de feuilles de papier. Mais Wainwright, dans sa précipitation, avait commis une négligence : l'une des enveloppes n'était que partiellement consumée. Sur le coin supérieur gauche, les initiales R D M étaient encore clairement lisibles.

— N'y touchez pas, dis-je à Glancy. Le labo pourra peut-être en tirer quelque chose.

Le Sergent James apparut à la porte d'entrée.

— Personne ? demanda-t-il.

De la tête, je fis signe que non. Glancy se releva.

— Bon, mais alors où a-t-il pu filer ?

— Il a un avion privé, il me semble ? se souvint James.

— Oui. Il a un hangar au terrain d'aviation de Boeing Field, indiqua Glancy.

— Eh bien, je parierais qu'il n'y est pas ce soir, fit pensivement le Sergent.

Glancy et moi tournâmes vers lui un regard interrogateur.

— Qu'est-ce qui vous fait dire ça ? questionnai-je.

— Réfléchissez : si vous étiez rentré de Bellington en sachant que votre vie ne tenait plus qu'à un fil, auriez-vous laissé votre avion dans son hangar habituel ?

— Bon Dieu, c'est vrai ! s'exclama Glancy. Et c'est ce qui explique qu'il ait fait appeler un taxi en sortant du commissariat.

— Voyons quand ça s'est passé : il est parti avant nous. Ce devait donc être un peu avant minuit.

— A-t-il une ou bien deux voitures ? demandai-je.

— Une seule, autant que je sache. Une BMW. Pourquoi ?

— Parce que s'il a pris un taxi pour rentrer chez lui, il en aura probablement pris un autre pour aller de chez lui au terrain d'aviation.

— Et on n'est guère plus avancés, jeta Glancy avec un certain découragement.

— Pas de défaitisme : nous avons encore une carte à abattre.

Je connaissais à présent par cœur le numéro de la compagnie des Taxis du Far West. Je m'emparai du téléphone et composai le numéro : Larry était encore là.

— Allô, c'est encore Beaumont à l'appareil. Est-ce

qu'on pourrait refaire une dernière fois notre petit jeu de piste ?

— Bien sûr : les collègues s'amusent comme des fous avec ça : on a l'impression de jouer aux gendarmes et aux voleurs.

— C'est exactement ce que vous faites, dis-je.

Je lui communiquai l'adresse de Wainwright.

Il reprit la ligne, hilare.

— Cette fois, le filet se resserre : il est dans un Yellow Cab en ce moment même.

— Un Yellow Cab ? Où cela ?

— Il a été chargé à l'adresse que vous m'avez indiquée et emmené au terrain de Boeing Field. Là, en attendant qu'il revienne, le chauffeur a appelé son central pour dire qu'il allait de Boeing au terrain du centre Sports Aériens de Issaquah et qu'il quittait donc son service pour la nuit : il n'habite en effet qu'à trois ou quatre kilomètres de là.

— Combien ont-ils d'avance sur nous ?

— D'après le type du central, ils auraient quitté le terrain de Boeing il y a dix minutes à peine.

— Larry, merci mille fois, je vous dois beaucoup.

Je raccrochai et me précipitai vers la porte.

— Allez, grouillons, les gars. Il n'y a pas un instant à perdre.

— Ah ? Où sont-ils ?

— Dans un taxi de la Yellow Cab, quelque part entre les terrains d'aviation de Boeing Field et de Issaquah.

— Mais comment avez-vous réussi à savoir ça? s'étonna Glancy, émerveillé, tandis que nous remontions dans la Porsche.

— C'est parfois payant de connaître des gens bien placés, dis-je.

Et de ce point de vue-là, les opérateurs au central des taxis tiennent le haut du pavé.

CHAPITRE 25

Nous empruntâmes à toute allure la bretelle souterraine qui relie les autoroutes 5 et 520 à Evergreen Point Bridge. Il était deux heures du matin et la circulation aurait dû être fluide.

Elle ne l'était pas.

Dès que nous atteignîmes le haut de la sortie du souterrain, je me trouvai en plein embouteillage et dus piler net. Le problème, c'est qu'il n'existait pas d'autre itinéraire pour traverser le lac Washington. La A 90 était fermée pendant le week-end pour cause de travaux sur le pont de Mercer Island, et nous nous trouvions ici pris dans un monumental bouchon parce qu'un couple d'adolescents complètement ivres s'étaient, au sortir d'un concert de rock, précipités comme des kamikases dans le garde-fou du pilier est du pont de Evergreen Point.

Je jetai un coup d'œil dans le rétroviseur et vis le Sergent James qui me demandait à grands gestes de me rabattre pour le laisser passer. Ce que je fis. Il me doubla et plaça d'une main son gyrophare magnétique sur le toit de sa voiture. Puis il me fit signe de me mettre dans son sillage.

C'est ainsi que notre petite formation en cortège serré traversa le pont à la suite de James, en empruntant la bande latérale d'urgence. Je suis persuadé que le spectacle de ma Porsche rouge encadrée par son escorte policière composée de la berline banalisée du Sergent et de deux voitures de patrouille, dut déclencher maints commentaires acerbes.

— Est-il bon tireur? demandai-je à Glancy.

— C'est un crack, répondit-il.

Cette réponse me fit tiquer, me donna le frisson. C'est une chose de se lancer aux trousses de paumés, de maquereaux ou de vagues marlous pétochards avec un pois chiche dans la mansarde. Mais là, nous étions en face d'une tout autre réalité et chacun le savait, dans notre caravane. Wainwright était un officier de police entraîné, un renégat, un crotale acculé. Nul d'entre nous n'attendait une telle confrontation de gaieté de cœur. Le mieux que nous puissions espérer était de le maîtriser par la surprise et par le nombre.

— Quel genre d'avion a-t-il?

— Un Piper Tomahawk, il me semble, réfléchit Glancy. Il l'a acheté il y a cinq ou six mois seulement. Il est allé le chercher directement à l'usine, à Wichita, dans le Kansas.

— Avez-vous une idée sur ce qu'il va faire?

— Non, dit-il en secouant la tête. C'est bizarre : vous m'auriez posé cette question hier, je vous aurais donné immédiatement la réponse. Voilà trois ans que nous travaillons ensemble, et je pensais vraiment le connaître à fond. Mais maintenant je me rends compte qu'il n'en était rien, je ne me hasarderai pas à essayer de prévoir ses faits et gestes.

Notre traversée du pont ne fut pas des plus rapides, mais nous perdîmes quand même beaucoup moins de temps que si James n'était pas passé devant pour nous ouvrir la route. Le policier qui réglait la circulation sur la seule voie praticable à hauteur de l'accident nous gratifia d'un regard excédé, mais nous aida néanmoins à franchir l'obstacle.

Une fois dépassé le dernier du groupe des véhicules de secours, nous pûmes reprendre de la vitesse. Nous fonçâmes sur l'autoroute 405, puis sur la 90 en direction de l'est. Au passage de Eastgate, James éteignit son gyrophare, imité en cela par les deux voitures de patrouille.

Il quitta l'autoroute à la sortie de Newport Way et s'arrêta dans le parking d'accueil d'un circuit de randonnée. Nous fîmes de même, toujours en file indienne derrière lui. Nous étions comme un groupe de grands enfants participant à un jeu de piste mortel derrière leur chef de bande. Il s'approcha de ma vitre.

— Si nous sortons tous ensemble de l'autoroute, il pigera vite fait. Alors je vais traverser ici et prendre la bretelle par l'autre côté.

Il fit signe aux deux policiers en uniforme de se joindre à nous.

— Vous, les gars, vous allez jusqu'à la sortie du lac Sammamish et vous nous rejoignez en faisant le grand tour. Quant à vous, Beau, votre voiture est celle qui ressemble le moins à un véhicule de police. Alors essayez de gagner directement le terrain d'aviation. Si vous repérez Wainwright, faites ce que vous pouvez pour l'arrêter, mais ne prenez aucun risque stupide.

— Autrement dit, pas de cascades, pas d'acrobaties, et interdiction de s'accrocher aux ailes !

— Exactement.

Il fit d'abord partir les voitures de patrouille, attendant une ou deux minutes avant de nous donner le signal du départ. Son idée était, bien sûr, de nous faire tous converger en direction du terrain à peu près en même temps.

Pendant des années, j'ai mis un point d'honneur à me désintéresser de ce qui se passait sur la rive est du lac Washington. Ce genre de préjugé fait partie de la mystique de ceux qui habitent au centre ville. Je fus donc, je l'avoue, surpris de constater que le terrain de Sports Aériens de Issaquah existait encore. Situé au cœur d'une zone à bâtir de premier choix, il était en sursis depuis des années. J'avais imaginé que le dieu des amateurs de chute libre avait depuis longtemps été sacrifié sur l'autel du progrès. J'avais mal imaginé.

Il existait donc toujours, certes, mais il avait quelque peu régressé : aucune lumière ne balisait la maigre piste herbeuse d'à peine deux cent cinquante mètres de long ; les quelques bâtiments épars qui n'ouvraient que le week-end, sauf en saison de vol, étaient sombres et déserts. Nous étions bien en saison, mais à deux heures du matin, tous les fans de chute libre devaient faire royalement dodo.

Je quittai la route d'accès au terrain pour me garer dans le parking de l'Holiday Inn d'Issaquah de façon à ce que, si Wainwright avait vu nos phares, il nous prenne pour de simples noctambules s'arrêtant au motel.

— Est-ce que vous le voyez quelque part ? demandai-je à Glancy.

— J'aperçois quelque chose qui avance, répondit-il. Nom de dieu, c'est le taxi qui est juste en train de repartir ! Je ne pensais pas qu'on pourrait le rattraper, mais on va y arriver. Essayez de vous rapprocher, si c'est possible.

— J'y vais, chuchotai-je.

Je repérai des traces parallèles dans l'herbe, permettant aux voitures d'accéder directement du parking au terrain jouxtant la piste. Je m'y engageai, manœuvre immédiatement sanctionnée par un chaos à nous décrocher la tête : l'herbe drue, alourdie par la rosée du matin, masquait un fossé d'écoulement des eaux.

Ma Porsche est une superbe mécanique, une bête de race. Sur une chaussée normale, par temps humide autant que par temps sec, rien ne peut l'arrêter. Mais comme véhicule tout terrain, c'est une autre paire de manches. Et pour négocier ce champ tout bosselé et recouvert de végétation glissante, elle était pratiquement inefficace. Ce fut miracle de ne pas rester plantés dans ce premier trou. Nous poursuivîmes donc notre chemin, ballottés, chassant et dérapant, le fond de la caisse touchant sinistrement de l'arrière à chaque cahot important.

La tension était extrême dans la voiture. Glancy, tel un chien de chasse à l'arrêt, était assis sur le bord de son siège, penché vers l'avant, tentant de percer les ténèbres.

— Ils n'auraient pas pu éclairer un peu mieux, bon dieu ? râla-t-il. Et puis, avancez un peu plus vite, quand même !

— Mais je ne peux pas, sapristi ! Vous ne comprenez pas que si Wainwright a choisi ce terrain, c'est justement parce qu'il n'était pas éclairé ? Parce qu'il savait qu'il était désert et sans balises d'atterrissage ?

Car c'était évident : si Wainwright avait atterri après être revenu de Bellington et avant d'arriver au théâtre, ce devait être entre chien et loup. Or, pas besoin d'être une lumière pour comprendre qu'il est beaucoup plus facile de décoller dans le noir que d'atterrir sur un terrain non balisé.

Glancy se plongea alors dans un silence renfrogné. Les seuls bruits étaient les grincements et les chocs sourds produits par les irrégularités du terrain sur lequel s'aventurait ma Porsche soudain toute pataude.

Glancy posa brusquement sa main sur mon bras.

— Là-bas, regardez. (Il me montra le bord de la piste où une rangée de petits avions se découpaient en ombres chinoises sur un ciel légèrement plus clair.) Ça ne serait pas lui ?

Je braquai vers la gauche pour que mes phares illuminent l'appareil. Pendant une fraction de seconde, la silhouette figée d'un homme fut prise dans le faisceau. Son visage était tourné vers nous et il plissait les yeux, aveuglé par cette lumière soudaine.

C'était bien Wainwright. Il était en train de soulever une lourde valise pour la placer sur le siège du passager. Il n'interrompit son geste qu'un seul instant, puis il la hissa à bord et se baissa soudain pour écarter du pied les cales en bois qui bloquaient les roues de l'avion.

— Il va se tailler ! fit précipitamment Glancy. Laissez-moi sortir.

Je m'arrêtai. Saisissant son arme dans sa poche, il ouvrit la portière à la volée. Le plafonnier de la voiture s'alluma, cependant que Glancy se laissait glisser à terre et rouler dans l'herbe haute et humide du bord de la piste.

Me sentant vulnérable et exposé, je me baissai et me couchai en travers du siège vide pour tirer la porte à moi, la refermer et éteindre cette maudite lumière. Ce geste me sauva probablement la vie. Sinon ma vie, du moins mes yeux.

J'avais le visage plaqué contre le siège lorsqu'une rafale de projectiles traversa le pare-brise et vint s'enfoncer dans les dossiers en cuir des sièges. Le plafonnier s'éteignit, pulvérisé par une balle.

— Nom de dieu, il a une mitraillette ! m'exclamai-je, sentant couler des gouttes de sang sur le côté de mon visage et le dessus de mes mains touchés par des éclats de verre.

B. W. Wainwright jouait son va-tout et il avait bien l'intention de tuer quiconque se mettrait en travers de son chemin.

— Ça va ? fit la voix de Glancy.

— Je crois que oui. Juste un peu coupé, c'est tout.

L'hélice de l'avion se mit à tourner et l'appareil s'ébranla pour se positionner sur la piste. Derrière nous, d'autres phares apparurent : ceux de James qui pénétrait sur le terrain. Vers l'est, on entendait le hurlement des sirènes des voitures de patrouille que le Sergent avait alertées et qui, toutes précautions désormais inutiles, arrivaient dare-dare à la rescousse.

Je me redressai et vis, au-dehors, Glancy avancer en rampant, puis brandir son arme et viser. Il fit feu une fois, puis une deuxième, mais sans résultat. Le Tomahawk continuait à rouler. Il était sur la piste, à présent, et s'éloignait de nous. Glancy se remit debout pour courir après, mais il n'avait aucune chance de le rattraper.

Je fis démarrer la Porsche. Essayant d'y voir clair malgré le pare-brise étoilé et les phares brisés, je partis en direction de l'avion poursuivi par Glancy. Le Tomahawk bondissait comme une gazelle sur le terrain bosselé, cependant que je tentais de me rapprocher. Peine perdue.

Au bout de la piste, je vis la voiture du Sergent James manœuvrer pour lui barrer la route, mais en vain là aussi : l'avion décollait, balançant légèrement des ailes.

Je bondis hors de ma voiture et, impuissant et frustré, ne pus que le regarder prendre le l'altitude. Glancy me rejoignit en haletant.

— Merde, merde, merde et merde, ne cessa-t-il de répéter.

Le Sergent James s'arrêta à côté de nous. Le micro de son radio-téléphone collé aux lèvres, il donnait des ordres et demandait de l'aide. Il n'y avait plus que cela à faire.

— Où pensez-vous qu'il aille ? demandai-je.

Glancy, l'œil rivé sur les feux clignotants de l'avion qui s'estompaient, eut un haussement d'épaules.

— En Californie, peut-être. C'est de là qu'il est originaire.

James sortit de voiture et s'approcha de moi.

— J'ai appelé un avion de patrouille, dit-il, et nous essayons d'obtenir un relevé de sa position par les contrôleurs aériens de l'aéroport. (Il s'interrompit.) Mais vous êtes blessé, Beau, vous saignez.

— Ce n'est rien, dis-je, j'ai seulement reçu quelques éclats de verre.

Il me prit par les épaules et m'orienta face à la lumière des phares d'une des voitures de police qui arrivaient.

— Bon dieu ! s'écria Glancy en m'attrapant le bras et en le secouant. Regardez ça !

Je me tournai dans la direction qu'il m'indiquait, celle

par où Wainwright était parti. Une explosion aveuglante illuminait le sommet de la Cougar Mountain comme une chandelle géante.

— Il a dû percuter quelque chose, s'exclama James. Allons-y vite, laissez votre voiture ici !

Je coupai le contact de la Porsche estropiée et me précipitai vers la Dodge du Sergent. Glancy s'était déjà engouffré à l'arrière. James effectua magistralement un demi-tour sur les chapeaux de roue et nous ballotta à travers le terrain d'aviation pour rejoindre la route, les deux voitures de patrouille nous suivant de près.

Nous partîmes en trombe sur l'autoroute, toutes sirènes hurlantes et gyrophares en action. A la sortie de Eastgate, nous vîmes des véhicules de secours grimper dans les hauteurs en direction du feu. Tous les environs, parmi lesquels je reconnus la découpe des maisons et des toits de La Cime, rougeoyaient à présent comme sous la lumière d'une immense torche.

Les parents de Jonathan Thomas devaient en avoir leur bonne nuit de sommeil complètement perturbée.

— Est-ce que quelqu'un sait comment on arrive là-haut ? demanda le Sergent.

— Je connais un chemin par-derrière, fis-je. Montez jusqu'à la 150e et tournez à gauche, au feu clignotant.

Nous abandonnâmes les voitures dans la rue pour continuer à monter à pied et au trot. Une fois en haut, nous vîmes ce qui s'était passé.

Le promoteur de La Cime n'avait laissé que deux ou trois arbres sur le sommet de la colline lorsqu'il l'avait défrichée. B. W. Wainwright avait évité les antennes radio, bien balisées avec leurs feux clignotants, et non les arbres qui eux ne l'étaient pas. Il en avait percuté un qui s'était enflammé cependant que l'avion s'encastrait du nez dans le sol.

Les pompiers essayaient d'asperger le brasier, mais ils semblaient avoir quelques problèmes avec la bouche d'incendie dont ils n'arrivaient à tirer qu'un mince filet d'eau.

Des résidents hébétés, la plupart en vêtements de nuit, s'étaient rassemblés pour assister au spectacle. Je reconnus Dorothy et William Thomas qui se trouvaient tout près du groupe des badauds, mais je les ignorai. S'ils voulaient des détails, ils n'auraient qu'à lire les journaux.

Le Sergent James s'approcha du camion-pompe puis revint vers nous.

— Il y est resté, annonça-t-il.

Information superflue : personne n'aurait pu sortir vivant d'un tel tourbillon de flammes.

— C'est très bien comme ça, conclut Glancy d'un air satisfait, sous la lueur rougeoyante de l'incendie. Il a épargné beaucoup de temps, de soucis et d'argent à l'Etat.

CHAPITRE 26

Nous nous rendîmes tout droit à Harboview. Je ne voulais pas y aller, mais le Sergent James insista. Là, aux urgences, on nettoya mes plaies au visage et aux mains, ce qui prit un bon bout de temps. Lorsqu'on me laissa enfin partir, Amy Fitzgerald, la kiné de Ron Peters, m'attendait.

— Qu'est-ce que vous faites ici ? m'étonnai-je.

— Ron m'a demandé de descendre voir comment vous alliez. Si vous vous sentez bien, il aimerait que vous fassiez un saut de quelques minutes dans sa chambre avant de rentrer chez vous.

— Bien sûr. Et merci d'avoir aidé Peters à me joindre hier soir, répondis-je, tandis qu'elle me conduisait vers l'ascenseur.

— Heureuse d'avoir pu être utile, répondit-elle avec un sourire.

Lorsque nous atteignîmes l'étage de rééducation, elle m'accompagna dans la chambre de Peters. Elle s'avança directement jusqu'au lit, se pencha sur Ron et l'embrassa. Puis elle plaça sa main dans la sienne.

Je m'arrêtai à la porte, ne sachant trop quelle contenance adopter.

— Euh, s'agit-il d'une nouvelle thérapie, ou bien d'une

interprétation très personnelle des bonnes manières au chevet d'un malade ?

Peters m'adressa un large sourire, le genre de sourire spontané que je désespérais de voir jamais revenir sur son visage.

— C'est la meilleure des thérapies, dit-il. Et toi, Beau, comment ça va ?

— Très bien. Juste quelques coupures causées par des éclats de verre.

— Ça te fait vraiment une sale tronche, observa-t-il.

— C'est pour mieux te ressembler, mon enfant.

Nous étions tous trois en train de rire lorsque le Sergent James fit irruption dans la chambre.

— Nom d'un chien, Beau, il a suffi que j'aie le dos tourné une minute, le temps de recevoir un coup de fil, pour que vous disparaissiez !

— C'est ma faute, plaida Peters, j'ai voulu le voir un moment avant qu'il ne quitte l'hôpital.

— Eh bien, la récréation est terminée, dit James. On a une montagne d'écriture qui nous attend.

— De l'écriture ! Allons, Sergent, soyez chic : il faut vraiment qu'on rédige ces rapports maintenant ?

Il me regarda dans les yeux avec un grand sourire.

— Oui, mon cher ! Il faut que vous vous occupiez de vos paperasses pour que je puisse m'occuper des miennes. Le seul à être exempté de rapport dans cette enquête est l'inspecteur Peters. Il a une bonne excuse, pas vous. En plus, Jasmine Day ne pourra pas être libérée tant que ce ne sera pas fait.

James quitta la chambre. Moi aussi : je n'avais pas le choix.

— Au fait, Beau, appela Peters derrière moi. Tu vas bien chercher les filles à l'aéroport, n'est-ce pas ?

Je m'arrêtai net sur le pas de la porte.

— Les filles ?

— Elles rentrent aujourd'hui, souviens-toi. Leur avion

arrive vers dix heures et demie, ce matin. J'ai dit à Mme Edwards que tu irais probablement les chercher, mais qu'elles prennent un taxi au cas où tu ne pourrais pas.

— J'y serai.

Je battis ma coulpe pour avoir oublié qu'elles étaient effectivement de retour, et aussi pour n'avoir toujours pas donné à Peters les cartes postales que les gamines lui avaient envoyées de Californie.

— Eh bien, s'impatienta Peters, c'est pour aujourd'hui ou pour demain ?

C'était pour aujourd'hui.

Le Sergent entra en premier dans l'ascenseur.

— Le coup de téléphone de tout à l'heure, dit-il, venait du chef de la police de Bellingham. D'après lui, Holman se serait mis à table. Il aurait fait des aveux complets, précisant même que Osgood avait dissimulé la came dans la taie d'oreiller de Jonathan Thomas pour masquer le fait qu'ils cherchaient autre chose.

— La cassette ? (Il fit un signe affirmatif de la tête, l'air sombre.) Et le pire, c'est que ça a marché. Heureusement que Mme Morris nous a appelés.

— Ça, vous pouvez le dire, acquiesça-t-il.

De retour à la Sécurité Publique, nous trouvâmes Alan Dale endormi sur l'un des canapés du hall d'accueil du cinquième étage. Je le réveillai. Il frotta ses yeux cernés.

— Qu'est-ce que vous faites ici ? lui demandai-je.

— Vous m'avez dit que vous m'aideriez à la faire libérer sous caution, vous vous rappelez ? J'ai donc téléphoné ici et on m'a répondu que vous passeriez à un moment ou à un autre. Alors je suis venu attendre. J'ai les coordonnées d'un prêteur pour la caution. Combien ça va coûter ?

— Pas un sou, le rassurai-je. Il faudra patienter un peu, mais vous n'aurez rien à débourser.

Dale me suivit à mon bureau et je lui expliquai ce qui s'était passé depuis que nous l'avions quitté au Théâtre de la Cinquième Avenue.

— Elle n'a jamais été dans le coup, alors? demanda-t-il, lorsque j'eus terminé.

— A aucun moment. Elle a été victime d'une machination, du début à la fin.

— Les ordures, marmonna-t-il.

A la façon dont il abattit son poing crispé dans la paume de sa main, je songeai que c'était probablement une bonne chose que Ed Waverly soit en sécurité dans sa cellule. Sinon, le chef machiniste aurait bien pu lui faire passer un mauvais quart d'heure.

Une chose m'apparaissait évidente à présent. Je ne m'en étais pas aperçu auparavant, mais cela se lisait sur son visage hagard : Alan Dale était comme un bon vieux chien fidèle qui attend à la porte de son maître pour obtenir un relief de repas, ou mieux, avec un peu de chance, une caresse. Jasmine Day en était-elle consciente? J'espérais que Mary Lou Gibbon serait assez fine pour le déceler, en tout cas.

— Venez, dis-je, on va voir ce qu'on peut faire.

Jasmine Day fut relaxée à cinq heures du matin. J'attendais dans le hall lorsqu'elle sortit. Alan Dale l'accueillit les bras ouverts, et elle vint s'y blottir en pleurant, comme dans son refuge naturel. Je ne connaissais pas la cause exacte de ses larmes. Je frémis simplement en voyant la force avec laquelle Alan Dale la serrait. Mais elle tint le choc.

— Vous êtes toujours au Mayflower? demandai-je après quelques instants.

— Non, répondit-il, j'ai réglé notre note à tous les deux : je suis sans emploi, maintenant, vous savez. Je ne peux pas me permettre des frais pareils sur mes propres deniers.

— Venez chez moi, dans ce cas, proposai-je. Il y a vraiment toute la place.

Le Sergent James nous déposa à Belltown Terrace.

Nul ne pourra m'accuser d'être mauvais perdant : je

cédai ma chambre à Jasmine et Alan Dale et m'installai sur le canapé du salon. En m'allongeant, je fus reconnaissant à mon décorateur Michael Browder d'avoir insisté pour m'en faire acheter un de deux mètres quarante. Le jour commençait déjà à poindre.

Je m'endormis comme une souche et ne me réveillai que lorsque quelqu'un s'abattit sur ma poitrine avec suffisamment de force pour me couper le souffle. Le réveil, pourtant placé à côté de ma tête, s'évertuait encore à sonner, mais je ne l'avais pas entendu.

De mignons petits bras s'enroulèrent autour de mon cou et un visage tout chaud vint se nicher au creux de mon épaule.

— Qui c'est, ces deux monsieurs dans ton lit, tonton Beau ? s'étonna Heather Peters. Et pourquoi t'es pas venu nous chercher à l'aéroport ?

Il me fallut quelques instants pour émerger du brouillard et réaliser où je me trouvais.

— Ce sont des amis à moi, répondis-je. Et puis l'un des deux est une dame, Heather. Elle porte simplement les cheveux très courts.

— Je pourrais avoir les cheveux coupés pareil, moi aussi ? S'il te plaît, dis ? Comme ça, les garçons, ils arriveront plus à me les tirer et pis j'ai horreur quand Mme Edwards elle me fait des nattes.

— Il faudra d'abord demander à ton père, tu sais. J'ai peur qu'il ne soit pas trop d'accord.

CHAPITRE 27

Tard dans la soirée, nous reçûmes la visite de Ed Donaldson, le patron de la Brigade des Stupéfiants de Los Angeles. Il nous apporta les dernières pièces qui manquaient à notre puzzle.

Selon lui, Richard Dathan Morris avait effectivement travaillé secrètement pour les Stups, mais en liaison avec le siège de Los Angeles et non pas celui de Seattle. La Westcoast Starlight Productions était dans le collimateur depuis un certain temps déjà, de même que le bureau des Stups de Seattle où Donaldson avait senti qu'il y avait anguille sous roche.

Richard Dathan Morris, après une tentative infructueuse à Seattle, avait donc proposé ses services à Los Angeles. Pour Donaldson, c'était l'occasion rêvée de savoir ce qui se passait là-bas. Aussi l'avait-il engagé sur-le-champ et fait travailler dans le plus grand secret, en dehors de toutes les procédures habituelles afin que rien ne puisse mettre la puce à l'oreille de Seattle. Morris n'avait eu aucune peine à entrer en contact avec Osgood qui, à l'insu de sa femme, fréquentait les milieux homosexuels de la ville.

Personne, à Los Angeles, n'avait été au courant de la mort de Morris avant le vendredi matin. Donaldson avait ordonné les arrestations au sein de la Westcoast en prenant soin de n'en aviser Seattle que le plus tard possible. Malheureusement, après qu'il se fut procuré la bande incriminant Wainwright, Morris n'était pas parvenu à contacter Donaldson. N'arrivant pas à le joindre au téléphone, il avait cependant eu la présence d'esprit d'expédier la cassette par la poste à sa mère.

Le dimanche, Donaldson se rendit à Bellingham pour prendre en charge Ray Holman. Ce dernier, comme de bien entendu, rejetait toute la faute sur B.W. Wainwright qui n'était plus là pour se défendre. Peut-être pas sans raison, d'ailleurs.

Wainwright avait certainement senti que les choses tournaient à l'aigre. D'après Holman, c'est lui qui avait eu l'idée d'organiser le tour de chant de Jasmine dans le seul but de lui faire porter le chapeau. Ed Waverly, trop impliqué pour empêcher quoi que ce soit, l'avait appâtée pour la faire tomber dans le piège. Personne n'avait cherché à faire un succès de cette tournée : sa réussite avait été une surprise.

Tom Riley, l'infirmier de Jonathan Thomas, n'était pas le seul à s'être trompé du tout au tout sur le compte de Richard Dathan Morris. Celui-ci avait joué son rôle à la perfection. Ce n'est qu'en se faisant surprendre en train de fouiller dans la malle aux costumes qu'il attira sur lui l'attention de Waverly et de Wainwright. Ceux-ci pensèrent tout d'abord qu'il essayait seulement de monnayer la came dissimulée dans le double fond. Mais ensuite Holman découvrit le magnétophone. La bande compromettante avait disparu, mais Holman et Osgood savaient ce qui s'était dit. Il fallait donc qu'il disparaisse.

Morris ayant été introduit dans le groupe par Osgood, c'est à ce dernier que Wainwright assigna la tâche de l'éliminer et de retrouver la cassette. Ils lui firent utiliser le costume de scène de Jasmine, dans l'espoir de nous aiguiller sur une mauvaise piste. Cela cadrait d'ailleurs parfaitement avec le reste du scénario.

Si Osgood s'acquitta bien du meurtre de Morris, il ne parvint pas en revanche à mettre la main sur la bande. Lorsque finalement Jonathan Thomas se réveilla et le surprit dans la chambre, il se vit dans l'obligation de le liquider lui aussi.

Son problème, c'est qu'il n'était que revendeur. Il ne pouvait pas tuer de sang-froid, ça devait le travailler. Aussi, lorsqu'il sentit notre filet se resserrer, essaya-t-il de se retirer par un marchandage avec Wainwright : un peu d'argent ou de cocaïne et il disparaîtrait de la circulation pour repartir à zéro ailleurs.

Osgood avait rencontré Holman au théâtre entre cinq heures et demie et six heures : Wainwright et Holman savaient déjà, à ce moment-là, que tout commençait à s'écrouler. Lorsque Osgood fit son apparition, Ray, qui était en train de rassembler et d'emballer la cocaïne, lui régla son compte. Après quoi, il prit la voiture qu'il avait louée à Seattle et se rendit au terrain d'aviation de Boeing Field pour charger la drogue dans celle de Wainwright : leur plan était de quitter la ville dès que ce dernier serait revenu de Bellingham avec l'objet compromettant.

Mais une fois de retour à Seattle, Wainwright s'aperçut que la cassette ne se trouvait pas dans le lot de preuves qu'il avait récupérées des mains de Mme Morris. Il fit donc une nouvelle — et vaine — tentative pour limiter les dégâts.

Il envoya Ray à Bellingham dans le but d'essayer de reprendre la fameuse cassette, cependant que lui-même se montrait ostensiblement au théâtre afin de se constituer un alibi. Mais Ray rata lamentablement son coup. Il avait sérieusement sous-estimé Mme Grace Simms Morris. Celle-ci lui avait balancé un vase en pleine figure et il était en route pour la chaise électrique. Bien sûr, il faudrait des années avant qu'il épuise toutes ses possibilités d'appel mais d'une manière ou d'une autre, il finirait par expier. Inéluctablement.

Le Bureau National de la Sécurité Aérienne enquêta sur l'épave du Tomahawk de Wainwright. Ils finirent par établir que c'est en essayant d'éviter les antennes radio qu'il avait perdu le contrôle de l'appareil et percuté l'arbre. Ils dirent aussi que ce qui se trouvait sur le siège du passager avait dû se désarrimer et se perdre. Dommage.

Donaldson, le Sergent James, Watty Watkins et moi-même passâmes notre dimanche après-midi pendus au téléphone. A deux heures et demie le lundi, trois cent cinquante policiers venant de tout l'Etat de Washington se présentèrent à l'Eglise Luthérienne de Bellingham pour assister aux obsèques de Richard Dathan Morris. Exactement ce que la mère avait souhaité pour son fils.

Six officiers de la Brigade des Stupéfiants, parmi lesquels Roger Glancy, le bras ceint d'une bande de crêpe noir, tinrent les cordons du poêle. Nous devions saluer Richard Dathan Morris pour ce qu'il avait fait. Même sans faire partie de la police des polices, travaillant dans des conditions impossibles, seul, sans soutien ni renfort, il était parvenu à mettre Wainwright et ses complices hors d'état de nuire. Il n'y avait pas un seul policier aux obsèques qui ne lui en fût reconnaissant.

Lorsque Donaldson ôta du cercueil le drapeau américain plié et le présenta à Mme Morris, elle se tourna vers moi et éclata en sanglots. Je la soutins et la laissai pleurer sur mon épaule. C'était la moindre des choses. Elle leva enfin les yeux sur moi.

— Richard vous aurait beaucoup aimé, dit-elle.

Connaissant les penchants sexuels de Morris, je ne savais trop comment interpréter cette remarque. Je décidai cependant, en fin de compte, de la prendre au premier degré, c'est-à-dire comme un compliment sincère.

Maxwell Cole me harponna après la cérémonie. Il me demanda pourquoi je lui avais menti au sujet de Jasmine Day. Je lui répondis que je n'avais rien fait de tel. Il voulut ensuite savoir pourquoi, dans ce cas, la dame en question se trouvait hébergée dans mon appartement. Je lui conseillai de se mêler de ses affaires.

Quelques jours s'écoulèrent avant que je ne revienne voir Peters à Harborview. Mme Edwards et les deux fillettes venaient de partir. Amy Fitzgerald était assise à côté de la tête du lit de Ron. Elle ne portait pas sa blouse.

— Comment ça va ? demandai-je.

— Mieux, répondit-il. Beaucoup mieux.

Me sentant faire intrusion dans une conversation intime, je me dirigeai vers le lavabo. Le miroir était recouvert de toute la collection de cartes postales aux couleurs criardes de Peters. Les fillettes, ayant renoncé à mon intermédiaire, les lui avaient remises en mains propres.

— Merci d'avoir envoyé les gamines en Californie, Beau, dit-il. Je sais qu'elles y ont passé des moments extraordinaires, mais c'est dur de penser que les autres se distraient alors que moi, je passe mon temps cloué sur ce lit d'hôpital.

— Et à t'apitoyer sur ton sort, ajouta Amy.

— Ça aussi, admit-il.

Je la regardai, puis mes yeux revinrent sur Peters.

— Sacré numéro, tu ne trouves pas ? fit-il. (J'acquiesçai de la tête.) Tu te souviens l'autre jour, quand je t'ai raccroché au nez ? Tu me parlais de cet infirmier qui s'occupait bénévolement d'un malade du sida.

— Oui, et alors ?

— J'avais peur qu'elle agisse de la même manière avec moi. Je l'avais observée pendant des semaines et je craignais qu'elle n'éprouve que de la compassion devant mon état.

— Elle ne m'a jamais fait l'effet d'une personne compassée.

Il resta quelques instants silencieux.

— Le Capitaine Powell est passé me voir cet après-midi.

— Ah bon ? fis-je sur un ton volontairement détaché,

Peters ayant toujours été farouchement opposé à toute visite de collègues de travail. Que voulait-il te dire ?

— Tu savais que Arlo Hamilton songeait à prendre sa retraite ?

— Non.

— Larry voulait savoir si cela m'intéresserait de travailler comme attaché de presse au Service des Relations Publiques.

Je songeai au nombre de journaux que Peters dévorait quotidiennement, à sa prodigieuse mémoire visuelle, à son phénoménal talent de physionomiste. Celui qui avait pensé proposer ce job à Peters avait eu là une pensée géniale. J'avais envie d'exploser de joie, mais je m'en gardai bien. Je ne voulais pas dévoiler mon jeu trop tôt, au contraire.

— Et cela t'intéresserait ? jetai-je négligemment.

— C'est le genre de boulot que je ferais dans un fauteuil roulant, ou même avec des béquilles, s'il le fallait.

Lorsque je sortis de la chambre, je dus véritablement me retenir de danser de joie dans le couloir. Je fus étonné de voir Amy près de l'ascenseur.

— Je vous croyais partie, dis-je.

— Je vous attendais. Il vous en a parlé ?

— De quoi donc ?

— De ce travail aux relations publiques ? (Je fis signe que oui.) Pensez-vous qu'il le prendra ?

— Ça dépend.

— Ça dépend de quoi ?

— De vous.

Elle leva les yeux sur moi. Son regard était empreint de gravité sous ses longs cils.

— Non, fit-elle avec fermeté. Ça dépend de lui. Il doit le vouloir par lui-même et pour lui-même.

L'ascenseur arriva et je descendis dans le hall avec elle, préoccupé par la signification exacte de cette réponse. Mes instincts de protection fraternelle se mirent en alerte :

Peters avait déjà suffisamment souffert comme cela. Et si sa première impression à lui était la bonne, si elle lui donnait de faux espoirs pour le remettre sur pied et le laissait ensuite tomber comme une vieille chaussette ?

— Et vous ? demandai-je. Vos intentions sont-elles bien définies ?

Elle me dévisagea longuement avant de répondre.

— Je ne sais pas.

— Pourquoi ? insistai-je maladroitement, posant des questions qui ne me regardaient pas. Parce qu'il est diminué physiquement, parce qu'il est en pleine détresse ?

Elle fronça les sourcils.

— Bien sûr que non, inspecteur Beaumont, articula-t-elle malicieusement. Mais je n'ai encore jamais eu de liaison avec un homme ayant des enfants. Or je ne suis pas certaine d'être prête dès maintenant à assumer le rôle de mère.

Sur ces paroles, elle se tourna et s'éloigna. Je me demandai si j'arriverais un jour à comprendre les femmes. A quoi bon continuer d'essayer ? Je n'étais sans doute pas fait pour ça.

Quelque temps après la fermeture de la Westcoast, Jasmine Day reçut une nouvelle proposition de tour de chant. Sur la Côte Est, cette fois. Je reçus une lettre d'elle annonçant son mariage avec Alan Dale en septembre à Jasper, Texas, dès la fin de sa tournée. Tous deux me demandaient si je voulais bien être leur témoin.

Je télégraphiai ma réponse au Mechanic Theater de Baltimore, Maryland, et leur fis savoir que je ne manquerais la cérémonie pour rien au monde.

DU MÊME AUTEUR

Aux Éditions Gallimard

Dans la collection Série Noire

LA CHASSE AUX NYMPHETTES, *nº 2108*

SÉRIE NOIRE

Dernières parutions :

2021. — DU SANG SUR L'AUTEL . . . . *Thomas H. Cook*
2022. — PROUVEZ-LE . . . . *Frédéric Fossaert*
2023. — VOIR LOS ANGELES ET MOURIR . . . . *Gerald Petievich*
2024. — LA MAISON DES PÉRILS . . . . *Richard Stevenson*
2025. — LA GRANDE ARPENTE DES CHAMPS D'EN BAS . . . . *Marie & Joseph*
2026. — LES RAVAGES DE LA NUIT . . . . *Joseph Hansen*
2027. — SECOUE-TOI, SHÉRIF ! . . . . *D. R. Meredith*
2028. — LORFOU . . . . *Georges Patrick*
2029. — À BAS LES TOURISTES . . . . *Roderick Cooper*
2030. — UN MAUVAIS MOMENT À PASSER . . . . . . *Gordon McGill*
2031. — FANTÔMES EN FLAMMES . . . . *Bill Pronzini*
2032. — SHANGHAÏ SKIPPER . . . . *Tito Topin*
2033. — LA MORT DANS L'ART . . . . *Jack Early*
2034. — LA BELLE DAME DANS UN VIOLON . . . . . *Jean-Paul Demure*
2035. — ADIEU LA VIE . . . . *J.-P. Bastid et M. Martens*
2036. — GARE AU BON SAMARITAIN . . . . *Jerry Oster*
2037. — LA TOUR, PRENDS GARDE . . . . *Paul Kinnet*
2038. — LA TRAVERSÉE DES ENFERS . . . . *Bill Pronzini & John Lutz*
2039. — LE MACCHAB DE MA TANTE . . . . *Albert Ashforth*
2040. — AU MALÉFICE DU DOUTE . . . . *John Wainwright*
2041. — PAS SI POURRI QUE ÇA . . . . *T. N. Murari*
2042. — LA PÊCHE AUX ANGES . . . . *Jean-Bernard Pouy*
2043. — LA CAVE AUX ICÔNES . . . . *Loren D. Estleman*
2044. — UNE MINE ÉPATANTE . . . . *Bill Pronzini*
2045. — UN FLINGUE PEUT EN CACHER UN AUTRE (III. — Faisans et malfaisants) *Max Allan Collins*
2046. — LE GRAND PATRON A EU LA TROUILLE . . (IV. — Faisans et malfaisants) *Max Allan Collins*
2047. — ONDES DE CHOC . . . . *Ross Thomas*
2048. — MEURTRE SUR L'HUDSON . . . . *Don Flynn*
2049. — COMMENT VIVENT LES MORTS . . . . *Robin Cook*
2050. — LE SEIGNEUR DE MAKÉNI . . . . *Gérard Lecas*
2051. — LA MORT DANS SES MEUBLES . . . . *John Lutz*
2052. — LA POUPÉE ASSASSINÉE . . . . *Nan Hamilton*
2053. — FOLIES DE FLIC . . . . *Georges Patrick*
2054. — SOUS LES AILES DE L'AIGLE . . . . *Robert B. Parker*
2055. — L'ORCHESTRE DES OMBRES . . . . *Tom Topor*
2056. — VIRUS EN TOUS GENRES... . . . . *Michael Collins*
2057. — AU TAPIS . . . . *Stuart M. Kaminsky*

2058. — IL NEIGE DU SANG . . . . *Ted Wood*
2059. — POULETS ET PERROQUETS . . . . *Julius A. Lion*
2060. — DE BRIC ET DE BROC . . . . *Marcia Muller*
2061. — LE BOURREAU ET SON DOUBLE . . . . *Didier Daeninckx*
2062. — PHOTO MAGOUILLE . . . . *Walter Walker*
2063. — ON TRAFIQUE ? . . . . *Doug Hornig*
2064. — UN CRÂNE EMPAILLÉ . . . . *Bill Pronzini*
2065. — TOUS LES DAMNÉS ONT FROID . . . . *Richard Stevenson*
2066. — LE MANOIR DES IMMORTELLES . . . . *Thierry Jonquet*
2067. — LES PUCES TUENT . . . . *Marcia Muller*
2068. — UN CHAMP DE VICTIMES . . . . *Collin Wilcox*
2069. — TOUTES LES ROSES SONT MORTELLES . . . *Loren D. Estleman*
2070. — LA POLICE DES POLICES . . . . *Nat Hentoff*
2071. — TOUT NEW YORK EN OTAGE . . . . *Walter Wager*
2072. — UN LINCEUL POUR LE VERSEAU . . . . . . *Max Allan Collins*
2073. — LE FACTEUR CRÉSUS . . . . *E. V. Cunningham*
2074. — ON TUE ET TU PAIES . . . . *Barbara Paul*
2075. — PUNCH AU SANG . . . . *Christian Poslaniec*
2076. — UN TROP BEL INNOCENT . . . . *John Lutz*
2077. — SOUS LE SCEAU DU PHÉNIX . . . . *Mickey Friedman*
2078. — LES PAUPIÈRES LOURDES . . . . *Barbara Paul*
2079. — SQUARE DU CONGO . . . . *Marie & Joseph*
2080. — UNE CHOUETTE FAMILLE . . . . *Doug Hornig*
2081. — LA GUERRE N'EST JAMAIS FINIE . . . . . . *Teri White*
2082. — AIX ABRUPTO . . . . *Jean-Paul Demure*
2083. — L'HOMME TRANQUILLE EN PÉTARD . . . . *Stuart M. Kaminsky*
2084. — LA MOUCHE ET L'ARAIGNÉE . . . . *Frank Parrish*
2085. — LA FÉE CARABINE . . . . *Daniel Pennac*
2086. — UN COUP AU CŒUR . . . . *Hansjörg Martin*
2087. — LE PORTRAIT DE L'ARTISTE EN TUEUR . . *Barbara Paul*
2088. — VOUS PARLEZ D'UNE RIGOLADE . . . . . . *Earl W. Emerson*
2089. — JOUJOUX SUR LE CAILLOU . . . . *A.D.G.*
2090. — LE JONGLEUR . . . . *Ian Kennedy Martin*
2091. — CONEY ISLAND CASINO . . . . *Robert B. Gillespie*
2092. — LA CHAIR ET LE POGNON . . . . *Robert B. Parker*
2093. — LE ROI, SA FEMME ET LE PETIT PRINCE . . *Marc Villard*
2094. — LES TRUANDS DU TEMPLE . . . . *Julius A. Lion*
2095. — MASSACRES THAÏLANDAIS . . . . *Tony Kenrick*
2096. — FAITES VOS JEUX ! . . . . *Loren D. Estleman*
2097. — QUEL SAC D'EMBROUILLES ! . . . . *Marvin Albert*
2098. — L'HOMME À L'OREILLE CROQUÉE . . . . . *Jean-Bernard Pouy*
2099. — FAUT PAS POUSSER ! . . . . *Bill Pronzini*
2100. — VOUS PARLEZ D'UN MÉTIER ! . . . . *Jonathan Valin*
2101. — JAZZ BELLE . . . . *Marie et Joseph*
2102. — TRAQUE À LA MEXICAINE . . . . *Richard Harper*

2103. — LES PIEDS SUR TERRE . . . . *Marvin Albert*
2104. — LA CAMÉRA VOIT ROUGE . . . . *George Kennedy*
2105. — LES LAMENTATIONS DE JEREMIAH . . . . . *Teri White*
2106. — LE BLUES DES ALCOOLOS . . . . *Lawrence Block*
2107. — CIRCULEZ ! . . . . *Eric Kristy*
2108. — LA CHASSE AUX NYMPHETTES . . . . *J. A. Jance*
2109. — LUMIÈRE NOIRE . . . . *Didier Daeninckx*
2110. — LA POLKA DES POLLUANTS . . . . *Max Allan Collins*
2111. — FAUX CRACKS ET VRAIS TOCARDS . . . . . *Michael Geller*
2112. — L'HOMME QUI AIMAIT LES ZOOS . . . . . . *Malcolm Bosse*
2113. — MAIS OÙ SONT LES TRÉSORS D'ANTAN ? . . *Marcia Muller & Bill Pronzini*
2114. — DE QUOI IL SE MÊLE ? . . . . *Robert P. Parker*
2115. — TOUCHE PAS À MA CIBLE . . . . *Frederic Fossaert*
2116. — LA CITÉ DES PLUIES DE SANG . . . . *Fredrick D. Huebner*
2117. — DESCENDS À BABYLONE . . . . *Marvin Albert*
2118. — LA FOIRE AUX POUPONS . . . . *Lee Martin*
2119. — BARJOT . . . . *Oppel*
2120. — LE CIEL T'AIDERA . . . . *Donald E. Westlake*
2121. — LISTE NOIRE . . . . *Timothy Downey*
2122. — ÇA SENT LE BRÛLÉ . . . . *John Lutz*
2123. — LA CASE DE L'ONCLE ATOME . . . . *Stuart M. Kaminsky*
2124. — LES BILLETS NICKELÉS . . . . *A.D.G.*
2125. — PRENEZ GARDE AUX PETITES FILLES . . . *Michaël Allegretto*

Prochain volume à paraître :

2127. — ÇA SENT LA ROUSSE . . . . *Max Allan Collins*

LES GRANDS CLASSIQUES
DE LA SÉRIE NOIRE SONT DÉSORMAIS
RÉIMPRIMÉS DANS

CARRÉ NOIR

COLLECTION À COUVERTURE
ILLUSTRÉE

Dernières parutions :

531.	Kenneth Millar	*A feu et à sang.*
532.	Lawrence Block	*Y a qu'à se baisser.*
533.	Hervé Jaouen	*La chasse au merle.*
534.	John D. MacDonald	*Strip tilt.*
535.	M. E. Chaber	*Voué au blanc bleu.*
536.	William Campbell Gault	*La prise du boa.*
537.	Clark Howard	*Meurtre sous la loupe.*
538.	Harry Whittington	*Le chant de l'alligator.*
539.	Chute Verne	*Maldonne.*
540.	Robert Destanque	*Le serpent à lunette.*
541.	John D. MacDonald	*L'encadré.*
542.	Francis Ryck	*Incognito pour ailleurs.*
543.	John Craig	*La malle et la belle.*
544.	Tony Kenrick	*Trois petits soldats.*
545.	A. D. G.	*La divine surprise.*
546.	Ed McBain	*Flouze.*
547.	John D. MacDonald	*La tête sur le billot.*
548.	Joseph Bialot	*Le salon du prêt-à-saigner.*
549.	Jérôme Charyn	*Zyeux-bleus.*
550.	Clark Howard	*Une lance.*
551.	Hervé Jaouen	*Pleure pas sur ton biniou.*
552.	John D. MacDonald	*Maîtresse à bord.*
553.	Charles Williams	*Ont-ils des jambes ?.*
554.	A.D.G.	*La marche truque.*
555.	W. R. Burnett	*La tête de lard.*
556.	Ed McBain	*Envoyez la fumée.*
557.	John D. MacDonald	*Bonne pâte.*

558.	Emmanuel Errer	*L'envol des corneilles.*
559.	Joseph Hansen	*Un blond évaporé.*
560.	Bill Pronzini	*Fausse clé.*
561.	P. J. Wolfson	*A nos amours.*
562.	J.-P. Manchette	*La position du tireur couché.*
563.	Clinton Seeley	*La peur blanche.*
564.	Gil Brewer	*La machine à découdre.*
565.	Jérôme Charyn	*Kermesse à Manhattan.*
566.	A.D.G.	*Notre frère qui êtes odieux...*
567.	Jean Amila	*Contest-flic.*
568.	Frederic Brown	*La belle et la bête.*
569.	Don Tracy	*Un bloc de haine.*
570.	John Trinian	*Le métier dans le sang.*
571.	Jean Amila	*Terminus Iéna.*
572.	Raoul Whitfield	*La mort du maestro.*
573.	Tucker Coe	*Le poster menteur.*
574.	Ned Crabb	*La bouffe est chouette à Fatchakulla.*
575.	Lawrence Block	*Beau doublé pour Tanner.*
576.	Charles Williams	*Péri en mer.*
577.	Gilles Chenaille	*Le maître du jeu.*
578.	Carter Brown	*Un brin d'apocalypse.*
579.	Carter Brown	*Du feu par les naseaux.*
580.	Carter Brown	*Une blonde à l'eau.*
581.	Carter Brown	*Sens interdits !*
582.	Carter Brown	*On demande une victime.*
583.	Carter Brown	*Le diable incarné.*

Impression Bussière à Saint-Amand (Cher),
le 13 janvier 1988.
Dépôt légal : janvier 1988.
Numéro d'imprimeur : 3144.
ISBN 2-07-049126-9./Imprimé en France.

42608